# 센고쿠戰國 시대의 군웅할거도

## 에이로쿠永祿 3년 (1560)경

오키

쓰시마
소 요시시게

이와미
이즈모
아마코 하루히사
호키

이나바 다지마 단
미마사카 단바
야마나 우지마사

이키
하타노 치카시
나가토
오우치 요시타카
모리 모토나리
빗추
우키타 나오이에
호소카
지쿠젠
스오
비젠 하리마
셋쓰
빗추
미요시 나
부젠
사누키 아와지
이즈미
고노 미치나오
미요시 나가하루
류조지 다카노부
지쿠고
우쓰노미야 사다쓰나
아와
오무라 스미타다
이요
조소카베 모토치카
히젠
아소 고레마사
오토모 요시시게
기이
분고
도사
마쓰나가 히
히고
사가라 요시아키
이토 요시스케
시마즈 다카히사
휴가

사쓰마

오스미

난부 하루마사

오노데라 데루미치

무쓰

데와
무토 요시우지

가사이 하루노부

오사키 요시나오

사도

혼마 야스타카

다테 하루무네

아사쿠라 요시카게

하타케야마 요시쿠니

노토

우에스기 겐신

가가

에치고

이와키 시게타카

진보 나가모토

엣추

시모쓰케

도가시 야스토시

히다

고즈케
나가오 노리카게

사노 마사쓰나

시나노
오가사와라 나가토키

사타케 요시아키

치젠

나리타 나가야스

히타치

이 나가마사

미노

사이토 도산

기소 요시마사

가이

오다 우지하루

오다 노부나가

다케다 신겐

아니카가 요시우지

오와리

마쓰다이라 모토야스
(도쿠가와 이에야스)

다케다 노부토라

무사시

미카와

스루가

사가미

시모우사

이마가와 요시모토

호조 우지야스

가즈사

도토미

아와

사토미 요시히로

마

이즈

마쓰다이라 히로타다

기라 요시야스

롯카쿠 사다요리

롯카쿠 요시카타

타바타케 도모노리

● 에이로쿠永祿 3년경 센고쿠 다이묘의 판도

| | |
|---|---|
| 우에스기 | 오다 |
| 호조 | 조소카베 |
| 다케다 | 모리 |
| 이마가와 | 오토모 |

**인 명** 에이로쿠 3년(1560)경의 주요 센고쿠 다이묘

織田信長 떠오르는 별 ❸

오다 노부나가

야마오카 소하치

장편소설

이길진 옮김

織田信長 떠오르는 별

③

오다 노부나가

솔

『오다 노부나가』를 바로 읽기 위해

1. 본문 중 ㅇ표시를 한 용어는 책 뒤에 풀이를 실었다.
2. 인명과 지명은 외래어 표기법에 따랐고, 장음은 생략하였다. 단, 킷포시(오다 노부나가)는
   원음에 가깝게 표기하였다. 인·지명 및 고유명사는 처음 나올 때 원어 병기를 원칙으로
   하였고 강과 산, 고개, 골짜기 등과 같은 지명 역시 현지 음대로 카와(가와), 야마(잔, 산),
   사카(자카), 타니(다니) 등으로 표기하였다.
3. 성과 이름 중간에 나오는 것은 대부분 그 관직명을 나타내는 것인데, 그 당시의 관습에
   따라 이름 대신 쓰이는 경우도 있다.
   보기) 히라테 나카쓰카사노타유 마사히데 → 원 이름: 히라테 마사히데 + 나카쓰카사노타유(나
   카쓰카사의 장관)
4. 시간과 도량형은 센고쿠 시대에 쓰던 것을 그대로 따랐으며, 역시 부록에서 설명하였다.

**천하포무** 天下佈武
오다 노부나가가 사용한 도장

# 차례

# 아버지의 유산

한발 먼저 돌아온 노부나가는 거실에서 잔뜩 허공을 노려보고 있었다.

계속해서 들어오는 첩자들의 보고는 한결같이 이마가와 요시모토가 상경 작전의 준비를 진행하고 있다는 소식뿐이다.

그러므로 네아미 잇사이에게 가짜 서신을 쓰게 함으로써 오와리와의 접경에 풍파를 일으켜 일단 금년 중의 출병은 저지했으나, 그것은 일시적인 대책에 지나지·않았다.

벌써 스루가와, 도토미, 미카와의 다이묘들에게는 각각 명령을 내려 출전을 준비시켜놓았다고 한다.

이에 대해 노부나가는 아직 필승의 신념은 고사하고 대비책도 마련해놓지 못했다. 워낙 실력 차이가 심하기 때문이다.

이때 도키치로가 불쑥 나타나 환하게 마음의 창을 열어주었다.

분명히 도키치로의 말처럼 종래의 병법이나 전술로 대항하면 천에 하나도 승산이 없다. 그러나 전혀 다른 전법으로…… 라는 쪽으로 생각을 돌리면 승산이 전혀 없는 것은 아니다.

'그렇다, 지금이야말로 근성을 발휘할 때다! 노부나가, 너는 생사를 걸고 새로운 전법을 연구해야 한다.'

이때 노히메가 차를 가지고 들어왔다.

"깊은 생각에 잠기신 것 같아 다른 사람을 보내면 방해가 될까 싶어 제가 직접 가져왔어요."

"오노!"

"예."

"그대는 2천의 군사로 2만의 대군을 무찌를 수 있는 방법을 알고 있나?"

"무슨 말씀인지 모르겠군요. 2천으로 2만이라면 한 사람이 열 명씩 무찌르면 되는 것 아닌가요?"

"딴전을 부리고 있군. 나는 한 사람이 열 명을 무찌를 수 있는 방법을 묻고 있는 거야."

"호호호호."

노히메는 화사하게 웃었다.

"그 방법을 알고 있다면 저는 벌써 천하를 손에 넣었을 거예요."

그러고는 찐만두를 노부나가의 무릎 앞으로 밀어놓았다.

"잠들어 있는 자라도 겨우 두 사람을 죽이면 나머지 여덟 명이 깨어날 것이고…… 그러나 단 한 가지 방법은 있을지 몰라요."

"어떤 방법이지? 농담이라도 좋으니 어서 말해봐."

"열 사람 모두 만취하여 앞뒤도 분간하지 못하게 되면 혹시 혼자서라도……"

"뭣이, 열 사람이 모두 만취해 있으면?"

노부나가는 어느 때라도 남의 말을 진지하게 귀담아 듣는다. 그리고 자신이 있을 때는 꾸짖거나 웃기도 하지만 그 전까지는 어린아이처럼 고지식했다.

"오노, 잠시 다녀오겠어."

"어머, 일부러 차를 가져왔는데."

"돌아와서 마시겠어. 그때까지 여기서 기다리도록."

"여전히 이상한 분이군요."

그러나 이때 노부나가는 이미 실에 끌려가듯 방을 빠져나가 현관으로 향했다.

아이치 주아미가 깜짝 놀라 노부나가의 뒤를 따르려고 하였다.

"오지 마라. 말을 살피고 오겠다."

엄하게 이르고는 마구간 쪽으로 걷기 시작했다.

마구간 앞에서는 조금 전에 마에다 마타자에몬이 아시가루 책임자에게 인계한 기노시타 도키치로가 자못 온순한 표정으로 열심히 사료를 썰고 있었다.

"원숭이! 역시 일하고 있구나."

"예, 물론입니다. 이 도키치로는 잠시도 쉬지 않고 일하는 것이 취미이므로…… 그런데 대장님, 대장님의 말들은 한결같이 훌륭하군요."

"나는 말을 자랑하러 온 게 아니야."

"그렇지만 이곳에는 말을 좋아한다는 이유만으로는 손에 넣을 수 없는 명마뿐입니다. 역시 선견지명이 있으십니다. 각지의 상인들이 자유롭게 출입할 수 있도록 허용하신 그 도량, 그 배포 때문이라고……"

도키치로의 말대로 노부나가의 마구간과 말을 보면 그 훌륭함에 눈이 휘둥그레질 수밖에 없다.

아까 노부나가가 탔던 말 앞에는 '질풍'이란 명패가 걸려 있고 다음에는 얼룩무늬가 있는 '월광月光'이라는 백마, 그 다음에는 '전광電光', 이어서 '떼구름' '눈보라' '소용돌이' '태풍'의 순으로 스무 필 가까이 늘어서 있다. 더구나 노부나가가 이 말들을 얼마나 사랑하는가 하는 것은, 말들이 노부나가의 모습을 보자 일제히 마루를 발로 긁거나 힝힝거리는 것만 보아도 잘 알 수 있다.

마침 점심시간이었기 때문에 다른 사람의 모습은 보이지 않았다.

"원숭이!"

"예."

"너는 너를 얻는 것이 곧 천하를 손에 넣을 상서로운 징조라고 허풍을 떨었지?"

"제가 그런 말을 했던가요?"

"그런데 말이다, 지금 우리 군사 한 사람이 적군을 열 명씩 죽여야 할 일이 생겼어."

"한 사람이 열 명…… 이라면 마치 대장님과 이마가와 요시모토의 싸움인 것처럼 보이는군요."

"쓸데없는 소리는 닥쳐. 잠들어 있는 자를 찌른다 해도 두 명 정도 해치우면 나머지 여덟 명이 일어날 거야."

"당연한 일이지요. 만취하여 쓰러져 있지 않는 한 눈을 뜰 테지요."

"일일이 대꾸하지 않고는 못 배기는 놈이군. 그런데 그 열 명을 싸움터에서 만취시킬 방법이 없겠느냐?"

소리치듯 말하자 비로소 도키치로는 진지하게 고개를 갸웃했다.

"대장님, 전혀 없는 것은 아니지만 더 좋은 방법이 있습니다."

14

"뭣이, 어떤 방법이 있다는 말이냐?"

노부나가는 건초 위에 털썩 주저앉아 도키치로의 얼굴을 잔뜩 노려보았다.

"열 명이 모두 만취하게 만들지 않더라도 술잔을 손에 들게 할 정도로 방심시키고는 제일 먼저 놈들 중 가장 강한 녀석 즉 대장을 찌르고 나서 아군 한 사람을 셋이나 다섯 사람으로 보이게 하면 상대를 전부 죽이지 않아도 될 것 같습니다."

"뭣이!"

노부나가는 별안간 고개를 휙 돌리고,

"너는 겨우 그런 대답밖에 하지 못하느냐?"

"예. 음식이 신통치 않아서 그런지 요즘에는 머리가 둔해지기 시작했습니다. 그런데 대장님, 대장님은 아버님이신 만쇼인万松院 님의 뜻을 계승할 생각이 없으십니까?"

"뭐, 아버지의 뜻을?"

"예. 그것은 또한 돌아가신 히라테 마사히데 님의 유지遺志이기도 합니다마는,"

"이상한 소리를 하는 원숭이로군. 오야지나 히라테 노인에게 내가 계승해야 할 만한 큰 뜻이 있었다는 말이냐?"

"원, 이런."

도키치로는 실망했다는 표정으로 머리를 긁었다.

"대장님은 새로운 것을 연구하는 데만 정신이 팔려 중요한 유산을 간과하고 계십니다. 만쇼인 님은 무엇 때문에 거금을 들여 궁전의 담을 보수하셨다고 생각하십니까? 무엇 때문에 이세伊勢와 아쓰타熱田 등 두 신궁에 해마다 공양을 드렸다고 생각하십니까?"

"뭐…… 뭐…… 뭣이 어째!"

"그것은 황실을 받들려는 뜻이 있고 신을 섬기려는 신앙심이 깊었기 때문이다…… 단지 이것밖에 모르신다면 죄송합니다마는 대장님은 불초한 자식입니다."

노부나가는 쏘는 듯한 시선으로 눈도 깜박거리지 않았다.

원숭이의 입에서 이런 엉뚱한 말이 나올 줄은 전혀 생각지 못했다.

아닌 게 아니라 아버지의 경신敬神과 근왕勤王은 확실히 남다른 데가 있었다. 주위가 전부 적이었을 때도 이세 신사에 대한 헌금이나 교토에 헌납하는 일에는 만사를 제치고 열성을 보였다.

도키치로는 여기에는 특별한 의미가 있다고 말하는 것이다.

"대장님, 대장님은 어렸을 때…… 헤헤헤헤, 여간 개구쟁이가 아니셨던 것 같습니다. 이 원숭이도 그 소문은 익히 들었습니다. 문중으로부터 배척을 받아 파문을 당할 뻔하셨는데 그 와중에도 파문을 반대한 오직 두 분, 한 분은 선친인 만쇼인 님이고 나머지 한 분은 히라테 마사히데 님이셨죠. 그런데 어째서 두 분만이 반대하셨는지 그 참뜻을 대장님은 모르고 계십니다."

"……"

"제가 말씀드리지요. 그것은 두 분의 뜻을 이루기 위해서는 대장님 같은 분이 아니면 안 된다고 생각하셨기 때문입니다. 틀림없습니다. 두 분의 뜻은 천하를 장악하겠다는 그런 거창한 것은 아니었지만, 난세를 천황의 세상으로 되돌려드리자고 생각하셨을 겁니다."

"원숭이! 헛소리를 하면 용서치 않겠다."

"제 말을 끝까지 들어보십시오. 그 옛날 남북조南北朝 시대에 일본의 무장과 호족들이 모두 둘로 갈라져 싸웠습니다. 한쪽은 아시카가足利 쇼군 편, 다른 한쪽은 황실 편이었지요. 이 부근에서도 미토의 도키土岐와 스루가의 이마가와는 물론 쇼군 편, 이세의 기타바타케

北畠와 도토미의 이이井伊 등 두 가문은 황실 편이었습니다."

"으음."

"그 결과 쇼군 쪽이 승리하여 오늘날과 같은 난세가 된 것입니다. 그러므로 이 난세를 극복하려면 다시 황실이 나서야 한다는 것이 선친과 히라테 마사히데 님의 뜻. 아시겠습니까? 그 옛날 쇼군 쪽이 승리했기 때문에 황실 사람들은 모두 주인을 잃은 노부시와 떠돌이 무사가 되었지요. 이 근처에도 미카와 구마무라熊村의 다케노우치 나미타로竹內波太郎, 오와리의 하치스카 고로쿠蜂須賀小六 등이 있는데 그들 역시 이런 사람입니다. 제가 '한 사람을 셋이나 다섯 사람으로……' 라고 한 것도 바로 이 때문입니다. 천하 평정에 뜻을 두신 대장님이 왜 아버님에게 마음으로부터 감사하고 있는 황실의 자손을 잊으셨는가 하는 점을 말씀드리고 싶습니다. 어째서 선친의 유지를 계승하여 근왕의 뜻을 좀더 깊이 다지시지 않는가 하는 말씀입니다."

도키치로가 여기까지 말하자 노부나가는 무슨 생각을 했는지 벌떡 일어났다.

"원숭이!"

"예."

"앞으로 승진시키겠다. 잠시 내 말고삐를 잡도록 하라."

"예."

"내일부터 내가 말을 탈 때는 네가 고삐를 잡아라."

"감사합니다. 이 원숭이 또한 보기 드문 준족, 절대로 말에게 뒤지지 않겠습니다."

그러나 이때 벌써 노부나가의 모습은 거기 있지 않았다.

# 전투 준비

노부나가와 도키치로의 관계는 급속도로 진전되었다.

노부나가는 누구 앞에서도 여전히 방약무인하게 꾸짖는다. 그러나 두 사람이 멀리 나가게 되면 무슨 말을 하고 무슨 이야기를 나누는지 아무튼 두 달쯤 지나자 도키치로는 말구종에서 노부나가의 조리토리 草履取り°가 되었다.

언제 어디를 가건 반드시 고쇼°들과 함께 노부나가를 따라다녔다.

고쇼 중에는 처음부터 도키치로를 몹시 싫어하는 자도 있었으나 얼마 지나지 않아 손바닥을 뒤집듯 도키치로를 좋아하게 되는 것이 노부나가로서는 우스워 견딜 수 없었다.

"거기 누구 없느냐? 마에다 마타자에몬과 아이치 주아미를 불러오너라."

노부나가는 이날 아침 일찍 활쏘기 연습을 끝내고 성급하게 명했다.

"거기 나란히 앉거라."

두 사람이 나타나자 턱으로 지시하고 빙긋이 웃었다.

양쪽 모두 노부나가가 무척 사랑하는 총신이었으나, 이 두 사람처럼 외모와 성격이 판이한 경우도 드물었다.

한 사람은 여자라고 해도 속을 마에가미前髮°의 준수한 젊은이.

또 한 사람은 골격이 우람한 중후하고 성실한 무사.

더구나 이 두 사람은 성격 차이 때문인지 서로 총애를 다투며 무척 사이가 나빴다.

"마타자에몬, 너는 주아미가 개라 부른다고 잔뜩 화가 났다면서?"

마타자에몬은 근엄하게 고개를 들고 끄덕였다.

"이누치요犬千代는 아명이고 지금은 마타자에몬이라 부르고 있으니까요."

"하하하하, 그런데 주아미는 여전히 개라고 부른다는 말이지?"

노부나가는 다시 얼마 동안 빙긋이 웃으며 두 사람을 비교해보고,

"당당한 무사가 되었는데도 여자같이 생긴 주아미가 개라고 불러대니 화도 날 테지. 그것은 주아미의 잘못이야."

"……"

"좋아, 마타자에몬에게 명한다. 너는 오늘 밤 해시亥時(밤 10시)에 본성의 망루 밖에서 주아미를 죽이고 피신하라. 무사의 자존심이 달린 일이므로 용서하면 안 된다."

마에다 마타자에몬은 깜짝 놀라 주아미를 돌아보았다.

그러자 당사자인 주아미는 여자 같은 얼굴을 숙이고 피식 웃었다.

재기 발랄하고 가문에서 제일가는 독설가이기도 한 주아미는 툭하면 마타자에몬을 멸시했다.

지금의 그 웃음도 죽일 수 있으면 죽여보라는 비웃음인 것을 알고 있는 만큼 마타자에몬은 불끈 화가 치밀었으나, 그보다도 더 알 수

없는 것은 노부나가의 말이었다.

'주아미를 죽이고 피신하라니 도대체 무슨 뜻일까?'

"어떠냐, 죽일 수 있겠느냐?"

노부나가가 다시 말을 이었다.

"어떤 경우에도 사사로운 싸움은 엄히 금한다. 따라서 주아미를 죽인다면 마타자에몬은 도망치지 않으면 안 될 것이야."

"그러시면 저어……"

"죽이고 도망치란 말이다. 무사의 자존심, 개라고 불리는 바람에 도저히 참지 못하고 죽인 거야, 너는."

마타자에몬은 비로소 그 의미를 알아차렸다. 죽은 것처럼 꾸미고 또 도망한 것처럼 꾸며 어딘가에 밀사로 보내려 한다.

"그러시면, 행선지는?"

마타자에몬이 진지하게 묻자 주아미가 옆에서 다시 킬킬 웃었다.

"왜 웃는 거야, 주아미?"

마타자에몬은 더욱 비위가 상했다.

"중요한 이야기를 하고 있는데 옆에서 웃다니 무례하지 않으냐?"

"미안해, 용서하게."

주아미는 이렇게 말하고 또 웃었다.

"웃을 생각은 없었는데 개가 하도 심각하게 말하기에 그만 저절로 웃음이 나왔어."

"또 개라고 부르느냐, 아가리에 독을 가진 놈아!"

"그렇지만 말이다, 주군의 진노를 사서 도주하는 녀석이 주군에게 행선지를 묻다니 너무 우습다고 생각지 않나?"

노부나가도 엷은 웃음을 띠었다.

"여기서 싸우면 안 된다, 멍청한 녀석들. 그럼, 주아미는 내 마음을 읽었다는 말이냐?"

"예, 잘 알고 있습니다."

"그래, 알고 있다면 나도 도망가서 숨을 곳은 묻지 않겠다. 어디까지나 이것은 도망이니까."

"예, 알겠습니다."

"좋아. 그럼 주아미, 너는 죽은 뒤 시체가 되어 후조몬不淨門°에서 사라지거라."

노부나가는 내뱉듯이 말하고 얼른 거실을 나갔다.

"주아미!"

"개야, 왜 그래?"

"너는 언제나 약은 체하고 지금도 알겠다는 대답을 했는데 그래도 되는 거냐?"

"그렇다면 개는 아직도 자기 행선지를 모르는 모양이군. 원, 이렇게까지 머리가 안 돌아갈 수가 있을까. 주군이 매일같이 이마가와의 진공에 심로하고 계시다는 것을 생각하면 저절로 알 수 있을 텐데."

"또 약은 체하는군. 나는 무슨 일에나 신중을 기하는 것뿐이야."

"그렇다면 어서 신중에 신중을 기하고 떠나도록 해. 나는 감쪽같이 세상에서 사라질 테니까."

"어디로 가려는 거야, 너는?"

"어디는 어디야, 저승이지."

"주아미!"

"왜 그래, 혈색이 변해 가지고? 네가 화를 내면 흡사 먹이를 빼앗긴 기슈紀州의 개 같은 얼굴이 되는군."

"너, 나에게까지 행선지를 숨길 셈이냐?"

"이 개가 또 얼빠진 소리를 하는군. 네 칼에 맞아 죽는다고 했잖아.

죽으면 갈 곳은 저승밖에 더 있겠어? 너 같으면 죽은 뒤에도 스루가 근처에서 어슬렁거릴 생각이냐?"

마타자에몬은 부들부들 떨었다. 이 얼마나 지독한 독설가란 말인가. 더더구나 여자처럼 예쁘고 빨간 입술에서 나오는 말인 만큼 화가 나고 뼈를 깎는 듯 느껴졌다.

마타자에몬은 분노를 억누르고 자리에서 일어났다.

"사사건건 오장육부를 뒤집어놓는군. 칼에 맞아 죽어도 원한은 남을 것이다. 그 여자 같은 몸으로 대관절 어디서 변장을 하고 나타날 것인지, 그것을 묻고 있는 거야."

"하하하하, 개가 생각해낸 재치가 겨우 그것이라니 어이가 없군. 참고로 말하겠는데, 나를 죽이고 나서 내 유령과 똑같은 곳으로 도주하면 안 돼. 그럼 나를 죽이고도 웃음거리가 될 테니까."

마에다 마타자에몬은 더 이상 대꾸할 수 없었다. 이대로 있으면 정말 죽일 것 같았다.

"그럼, 해시에 본성의 망루 밖에서. 잊지 마라, 주아미."

"그런데 개야, 너 정말 알고 있는 거야? 모르겠거든 사나이답게 가르쳐달라고 하는 게 좋아. 주군의 말씀도 나더러 잘 가르쳐주라는 의미 같았어."

얼른 주아미가 쫓아나갔으나 그때 이미 마에다 마타자에몬은 거친 걸음으로 복도 너머로 사라지고 없었다.

# 계산된 독설


아이치 주아미는 마에다 마타자에몬이 싫지 않았다.

아니, 마타자에몬의 중후한 인품도, 성실하고 고지식한 성격도 마음에 들었다.

'그 녀석은 내게 없는 면을 가지고 있다……'

그리고 이것이 노부나가의 사랑을 받는 원인이라는 생각을 하자 약간 질투도 났으나 이 때문에 일부러 독설을 퍼붓는 것은 아니다.

독설은 전적으로 주아미의 타고난 천성이었다. 물론 조심해야 할 상대에게는 어느 정도 삼가는 편이지만 마타자에몬을 만나면 왠지 조롱하고 싶어진다.

'마타자에몬도 결코 머리가 나쁜 편은 아니다.'

다만 마타자에몬은 주아미가 순식간에 깨닫는 것을 서서히 깨달을 뿐이다. 머리가 둔한 것이 아니라 단지 느리게 움직이는 것이라고 주아미는 생각하고 있다.

제삼자가 볼 때 어쩌면 마타자에몬은 보통이고 주아미의 머리가 너무 빨리 회전한다고 여길지도 모른다. 그리고 주아미는 이 영리한 머리로 마에다 마타자에몬이 결코 분노 때문에 앞뒤를 분별하지 못하고 칼을 뺄 인물이 아니라는 점을 간파하고 있다.

그래서 주아미는 마타자에몬한테 응석을 부린다고 할 수도 있다. 버릇없는 아이가 때로는 부모에게 대드는 것과 마찬가지로, 주아미는 천성적이라 할 독설을 마타자에몬에게 퍼붓는 것으로 생리적인 균형을 유지하고 있는지도 모른다.

어쨌든 주아미는 노부나가의 한마디로 충분히 주군의 뜻을 깨달았다.

지금 노부나가가 가장 고심하는 것은 오와리 부근의 노부시와 떠돌이 무사들을 모두 자기 편으로 가담시키는 일, 그리고 상경 작전이 시작되면 반드시 선봉이 되어 맨 먼저 노부나가의 성을 공격할 오카자키의 마쓰다이라 군과 손을 잡았으면 하는 일이었다.

다케치요, 즉 현재는 마쓰다이라 모토야스松平元康라 부르는 주군을 슨푸에 인질로 보낸 채 십 년 동안 고통을 견뎌내고 있는 마쓰다이라 가문은 굶주린 늑대의 집단처럼 사납고 강력했다.

이들은 지금 어떻게 해서든지 이마가와 요시모토를 위해 노부나가를 무찌르지 않으면 언제 오카자키 성으로 주군을 맞이할 수 있게 될지 모른다는 생각을 가지고 있다.

아니, 만약 소극적으로 전투에 임한다면 모토야스와 그 아내, 자식들까지 살해할지 모른다고 생각하여 충성스럽기로 유명한 미카와 무사들은 전멸하더라도 물러서지는 않을 것이다.

물론 이마가와 요시모토는 이것을 계산에 넣고 마쓰다이라 쪽에게 선봉에 나서도록 명할 것이 분명했다. 이유는 노부나가 군이 막강하여 그 때문에 마쓰다이라 쪽이 전멸하더라도 요시모토에게는 타격이 적다. 또 생각하기에 따라서는 이로써 요시모토는 오카자키 성을 누구에게도 돌려줄 필요가 없어져 오히려 안도하게 될지도 모른다.

이러한 상황이기 때문에 노부나가는 되도록 마쓰다이라 쪽과 밀약을 체결하여 양자의 정면충돌을 회피하고 싶었다.

다행히 모토야스는 다케치요라 불리던 시절에 아쓰타에 납치되어 왔기 때문에 노부나가와는 어릴 적 친구로서 미카와의 아우라 불리며 같이 놀던 사이였다.

그러므로 마에다 마타자에몬에게 살해된 것으로 가장하여 주아미를 오카자키 성에 밀사로 보내려는 계획인 것이다.

노부나가의 총신이 밀사로 가서 상경 작전이 끝날 때까지 그대로 오카자키에 인질로 머물며, 완고한 마쓰다이라의 노신들을 어떻게든 구슬려,

"요시모토의 속셈대로 움직이는 것은 어리석은 일입니다. 마쓰다이라도 오다도 여기서 멸망하면 절대로 안 됩니다."

이렇게 설득하는 것이 주아미의 역할이고, 마에다 마타자에몬은 그 일을 측면에서 돕는 것이 자신의 임무임을 깨달았다.

아무튼 마타자에몬은 죽이고 도망하는 것이므로 죽은 주아미보다 일찍 모습을 나타내도 상관없다. 이런 일들을 치밀하게 계산한 뒤 생각하였다.

'그렇다면 아구이阿古居의 히사마쓰 사도노카미久松佐渡守 님에게 가면 되겠구나.'

히사마쓰 사도노카미의 아내는 마쓰다이라 모토야스의 생모인 오다이於大 부인이었다. 그녀는 모토야스가 아쓰타에 인질로 잡혀 있을 무렵 노부나가에게 호소하여 모토야스의 목숨을 구했으므로 톡톡

히 신세를 지고 있다. 따라서 그 생모를 통해서도 모토야스나 마쓰다 이라의 노신들을 설득하면 된다.

"오카자키의 강력한 군사가 요시모토의 명령대로 선봉에 서서 공격해 들어가면 노부나가 님도 필사적으로 맞아 싸우지 않을 수밖에 없다. 그 결과 양쪽은 모두 멸망하게 되고, 이것을 보고 기뻐할 자는 오직 이마가와 요시모토뿐. 그러므로 접경까지 진격하더라도 결코 전력을 다해 싸우지는 말도록……"

오다이 부인과는 면식이 있으며 신임도 받고 있는 마에다 마타자에몬 도시이에가 심혈을 기울여 설득하면 충분히 성과를 거둘 수 있다.

'과연 주군의 생각은 비상하다.'

이렇게 생각하였으나, 과연 마에다 마타자에몬이 그 뜻을 잘 이해하고 있을지 걱정이었다.

두 사람이 어정어정 똑같은 장소에 나타나면 당장 적의 첩자에게 간파되어 그야말로 웃음거리가 될 뿐 아니라 허를 찔릴 것이 분명하다.

'그렇다, 좀 일찍 약속한 장소에 가서 다시 한 번 마타자에몬에게 다짐을 해야겠다.'

아이치 주아미는 두 사람이 결투를 벌여 자기가 죽거든 그날 처형당한 죄인의 시체를 후조몬을 통해 밖으로 운반하여 주아미의 시체인 것처럼 위장하여 묻으라고, 역시 같은 노부나가의 고쇼로서 마음을 터놓고 지내는 모리 신스케毛利新助에게 은밀히 부탁해두고 밤이 되기를 기다렸다.

이날 밤 하늘에는 초봄의 달이 뜨고 바람도 불지 않아 고요하기만 했다.

주아미는 해시가 채 되기 전에 약속한 장소인 망루 밖으로 가서 허리춤에서 피리를 꺼내 불기 시작했다.

일부러 평소처럼 곱게 차려입고 피리를 분 것은, 밝은 달빛에 이끌려 저도 모르게 부근에서 서성거리는 듯 보이기 위함이다.

또한 도착했다는 것을 상대에게 알리기 위해서였다.

아니, 마타자에몬만이 아니다. 두 사람의 결투 장면을 보는 사람이 많을수록 유리하기 때문에 마음껏 피리를 불었다.

이윽고 상록수 숲 속에서 검은 그림자가 나타나 걸어오기 시작했다.

'아니? 아직 모리 신스케가 올 시각이 아닌데…… 저것은 한 사람이 아니라 두 사람이 아닌가.'

"거기 오는 자는 누구냐?"

약간 의아해하며 피리를 입에서 떼고서 우렁찬 소리로 불렀다.

"주아미냐?"

그러자 이 말에 응하듯이 물었다.

"아, 개로군. 그런데 혼자가 아니구나."

"그래, 그림자를 합하면 네 사람이다."

"농담을 할 때가 아니야. 누구냐, 그 사람은?"

"오마쓰お松, 내 약혼자인 오마쓰다."

"뭐? 누…… 누…… 누구라고?"

"오마쓰를 데려왔다고 했어."

주아미는 그만 깜짝 놀라 숨을 죽이고 몸을 굽혀 달빛을 통해 상대를 자세히 바라보았다.

과연 마타자에몬 곁에 서 있는 사람은 올해 열한 살인 마타자에몬의 약혼자, 노히메가 영리하기로는 내전에서 제일이라며 눈에 넣어도 아프지 않을 만큼 귀여워하는 오마쓰였다.

"한심하기 짝이 없는 개로군! 도대체 너는 무슨 생각을 하고 있는 게냐? 설마 미친 것은 아니겠지? 그 어린 약혼자를 데려갈 생각이냐?"

"물을 필요도 없잖아? 너는 무엇이든 꿰뚫고 있을 테니까."

"그것이 겨우 너의 반격이냐? 하기는 개똥으로 원수를 갚는다는 말도 있지만, 네가 이토록 멍청한 줄은 몰랐다. 설마 그 연약한 약혼자를 데리고 스루가까지 갈 생각은 아니겠지?"

이때부터 주아미의 독설은 자기 자신도 억제할 수 없을 정도로 숙명적인 것으로 변했다.

혹시 마에다 마타자에몬은 오마쓰를 위장의 방패로 삼아 어슬렁어슬렁 슨푸에까지 가서 직접 모토야스를 만나 설득하려는 것이 아닌가 생각했기 때문이다.

만약 그런 생각을 했다면 그야말로 일부러 불 속에 뛰어들어가는 것이나 다름없다. 모토야스 주변에는 요시모토의 감시가 지나칠 만큼 집중되어 있다.

그런 의미에서 어쩌면 모토야스의 아내까지도 요시모토의 첩자인지도 몰랐다.

"정말로 놀랍군! 이 아이치 주아미도 오늘은 완전히 손을 들었어. 아무리 그렇다 해도 암캐까지 데려가다니…… 개야! 역시 개는 개로군."

"뭣이!"

이미 어디까지가 악담이고 어디까지가 진실인지 애매해지기 시작했다.

순간 마타자에몬이 쑥 뽑아 든 칼이 달빛에 싸늘하게 반사되었다.

# 약혼자를 동반하고

마에다 마타자에몬 도시이에로서는 나름대로 깊이 생각해둔 계획이 있었다.

그는 아까 낮에 주아미와 헤어져 집에 돌아오자 불단 앞에 앉아 한참 동안 팔짱을 끼고 생각했다.

주아미의 말대로 죽이고 도망치는 마타자에몬과 살해되어 이 세상에서 사라지는 아이치 주아미가 어디든 같은 곳으로 가게 된다면 의미가 없다. 아니, 의미가 없는 정도가 아니라 그야말로 세상의 웃음거리가 될 테고, 또 노부나가의 의도가 오히려 적에게 발각될 우려가 있었다.

'주군이 지금 가장 고심하는 것은 무엇일까?'

마타자에몬 역시 주아미와 같은 접근 방식으로 곰곰이 생각했다.

그러자 이 대답 또한 주아미와 마찬가지로 두 가지가 나왔다.

첫째는 병력이 열세인 노부나가가 아마 4만 가까이 동원하리라 여겨지는 이마가와 요시모토의 군사에 대항하기 위해서는 서부 미카와로부터 오와리와 미노 일대에 걸친 노부시들을 제압하여, 비록 자기 편이 되게 할 수는 없더라도 최소한 적으로 돌아서지 않게 공작하는 일임에 틀림없다.

그러나 이 일을 마타자에몬이나 주아미에게 명령할 리는 없다. 왜냐하면 신참이기는 하나 가장 적임자인 기노시타 도키치로가 노부나가 곁에 대기하고 있다. 아니, 대기하고 있는 것이 아니라 그러한 책략을 노부나가에게 제안한 사람이 바로 도키치로인 것 같았다.

둘째는 역시 오카자키의 마쓰다이라 가문에 대한 것이었다.

노부나가의 설명을 기다릴 것까지도 없이 아들의 인내력과 용맹성은 마타자에몬 자신이 어릴 때부터 직접 자기 눈으로 보아온 하나의 커다란 경이였다.

현재 슨푸에 인질로 잡혀 있는 모토야스가 처음 오카자키를 떠난 것은 여섯 살 때였으나 지금은 열여덟 살의 젊은이가 되었다. 햇수로 따져서 13년이라는 오랜 기간 동안 가신들이 힘을 합쳐 일사불란하게 가문을 지켜온 예가 과연 역사상에 또 있을까.

이와 같은 충렬忠烈 그 자체인 마쓰다이라의 군사가 요시모토가 계획한 상경 작전의 선봉에 서서 불덩어리가 되어 오와리에 침입할 것임에 틀림없다.

'바로 이것이다!'

라고 마에다 마타자에몬은 생각했다.

주아미의 예리한 감각에는 미치지 못했으나 신중하게 생각을 거듭하는 마타자에몬에게 판단 착오가 있을 리 없다. 이 점을 알고 있었기에 노부나가도 마타자에몬에게 중요한 명령을 내렸을 것이다.

'주아미가 살해된다…… 이런 각본이기 때문에 결사의 각오로 오카자키 성에 들어가 노신들을 설득하면 된다. 아구이의 히사마쓰 사도노카미에게 재가한 마쓰다이라 모토야스의 생모 오다이 부인을 설득하여, 마쓰다이라 군이 정말로 오다 군과 싸우지 않도록 이면공작을 펴면 되는 것이다.'

이렇게 결심하자 그는 더더욱 신중해졌다. 킷포시 시절부터 곁을 떠난 일이 없는 마에다 마타자에몬이 비록 노부나가가 총애하는 아이치 주아미를 죽였다고 해서 히사마쓰 사도노카미에게 도주할 수 있겠는가. 날카로운 직관력을 가진 첩자가 그 소식을 듣는다면 대번에 이 계략의 이면을 꿰뚫어 볼 것임에 틀림없다.

이에 마타자에몬은 자신의 약혼자인 오마쓰를 데리고 도주하는 수단을 생각했던 것이다.

이렇게 하면 적은 물론 자기 편도 충분히 속일 수 있을 것 같았다.

무엇보다도 열한 살이라는 오마쓰의 나이가 유리했다. 만약 열일고여덟 살이었다면 양심에 걸리는 점도 없지 않았겠지만, 열한 살이라면 세상 사람들이 오죽하면 그랬겠는가 하고 이 도주를 납득할 것이 분명했다.

그래서 일부러 오마쓰를 불러내어 업고 도망갈 생각으로 데려왔으므로 그로서는 누가 무어라 해도 화가 날 리 없었으나……

그렇더라도 자기를 개라 부르고 오마쓰를 암캐라고 하다니 이 얼마나 심한 주아미 놈의 독설이란 말인가. 용케도 지금까지 참아온 셈이다.

이런 생각에서 마타자에몬이 쑥 칼을 뽑았을 때, 아무것도 모르는 열한 살의 오마쓰는 주아미의 악담을 듣다못해 옆에서 날카롭게 대들었다.

"아이치 님, 말씀이 너무 과하군요."

# 개에 관한 문답

주아미는 피리로 방어하는 자세를 취하고 싸늘하게 비웃었다.

"아, 부인이셨군요. 입이 험한 건 이 주아미의 천성이므로 귀를 막고 듣지 마십시오."

"그럴 수 없어요! 다른 일이라면 몰라도, 지금 무어라고 했습니까?"

"하하하하, 죄송합니다. 암캐라고 불렀습니다마는, 개의 부인이기 때문에 암캐라고……"

이미 밤이 되었는데도 달빛이 더욱 밝아져 서로 상대의 얼굴이 뚜렷하게 보인다.

훗날 마에다 마타자에몬이 가가加賀에 백만 석의 영지를 갖게 된 것은 이 여자 때문이라고 했을 정도인 오마쓰. 그처럼 재색을 겸비한 오마쓰도 열한 살의 나이에 암캐라고 불리자 더 이상 참을 수 없었던 모양이다.

오마쓰는 작은 몸을 앞으로 쑥 내밀고 따졌다.

"그 암캐라는 것은 저를 두고 하는 말인가요?"

그것은 마치 예쁜 인형이 눈썹을 잔뜩 치켜세우고 달빛 아래 나온 듯한 사랑스러운 모습이었다. 그러므로 만약 상대가 아이치 주아미가 아니었다면 분명히 머리를 긁으며 사과했을 것이다. 그러나 주아미의 독설은 병적이라고 할 수밖에 없었다.

주아미는 노히메와 노부나가의 막내 여동생인 오이치お市, 그리고 아이치 주아미 등 세 사람 가운데 누가 가장 아름다울까 하고 시녀들의 화제에 올라 있는 화사한 얼굴을 찌푸리고 다시 웃었다.

"너무 민감하군요. 개의 약혼녀이기에 그랬다고 아까도 말했잖습니까. 그렇다고 화를 낼 것까지는 없을 텐데. 원래 개는 주인에게 충실한 동물이므로 약간 머리가 둔하기는 하지만 그렇다고 경멸하는 의미로 그렇게 부른 것은 아닙니다. 더구나 개와 함께 있으니 암캐라고 부르는 것이 어울린다고……"

"알겠어요!"

오마쓰는 단호하게 상대의 말을 가로막았다.

"암캐가 나를 가리키는 말이란 것을 알았으니 됐어요. 주아미 님, 수캐 님, 잘 알겠으니 컹컹, 하고 크게 한번 짖어보세요."

"뭐…… 뭐…… 뭣이! 이 주아미도 개라고? 이거 미안하게 됐군. 유감스럽게도 나는 보다시피 아이치 주아미, 개라는 이름을 가진 적은 한 번도 없소."

"호호호호, 그럼 주아미 님은 사람이면서도 개한테 반했군요. 정말 우습네요, 호호호호."

"뭐…… 뭐라고!"

"개한테 반해 연문을 보냈다가 대번에 거절당한 사람이 바로 누구

였죠? 암캐한테까지 혐오감을 준 들개였군요, 호호호호."

마에다 마타자에몬은 깜짝 놀라 오마쓰를 보고 이어서 아이치 주아미를 바라보았다.

아마도 주아미는 오마쓰에게 연문을 보냈다가 거절당한 일이 있는 모양이다. 천하의 독설가도 그만 입을 다물고 대꾸를 못했다.

오마쓰는 여간 화가 나지 않은 모양이어서 또다시 주아미에게 공격을 퍼부었다.

"그럼, 사람 가죽을 쓴 들개님, 이만 실례하겠어요. 자, 우리는 가기로 해요, 마타자에몬 님."

아무것도 모르는 오마쓰가 정말 마타자에몬을 재촉하여 떠나려고 했기 때문에 주아미는 당황했다.

"잠깐 기다려, 개야! 오마쓰 님에게 그런 말을 듣고는 물러설 수 없다. 그래, 이 주아미는 네 약혼자에게 연문을 보낸 적이 한 번 있다."

두뇌가 날카로운 주아미는 이것을 결투의 불씨로 삼을 모양이다.

열한 살짜리 소녀를 놓고 싸우다가 마타자에몬에게 죽었다는 소문이 나면 약간 부끄러운 일이기는 했으나, 주아미가 연문을 보낸 것은 사실이다.

결코 마음으로부터 반한 것은 아니었다. 노히메가 하도 오마쓰의 영리함을 칭찬하기에 장난기가 생겼다는 것이 진실일까? 아니, 어쩌면 이것도 마타자에몬에 대한 경쟁심 때문이었는지도 모른다.

노히메는 오마쓰를 기요스에서 가장 영리하다며 칭찬하곤 했다. 그러면서 오마쓰에게 일본에서 제일가는 신랑을 맺어주겠다고 입버릇처럼 말했으며 결국 약혼자로 선택받은 사람이 마에다 마타자에몬이었다.

이렇게 되자 주아미는 기요스 제일의 재녀라는 오마쓰를 골려주고 싶었다. 주아미는 그런 성격의 소유자였다.

그는 열한 살인 기요스 제일의 재녀가 기요스 제일의 미남인 자기의 연문을 받고 어떤 대답을 보낼지, 여기에 흥미와 관심이 있었다.

그런데 결과는 주아미의 완전한 패배였다.

오마쓰는 달필로 어른스러운 문장을 써서 주아미를 타일렀던 것이다.

"이미 나는 정해진 남편이 있기 때문에 아이치 님의 말에 따른다면 부도婦道에 벗어나고 인륜人倫에도 어긋나는 일이므로 인연이 없다고 여겨 체념하기 바랍니다. 다시 이런 연문을 보내시면 마님께도 알려질 테니 아이치 님을 위해서도 바람직하지 못한 일입니다."

주아미는 마치 중년에 접어든 유부녀에게 접근했다가 퇴짜를 맞은 꼴이 되어 머리를 긁적이며 물러났다.

그 짓궂은 장난이 드디어 오마쓰의 입을 통해 이 자리에서 폭로되고 말았다.

'도리가 없다. 이것을 꼬투리로 삼아야겠어.'

일단 결심을 하자 주아미의 입에서는 또다시 거침없이 독설이 쏟아져 나왔다.

"네 약혼자에게 연문을 보내고 또 결판을 내자고 불러 세웠는데도 그대로 어물어물 사라질 생각이냐, 이 개야! 너도 사나이라면 일단 칼을 뽑았으니 매듭을 지어야 할 것 아니냐?"

"뭣이!"

이 무렵부터 마타자에몬도 주아미의 속셈을 알아차렸다.

'그렇다, 여기서 싸울 꼬투리를 잡고 주아미를 죽인 것으로 위장해야 한다.'

"그럼, 너는 그런 못된 짓을 했다는 말이냐?"

"어째서 못된 짓이란 말이야? 우쭐거리지 마라, 개야! 나는 개의 약혼자가 어떤 여자인지 골려주었을 뿐이다. 분하거든 어디 덤벼라."

말하자마자 주아미도 얼른 칼을 뽑았다.

오마쓰는 당황하여 얼른 마타자에몬의 뒤로 돌아가 긴장한 눈으로 몰래 발 밑에 있는 돌멩이를 집어들었다.

# 어긋난 인생

인간세계에는 종종 사람의 지혜로는 헤아릴 수 없는 우연의 간섭이 있기 마련이다. 그리고 이로 인한 인생의 차이를 사람들은 행운 또는 불운이라 부른다.

그런 의미에서 오늘 밤의 우연은 아이치 주아미에게 완전히 등을 돌렸다.

두 사람은 이미 칼과 칼로 대치하고 있었다.

이때 각본대로 모리 신스케가 나타나주었다면 '앗, 사람이 왔다!' 하며 마에다 마타자에몬이 칼을 휘두른 뒤 그대로 도망치고, 아이치 주아미는 비명을 지르며 쓰러져 죽은 체하면 된다.

그런데 모리 신스케의 도착이 좀 늦어지는 바람에 예기치 못한 사태가 벌어졌다.

쌍방이 칼을 겨눈 채 말싸움이 차차 격렬해져 한두 차례 칼을 교환하지 않으면 연극다워지지 않게 되었다.

"개야, 어서 덤비지 못하겠느냐! 이것이 늘 검술을 자랑하던 네 실력이란 말이냐? 저런, 암캐가 안절부절못하고 있군. 여기서 네놈이 죽으면 약혼자는 그대로 과부가 되는 거야. 그래도 좋다는 말이냐? 이 주아미도 히라타 산미平田三位에게 배워 검술에는 자신이 있다. 과부가 되면 내가 다시 연문을 보내도 좋겠느냐?"

"이놈, 아직도 지껄이느냐!"

주아미의 너무 지나친 독설에 마타자에몬은 상대에게 피할 여유를 충분히 준 줄로 믿고 칼을 힘껏 비스듬히 휘둘렀다.

바로 그 순간이었다. 당연히 뒤로 물러설 줄 알았던 주아미가 나무 뿌리나 돌멩이에 걸렸는지 비틀거리며 도리어 앞으로 나왔던 것이다.

"앗……"

마타자에몬은 깜짝 놀라 뒤로 몸을 날렸다. 하지만 이때 이미 주아미는 기묘한 자세로 허공을 붙잡으며 털썩 낙엽 위에 쓰러져 나직이 신음했다.

"으음."

"이…… 이…… 이놈의 개가 베었구나. 정…… 정…… 정말."

'아뿔싸!'

마타자에몬은 정신없이 주아미에게 달려가 안아 일으켜 상처를 살피고는 망연자실했다.

상처가 깊었다. 노부나가에게 받은 아카사카 센주인 야스쓰구赤坂千水院康次가 만든 칼은 너무도 예리했다. 목 왼쪽에서부터 가슴에 걸쳐 일직선으로 갈라져, 안아 일으켰을 때는 벌써 주아미의 몸에서 마지막 경련이 일어나고 있었다.

"주아미!"

귀에 입을 대고 큰 소리로 불렀다.

"대답할 수 없느냐, 그 입으로?"

소름끼치는 소리를 내며 분출하는 피가 말쑥하게 차려입은 옷으로 빨려 들어갈 뿐 이미 주아미는 완전히 숨을 거두었다.

마타자에몬은 그 자리에 가만히 시체를 내려놓고 망연히 무릎을 꿇었다.

'정말 죽이고 말았구나! 대관절 이 일을 어떻게 해야 한다는 말이냐?'

"어서 도망쳐야 해요."

갑자기 나무 밑에서 소리가 들렸다.

"이제 알겠어요. 두 분 사이에 약속한 일이 있었을 거예요."

오마쓰가 나무 밑의 어둠 속에서 말했다.

영리한 이 소녀는 그때 비로소 두 사람 사이에는 어떤 사정이 있어서 겉으로만 싸우는 체했다는 사실을 깨달은 모양이다. 거꾸로 말하면 주아미가 정말 죽지 않았다고 생각하는 것이기도 했다.

이 얼마나 엄청난 해학이란 말인가.

열한 살 소녀의 눈에조차 위장으로 비친 싸움인데 당사자인 주아미는 순식간에 정말 죽어버렸다.

"자, 어서 가야 해요. 누군가 오고 있어요."

그러나 늦었다. 깜짝 놀라 돌아보니 모리 신스케가 히닌非人°인 듯한 두 사람에게 처형당한 죄수의 시체를 운반시켜 이리 오고 있다. 아주 사소한 우연이 모든 것을 뒤죽박죽으로 만들어버렸다.

마타자에몬은 얼른 주아미의 시체에 합장을 하고 나서 칼을 칼집에 꽂고는 오마쓰가 있는 나무 밑으로 몸을 숨겼다.

'불운한 주아미, 용서해다오.'

그 유례없는 독설을 제외한다면 역시 주아미는 일찍 죽기에는 아깝고 훌륭한 사나이였다.

주아미의 아버지는 오래 전 아즈키자카小豆坂 전투에서 장렬하게 전사했고, 주아미는 어려서부터 노부나가의 아버지 노부히데에게 양육된 이후 줄곧 노부나가를 곁에서 섬겨왔다.

'정말 죽였다는 사실을 알면 주군은 이 마타자에몬을 어떻게 처리하실까?'

"원, 성급하기도 하군. 내가 오기도 전에 벌써 죽다니."

가까이 온 모리 신스케가 호호호 웃고 시체 옆에 섰다. 마타자에몬은 숨을 죽인 채 그 모습을 지켜보고 있었다.

# 별똥별

"대관절 이 시체를 어떻게 하시렵니까?"

신스케가 데려온 자는 시체를 운반하는 히닌이 아니라 아시가루인 모양이다.

마타자에몬은 그 목소리를 들은 기억이 있었다.

'한 사람은 도키치로다.'

이렇게 생각했을 때 신스케의 차분한 대답이 들렸다.

"뻔하지 않으냐, 그 죄수의 시체와 함께 후조몬을 통해 밖으로 운반하는 거야."

"그럼, 우리가 시체 둘을 운반한다는 말입니까?"

"쉿!"

신스케가 제지했다.

"둘이라고 하면 안 돼. 시체 한 구를 운반하여 땅에 묻었다고 하거라. 이 성에서는 흔한 일이야. 알겠지, 반드시 한 구를 운반했다고 해야 한다."

"그렇군요. 이 성에는 흔히 있는 일이어서 우리가 뽑혀 왔군요. 아니, 그런데 웬 피가 이렇게 많이!"

"뭣이, 피? 피까지 흘렸다는 말이냐, 용의주도한 송장이군."

"피를 여간 많이 흘린 것이 아닌데요? 옷이 흥건히 젖어 있어요. 대관절 이것은 누구 시체입니까?"

"원숭이 녀석, 잘도 지껄이는군. 하긴 말해도 상관없는 일이니 가르쳐주겠다. 이것은 너무 욕설이 심해 천벌을 받은 아이치 주아미라는 멍청한 녀석의 시체야."

모리 신스케도 때때로 주아미의 욕설을 들었기 때문에 이 기회에 분풀이를 할 생각인 모양이다.

"너무 정중하게 다루지 않아도 좋아. 머리를 걸어차고 운반해도 괜찮아. 정말 가증스런 녀석이었어. 놈의 입은 여간 험하지 않았지."

"하지만 모리 님, 대관절 주아미 님을 누가 죽였을까요? 놀라운 솜씨예요! 한칼에 목에서 가슴까지 베었으니 말입니다."

"원숭이 녀석이 묘한 소리를 하는군. 벤 사람은 마에다 마타자에몬 도시이에지만 상처 따위는 확인할 필요 없어. 성안에서 흔히 있는 일이니까."

"아니, 마에다 님이 주아미 님을?"

"꼬치꼬치 묻지 말고 어서 시체나 거적에 싸도록 해라."

"그렇지만 이대로 쌀 수는…… 그러면, 마에다 님은 어디로 도피했겠군요?"

"그래. 이 녀석이 주군의 총애를 믿고 마타자에몬 님한테 말끝마다 개라고 했기 때문에 참다못해 한칼에 처치하고 도피한 거야. 너희들도 조심해야 한다. 인간이란 평소의 언행이 중요한 거야. 아니, 무얼 하고 있느냐. 그렇게 다루면 목이 정말 떨어지겠다."

"잠깐!"

그러면서 허리를 굽혀 들여다보았다.

"이거 안 되겠다. 아니, 정말로…… 아뿔싸!"

신스케의 목소리가 작아졌다.

이 말을 듣고 있던 마타자에몬은 저도 모르게 눈을 감았으나 그보다 더 놀란 사람은 신스케였다.

"내려놓아라, 운반할 것 없다. 이 시체는 그냥 두거라."

얼른 들것에서 시체를 내려놓게 하였다.

"그 죄수의 시체 하나만 운반하고 즉시 사방의 성문을 모두 닫아라. 이 일은 나 혼자 처리할 수 없어. 어서 서둘러!"

사태가 전혀 달라졌다.

'평소 사이가 나쁘던 두 사람. 그 원한이 계속 쌓여 마타자에몬은 정말 주아미를 죽이고 말았다.'

이렇게 생각하니 이제 모리 신스케 혼자서는 이 사태를 처리할 수 없었다.

한쪽은 마에다 가문의 적자嫡子이고 다른 한쪽은 노부나가가 총애하는 주아미인 것이다. 결국 마타자에몬이 주군의 명을 어기고 동료를 죽인 셈이다.

'마타자에몬을 놓쳐서는 안 된다.'

노부나가가 마타자에몬을 어떻게 처리할지는 모리 신스케가 알 바 아니다. 어쨌든 지금은 우선 성문을 모두 닫아 마타자에몬의 도주를 막고 노부나가의 지시를 기다리는 수밖에 없었다.

"빨리 서둘러라! 중요한 일이 생겼다."

모리 신스케는 일단 내려놓았던 죄수의 시체를 다시 들것에 싣게 하고 허둥지둥 마타자에몬 앞을 지나 사라져간다.

'이것으로 만사는 끝났다!'

마타자에몬은 천천히 어린 약혼자의 어깨에 손을 얹었다.

"오마쓰."

"예."

"오마쓰는 마님 곁으로 돌아가도록 해. 즉시 돌아가."

"아니에요. 같이 가겠어요."

"그럴 수 없게 됐어. 내가…… 내가 그만 정신이 나가서 주아미를 정말 죽이고 말았어. 죽인 체하고 둘이 성에서 모습을 감추기로 했는데……"

"아니, 그럼 주아미 님은?"

"죽었어. 죽었기 때문에 신스케가 허둥지둥 달려간 거야. 주군에게 이 사실을 보고하기 위해 달려간 거야. 자, 내게 업혀. 내전의 정원 입구까지 데려다주겠어."

그러면서 마에다 마타자에몬은 어린 약혼자 앞에 듬직한 등을 돌려대고 허리를 구부렸다.

오마쓰는 잠자코 등에 업힌다.

북쪽 하늘에서 별 하나가 꼬리를 그으며 흘러갔다.

# 줄행랑

"마타자에몬 님, 저 소리는?"

"성문을 닫아걸고 나를 찾으러 나온 사람들이야."

"발견되면 어떻게 될까요?"

"그것은 내가 대답할 수 있는 문제가 아니야. 주군의 뜻에 달려 있으니까. 나는 이미 도마 위에 놓인 물고기야."

"마타자에몬 님."

"응, 왜 그래?"

"피신하세요. 지금 주군을 뵈면 안 돼요."

"어째서 그런 소리를 하지?"

"여기서 죽으면 그야말로 개죽음이에요."

"개라는 말은 두 번 다시 입 밖에 내지 마라. 녀석의 악담에 놀아나 그만 칼을 든 것이 불찰이었어."

마타자에몬은 어린 약혼자를 업은 채 천천히 정원 쪽을 향해 걸었다. 오마쓰만은 어떻게든 타일러서 노히메에게 돌아가게 하고 자신은 깨끗이 노부나가의 처분에 따를 각오였다.

영리한 오마쓰는 이것을 잘 알고 있다.

"피신해야 해요, 마타자에몬 님."

다시 오마쓰가 귓전에 속삭였다.

"지금 죽으면 충성스럽지 못한 일이에요."

마타자에몬은 쓸쓸히 웃었다.

"처벌이 두려워 도망친다면 그야말로 충성스럽지 못한 일. 더 이상 아무 말도 하지 마라."

"아니에요. 저는 마타자에몬 님의 약혼자, 약혼자는 의견을 말할 수 있어요."

"좋아, 알았어. 그러나 사나이에게는 사나이가 걸어야 할 길이 있는 거야."

마타자에몬은 등에 업힌 오마쓰의 뺨에 가만히 입을 맞추고 눈물을 글썽거렸다.

"착한 일을 쌓아놓으면 내세에 다시 만날 수 있어. 그때는 둘이 행복하게 지낼 수 있을 거야. 오늘은 순순히 마님께 돌아가도록 해."

오마쓰는 그래도 고개를 가로저었다.

"그것은 충성스럽지 못한 일이에요. 지금 마타자에몬 님이 주군 앞에 나가면 틀림없이 처형될 거예요."

"그것은 이미 각오한 일이야!"

"하지만 그후에 주군은 후회하실 거예요. 분명히 마타자에몬 님이 살아 있기를 원하고 계세요. 주군을 후회하시게 만든다면 충성스럽지 못한 일이므로 피신해야 해요, 마타자에몬 님."

"도망쳐서 어떻게 하라는 말인가, 오마쓰?"

"중요한 일에 공을 세우고, 그때 오마쓰가 피신하라고 하기에……
이렇게 말씀드리면서 주군 곁으로 돌아오세요."

마타자에몬은 깜짝 놀라 걸음을 멈췄다.

업혀 있는 소녀에게 바른 길을 지적받은 느낌이 들었던 것이다.

그러나 이때 벌써 성문은 모두 굳게 닫히고, 여러 조로 편성된 수
색대가 횃불을 밝히고 성안을 뒤지기 시작하였다.

"도망쳐야 해요. 충성스럽지 못한 일이에요, 이대로 죽는다면!"

어린 소녀가 다시 외치듯이 말했을 때,

"옳은 말입니다, 불충이고말고요!"

별안간 매립지 그늘에서 검은 그림자가 나타났다.

"누구냐!"

"위로는 천문, 밑으로는 지리."

"아, 도키치로가 아니냐."

도키치로는 이 말에는 대답하지 않고,

"과연 마에다 도시이에 님의 약혼자. 분명히 불충이죠, 지금 죽는
다면."

"이봐 도키치로, 오늘 밤엔 네 농지거리 따위를 듣고 있을 틈이 없
다."

"물론이죠. 저도 농지거리 따위를 하고 있을 틈이 없어요. 자, 어서
저를 따라오세요."

"네 뒤를? 그래서 어떻게 하라는 말이냐?"

"대장을 위하는 일! 후조몬을 통해 피신하세요."

"안 된다! 그러면 주군에게 오해를 받는다. 이 마타자에몬이 정말
화가 나서 주아미를 죽인 줄 아시게 된다."

"그래도 상관없어요!"

하며 도키치로는 느닷없이 마타자에몬의 어깨를 붙잡았다.

"계산이 모자라는 사나이라 여겨지는 편이 주아미를 죽인 성급한 사나이로 여겨지는 것보다 몇 배나 더 큰 수치죠. 이것도 모를 마에다 님이 아니실 텐데요."

"뭐…… 뭐라고?"

"마에다 님은 아이치 주아미라는 사나이를 죽여, 고양이 손이라도 빌리고 싶을 정도인 대장에게 큰 손해를 입혔어요. 이것으로도 모자라 또 손해를 끼칠 생각입니까? 손해는 한 사람으로 충분합니다. 지금 나타나면 대장의 그 격한 성격으로 미루어 당장 마에다 님을 처단할 겁니다. 그렇게 되면 대장의 측근은 두 사람이나 사라집니다. 마에다 님만이라도 살아남아야 주아미의 죽음으로 입은 손해를 보상해주실 것 아닙니까?"

"……"

"가만히 계신 것을 보니 계산이 끝났다는 증거인 것 같군요. 자, 어서 걸으세요. 남의 눈에 띄면 큰일입니다. 지금 처형을 당해 대장에게 이중의 손해를 입히고 나중에 마타자에몬이 살아 있었다면 하고 후회하게 만든다…… 그런 충의는 진정한 충의가 아닙니다. 이런 이치를 모를 정도로 마에다 님은 어리석습니까?"

그러자 등에 업혀 있던 오마쓰가 조용한 목소리로 재촉했다.

"참으로 옳은 말이에요. 자, 마타자에몬 님, 이 오마쓰를 데리고 한시라도 빨리 도망쳐주세요."

마에다 마타자에몬은 갑자기 얼굴을 크게 일그러뜨리고 입을 한일자로 꼭 다문 채 울기 시작했다.

# 자포자기 병법

"이봐, 소문은 들었겠지? 큰일났어."

"아닌 밤중에 홍두깨처럼 그게 무슨 소린가?"

"이마가와 쪽에서는 완전히 상경 작전 준비가 끝났는데 우리 주군
은 오늘 밤에도 춤판에 나가신 모양이야."

"아, 그 이야기로군. 무리가 아니지…… 무리는 아니지만 큰일이
야. 작년 가을에 마에다 마타자에몬 님이 아이치 주아미 님을 죽이고
도주한 뒤부터 완전히 사람이 달라지셨어."

"아무튼 적은 4만에 가까운 대군을 거느리고 온다는데 우리는 고
작 4천에 지나지 않아. 게다가 아끼던 신하 중에서 한 사람은 죽고 다
른 한 사람은 도망쳤으니…… 처음부터 조짐이 나빠 자포자기하신
모양이야."

"무슨 방법이 없을까? 이대로는 도저히 견디지 못할 거야. 금년에
는 장마가 일찍 온다고 하더군. 이마가와 군은 장마가 끝나기를 기다

렸다가 곧 출발한다는데, 소문으로는 벌써 스루가, 도토미, 미카와의 군사는 동원 태세가 완료되었다는 거야."

"보통 문제가 아니야. 노부나가 님 기질로는 자포자기하고 의기소침해지셨어도 남의 말은 전혀 들으려 하지 않으시니 말일세."

이곳은 해가 진 기요스 성안, 본성의 숙직실이다.

에이로쿠永祿 3년(1560)도 벌써 5월에 접어들고 있다. 상경할 준비를 끝낸 이마가와 군은 드디어 슨푸를 떠나 숙원이던 진군을 감행하려 하는데도 노부가나는 최전선인 와시즈鷲津, 마루네丸根, 단게丹下, 젠쇼 사善照寺, 나카지마中島 등 다섯 성채에 도합 1천 남짓한 군사를 분산시켜 배치했을 뿐, 자신은 지난해부터 농민들 사이에서 유행한 '못난이 춤'에 빠져 있다. 그러므로 가신들이 안타까워하는 것도 무리가 아니다.

"작년 2월에 처음으로 상경하여 아시카가 쇼군 요시테루義輝 공을 만나고 돌아오셨을 무렵에는 이마가와 군에게 지지 않는다는 기백을 보이셨는데, 역시 그 주아미와 마타자에몬 님 사건으로 완전히 기가 꺾이신 것 같아."

"그래도 오와리의 오다 영지에는 도적 한 놈도 발을 들여놓지 못하게 만들겠다고 말씀하셨을 정도였는데 참으로 안타까운 일이야."

"아, 나오시는군. 배웅해야겠어."

숙직하던 자들이 말을 중단하고 황급히 현관 양쪽에 무릎을 꿇었을 때 주군이 출타하신다고 고쇼小姓가 알렸다.

숙직자들이 말했듯이 노부나가는 오늘 밤에도 가신 두서너 명에게 상품을 들려 쓰시마津島의 고즈牛頭에 있는 덴노 사天王寺로 말을 달려 춤을 추러 갔다.

물론 자신도 농부들과 섞여 커다란 수건으로 얼굴을 가리고 춤을 쳤는데, 이것으로도 모자라 농부들 중에서 춤을 잘 추는 자, 묘한 옷차림을 한 자에게 직접 상을 주면서 흥을 돋우었으므로 이전의 노부나가답지 않은 탈선이었다.

"말은 준비되었겠지? 상품을 단단히 안장에 묶어 도중에 떨어지지 않게 하라. 아무것도 주지 않으면 춤추는 자들이 실망할 테니까."

노부나가는 큰 소리로 말하고 현관 앞에 서서,

"원숭이는 어디 있느냐? 오늘은 원숭이 춤을 보여주며 모두를 웃기겠다고 약속했어. 누가 가서 빨리 데려오너라."

원숭이란 물론 기노시타 도키치로를 가리키는 말이다.

그러나 이때 도키치로는 신발을 들고 다니는 신분이 아니었다. 작년 말에 성곽을 수리할 때는 재목 담당 업무를 맡아 인정을 받고, 지금은 이 성의 주방 책임자로 발탁되어 30관貫°이나 되는 녹봉을 받고 있다.

근시 한 사람이 주방으로 도키치로를 부르기 위해 달려갔다. 그 사이에 노부나가는 벌써 현관 앞에서 말에 올라 있었다.

"원숭이, 왜 이렇게 늦었느냐?"

"원 이런, 주군을 기다리시게 했군요. 죄송합니다, 죄송합니다."

그러면서 나타난 도키치로를 보고 모두 웃음을 터뜨렸다.

이 얼마나 야릇한 옷차림이란 말인가. 그렇지 않아도 웃음을 자아내게 만드는 체구인데, 오늘 밤에는 등에 빨간 동그라미를 그리고 옷깃을 3단으로 나누어 물감을 들인 묘한 가타기누肩衣°를 걸치고 있다.

아마도 그런 차림으로 춤을 추어 자기도 상을 받으려는 듯했다.

노부나가는 그런 도키치로를 보고 칭찬했다.

"으음, 그럴듯하게 차려입었군. 제법 교겐狂言°의 광대처럼 보이는군. 마을 사람들에게 지지 않도록 잘 추어야 한다. 그럼, 출발하자."

노부나가가 고삐를 잡고 말 머리를 성문 쪽으로 돌렸을 때 니와 만치요, 모리 신스케, 하세가와 교스케 등 세 사람 뒤에서 도키치로는 커다란 말에 기어오르듯이 하고 달려왔다.

"기다려, 기다려…… 큰일났어, 이러다가는 늦어지겠어."

그 기묘한 모습에 다시 사람들이 일제히 웃음을 터뜨렸다.

"웃지 마라."

배웅 나온 중신인 오다 기요마사織田清正가 꾸짖었다.

"지금이 어느 때인 줄 아느냐!"

모두 숙연히 입을 다물었다.

거의 노하는 일이 없는 이 온후한 중신도 노부나가의 못난이 춤에 그만 애가 타는 모양이다. 곁에서 모리 산자에몬이 정중하게 중재했다.

"나중에 잘 주의시키겠습니다. 우선 안으로 드시지요."

기요마사는 겨우 고개를 끄덕이고 들어갔으나 그 자리에는 언제까지나 어색한 공기가 감돌았다.

당연한 일이다. 이미 출전 준비를 완료했다는 이마가와 군의 실력과 오다 군의 실력이 각자의 머리에서 침통하게 비교되고 있었기 때문이다.

그런 의미에서는 모두 승산이 없다고 생각하였으므로 그만 자포자기하는 심정으로 웃었다는 느낌이 없지 않았다.

당시 이마가와 가문의 영지는 이러했다.

| | |
|---|---|
| 스루가 | 27만 석 |
| 도토미 | 27만 석 |
| 미카와 | 24만 석 |

오와리 일부  22만 석

합계      1백만 석

이것은 표면적인 규모일 뿐 스루가에서는 새로운 농토를 계속 개간하는 중이고, 도토미나 미카와도 단지 그 정도만이 아니라는 것은 다소라도 경지에 관심을 가진 자라면 모두 알고 있는 사실이다.

아마도 스루가, 도토미, 미카와만으로도 1백만 석은 훨씬 넘을 것이다.

가령 도합 1백 50만 석이라 치고, 1만 석에 250명씩을 징집한다고 하면 3만 7천 5백 명의 병력을 쉽게 모을 수 있다.

여기에 군량 수송을 위한 인원과 로닌°들을 합하면 아마 5만 명쯤은 충분히 동원할 수 있을 것이다.

그런데 오와리는 나루미와 오타카에 이르는 곡창지대가 침식되어 현재의 실수익은 17만 석이 될까말까 한 형편이다.

따라서 1만 석마다 250명씩 징집한다면 4,250명, 아무리 무리를 한다 해도 6천 명이 한계라는 계산밖에 나오지 않는다.

이러한 비교가 모두의 머리를 무겁게 짓누르고 있을 때 노부나가는 못난이 춤에만 열중해 있으므로 노부나가가 자포자기했다고 생각하는 것도 무리가 아니었다.

오늘 밤에는 기요스에서 30리 가량 떨어진 쓰시마 신사라고 하므로 그래도 괜찮은 편이지만, 때로는 멀리 이누야마犬山나 이마이세今伊勢까지 가서 농부들과 함께 야반이 되도록 춤을 추었으므로 예삿일이 아니다.

그렇더라도 놀랍도록 강렬한 투지를 가진 이 노부나가가 과연 춤추기에 열중하며 이마가와 군에 대항하지 못하는 안타까움을 잊으려는 것일까?

"이봐, 원숭이가 뒤처진 모양이다. 여기서 잠시 기다리는 게 좋겠다."

노부나가는 쓰시마 바로 앞에 있는 쇼바타勝幡까지 단숨에 달려와 마을을 나서자 말고삐를 당겼다.

"지금 무어라 하셨습니까?"

"원숭이가 뒤처졌으니 기다리자고…… 아니, 너는 만치요가 아니라 원숭이였구나."

"죄송합니다. 저는 저 말고 원숭이가 또 있는 줄 알았습니다."

"그래, 그렇다면 좋다. 길이 넓어졌으니 말 머리를 나란히 하고 달리도록 하자."

"다른 분들을 기다리지 않아도 될까요?"

"괜찮아. 이렇게 매일 밤 멀리까지 말을 달리다보니 말도 나도 밤눈이 아주 밝아졌어."

"놀라운 훈련입니다. 이제는 대장님도 훌륭한 노부시가 되실 수 있게 됐습니다."

"묘한 방법으로 칭찬하는군. 어떠냐, 그후 이누치요…… 아니, 마타자에몬의 동정을 알았느냐?"

"예. 제가 독단적으로 후조몬에서 도주시켰을 때는 몹시 꾸중을 들었습니다마는, 그후 마타자에몬 님은 약혼자를 업고 먼저 히사마쓰 사도노카미 님을 찾아갔습니다."

"으음."

"그런 뒤 어디서 어떻게 되었는지는 저도 몸이 하나뿐이라 알지 못합니다마는, 막상 싸움이 벌어질 때 마타자에몬이 어떤 모습으로 나타날 것인지는 제 신통력으로 알 수 있습니다."

"신통력 따위의 당치도 않은 소리는 빼고 말하거라. 너는 쓸데없는 소리를 너무 많이 한다."

"쓸데없는 것이 실은 중요합니다. 사루가쿠猿樂°, 교겐, 노能°, 고 와카幸若° 등 쓸데없는 것들이 모두 중요한 역할을 하지요."

"알겠다, 그만 입을 다물어라."

"아니, 지금부터가 중요합니다. 마타자에몬 님은 어떻게 해서든지 주아미 님의 몫까지 함께 묶어 충성을 다하려 하고 있습니다. 그래서 히사마쓰 마님의 연줄을 통해 미즈노와 오카자키 등지에 잠입하여, 이마가와 요시모토가 이번 상경 작전 때 오카자키의 군사를 선봉으로 내보내 전멸시킴으로써 오카자키 성을 영원히 차지할 속셈이라고 소문을 퍼뜨려……"

"뭣이, 분명히 그런 소문을 퍼뜨리고 있다는 말이냐?"

"예, 분명히 그럴 것입니다. 이것도 제 신통력이지요. 그런 소문을 퍼뜨리고 그 지방의 노부시를 설득하겠지요. 그리고 어떻게 해서든지 한 부대를 편성하여 양군의 전투가 고비에 이르렀을 때 홀연히 나타나 적을 교란할 겁니다. 대장님, 훌륭한 부하의 목숨은 역시 살려두어야 합니다."

노부나가는 더 이상 대답하지 않았다.

숲에서 희미한 불빛이 흘러나오고 피리와 북소리가 들려온다.

이 숲이 오늘 밤에 춤판이 벌어질 쓰시마 신사의 경내였다. 춤을 좋아하는 농부들이 노부나가가 도착하기를 기다리지도 않고 벌써부터 춤을 추기 시작한 모양이다.

"대장님, 아시겠습니까? 그때는 아무 말도 마시고 마타자에몬 님을 받아들이십시오."

"듣기 싫다!"

노부나가는 때려부수듯이 대답했다.

"오늘 밤엔 춤을 추러 왔어. 춤을 출 때는 마음을 비워야 하는 거야, 이 멍청한 원숭이 놈아."

# 결전 전야

춤을 추던 남녀는 노부나가를 보자 와아, 환성을 지르며 술렁거렸다.

'남녀노소를 가릴 것 없이' 라는 표현은 이런 경우를 두고 하는 말이다. 이들이 저마다 특이한 복장을 하고 원을 그리며 춤추는 모습은 마치 큰 국화 송이 같았다. 세상에서는 이런 춤이 유행하면 나라가 망할 징조라고 말하는 사람도 있다.

그러나 노부나가의 생각은 달랐다.

인간은 아무 희망이 없을 때라도 찰나적인 자아 망각을 찾아 자포자기의 심정으로 춤을 추지만, 환희에 넘칠 때에도 저절로 춤이 나온다.

지금 오와리의 민중이 춤추는 것은 후자의 경우다. 끊임없이 논밭을 황폐하게 만들던 싸움이 없어지고, 각지의 상인들이 자유롭게 출입하여 서서히 생계도 나아졌다. 게다가 노부나가의 엄격한 군율이 반영되어 영내에서 도적이 자취를 감추었다.

이것은 오와리에 오는 여행자들이 한결같이 고개를 갸웃거리며 감탄할 정도로 당시로서는 보기 어려운 기적이었다.

"전국에서 문단속을 하지 않고 잘 수 있는 곳은 오와리뿐이다"

사람들은 그렇게 떠들어댔다.

그러한 오와리의 농민과 상인들이, 오와리뿐일 거라고 자랑하는 또 한 가지가 바로 노부나가의 춤이었다.

"일본 어디를 가도 영주와 농민이 함께 어울려 춤을 추는 곳은 없을 것이다."

이 같은 농민들이 멀리서 말을 타고 찾아온 노부나가의 모습을 보았으므로 환호하며 맞이하는 것은 당연한 일이다.

"계속 추어라, 멈추지 말고 추어라."

노부나가도 손을 흔들며 큰 소리로 환호에 대답했다.

"괴로울 때도 함께, 즐거울 때도 함께! 이것이 오다 가즈사노스케가 고즈 덴노에게 한 맹세다. 상품도 가져왔다. 올바르게 일하고 마음껏 춤을 추어라."

다시 한가운데서 북이 울리기 시작하고, 북소리에 맞추어 피리와 징 소리가 요란하게 뒤섞였다.

"원숭이, 빨리 오지 않고 무얼 하고 있느냐?"

노부나가는 품속에서 꺼낸 보랏빛 천으로 얼굴을 가리고 춤판에 끼여들어 사람들과 손을 잡고 허리를 흔들며 춤을 추기 시작했다.

도키치로도 춤판에 뛰어들었다. 구경꾼들이 일제히 박수를 친 이유는 아마도 빨간 동그라미가 그려진 도키치로의 가타기누가 원숭이 엉덩이를 연상시켰기 때문일 것이다.

이리하여 모두 얼마 동안 몰아沒我의 가락에 도취했다.

그러나 이것만이 노부나가의 목적은 아닌 모양이다.

이윽고 만치요와 신스케 일행이 도착하고 마을의 원로 중에서 심사위원을 뽑아 수상자를 선정하기 시작할 무렵에는 어느 틈에 노부나가와 도키치로가 춤판에서 사라지고 없었다.

말이 여전히 도리이鳥居˚ 왼쪽의 목책에 매어 있는 것을 보면 먼저 돌아갔거나 다른 곳에 간 것도 아닌 듯하다.

한껏 흥에 겨워 춤추는 사람들의 대부분은 노부나가가 춤판에 없다는 것조차 모르고 있음이 분명하다.

"대장님, 이쪽입니다. 나무뿌리가 솟아 있으니 발을 조심하십시오."

"쓸데없는 소리 마라. 밤눈이 밝아졌다고 하지 않았느냐. 아니, 도리어 네놈이 걸려 비틀거리는구나."

"하하하, 저는 지금 나무 사이로 흘끗 달을 쳐다보았기 때문에…… 밝은 것을 보면 곧 발밑이 어두워집니다. 조심하셔야 해요. 조심을."

두 사람은 신사의 왼쪽을 돌아 뒤뜰로 갔다.

그곳에는 자그마한 빈 터가 있고 늦게 뜬 달이 잘려진 고목의 뿌리를 훤하게 비추고 있었다. 그리고 여기에 그림자 하나가 묵묵히 서 있었다.

"하치스카 히코에몬 마사카쓰蜂須賀彦右衛門正勝 님이십니까?"

도키치로가 그림자를 향해 물었다.

"그렇소."

"아, 자네로군. 혹시 나타나지 않으면 어쩌나 하고 걱정했었지. 역시 구면이란 좋은 거야. 고로쿠小六, 아니 지금은 마사카쓰라고 부른다지? 노부나가 님을 모시고 왔네. 어서 만나보게."

말이 채 끝나기도 전에,

"내가 가즈사노스케일세, 여기 앉게."

노부나가는 큰 소리로 말하고 자기가 먼저 나무 그루터기에 걸터 앉았다.

하치스카 히코에몬은 모피로 된 도기胴着°의 옷깃을 바로 하고 천천히 앉았으나 그 눈은 노부나가를 똑바로 응시하고 있었다.

나이는 노부나가와 거의 비슷해 보이고, 눈빛과 태도에서는 중후한 관록이 느껴진다.

"원숭이와는 구면이라면서?"

"그렇소이다."

"그대는 도키치로가 나를 섬기라고 하자 우선 만나보고 나서 대답하겠다고 했다지? 만나서 무엇을 알아보려는 겐가?"

"물론 마음의 본바탕이죠."

히코에몬은 즉석에서 대답했다.

"나는 우리 노부시들과는 달리 불의의 녹봉에 무릎을 꿇은 쇼군 쪽 자손들은 믿지 않소. 섣불리 섬겼다가는 선조들 뵐 면목이 없어진다오."

"흥."

노부나가는 비웃었다.

"그대는 영주인 나보다도 더 도도하군."

"물론이오."

"좋아."

노부나가의 목소리가 날카로워졌다.

"그럼, 내가 묻겠다. 도도한 이유는?"

"우리 노부시는 남북조 시대에 의롭게 싸우다 죽은 황실 쪽 사람의 자손이오. 강한 자에게 붙어 아시카가 쇼군에게 굽실거리고 녹봉을 구걸한 거지 같은 무사의 자손은 아니오. 그러므로 아무리 영주라 해도 상대의 본성을 파악하지 않고는 절대로 허리를 굽히지 않소."

"으음…… 그렇다면 상대가 마음에 들지 않는 한 평생토록 주군을 섬기지 않고 산야에 묻혀 무사의 길을 걷겠다는 것이로군."

"그것이 노부시오. 노부시의 주군은 조정밖에 없소."

"좋아, 마음에 들었어!"

느닷없이 노부나가가 외쳤다.

"원숭이! 이야기는 끝났다. 뜻은 하나였어."

"아니, 뜻이 하나라니?"

히코에몬 마사카쓰가 반문하였다.

"그래!"

노부나가는 또다시 고개를 끄덕였다.

"이번에 아시카가 쇼군의 일족인 이마가와 요시모토가 천하를 노리기 위해 상경한다. 이것은 절대로 일본 백성의 행복을 위해서도 아니고 의義를 바로 세워 조정을 받들기 위함도 아니야. 세상이 어지러워진 틈을 타서 자기가 쇼군을 대신하여 영화를 누리려는 용서치 못할 야망 때문이지. 따라서 이 오다 가즈사노스케는 전력을 다해 광란의 군사가 상경하는 것을 저지하겠어. 근왕勤王은 조상 대대로 내려오는 유지遺志, 장차 조정을 받들어 전국을 통일하려는 중요한 시발점이 지금이다. 이것을 안다면 내가 일부러 부탁하지 않아도 그대는 협력하지 않을 수 없을 것이다. 만약 협력하지 않는다면 그대의 목을 치고 혀를 뽑아버릴 테다. 입만 살아 있고 실행을 동반하지 않는 자는 이 오다 가즈사노스케가 노부시라는 말을 쓰지 못하도록 하겠다. 그것은 단지 산적, 절도의 무리에 지나지 않아. 알겠나?"

하치스카 히코에몬 마사카쓰는 노부나가의 내뿜는 듯한 열변을 듣고 잠시 동안 묵묵히 생각에 잠겼다.

아마도 상대가 이처럼 확실하게 목표를 세우고 있는 불덩어리일 줄은 생각지 못한 듯했다.

그러나 지금 노부나가의 열변을 듣고보니 그 이론 구성에는 한 치의 틈도 없었다.

분명히 노부나가의 아버지 오다 노부히데는 세상에 알려진 근왕의 무사였다. 일부러 궁전의 담을 보수하는가 하면 이세와 아쓰타 신사에 계속 헌금을 하여 센고쿠戰國 시대의 무장 중에서는 기인이라는 말까지 들었다.

그리고 이번에는 아들인 노부나가가 이마가와 요시모토의 상경을 야심 때문이라면서 전력을 다해 저지하겠다고 한다. 노부나가의 생각을 안다면 협력하지 않을 수 없을 것이라니 이 얼마나 놀라운 설득력이란 말인가.

여기서 만약 자세를 낮추고, 노부시들을 규합하여 도와달라고 부탁했더라면 하치스카 마사카쓰는 크게 실망했을 것이다.

원래 하치스카 일족은 남북조 시대에 남조南朝의 충신 나와 나가토시名和長年와 함께 조정 편에 서서 싸운 근왕의 명문이었다. 그 무렵에는 단바丹波 후나이노쇼舟井の庄의 영주이고 따로 호키伯耆에도 영지를 가졌을 정도이므로 이곳 오와리의 아마고리海部郡에 토착한 뒤에도 줄곧 노부시의 지도자로 통해왔다.

노부시에게는 영지가 없으므로 따라서 국경도 없다. 대신 남의 눈에는 보이지 않는 세력권과 단결력이 있어 은연중에 큰 세력을 형성하고 있다.

그 세력을 이끌고 노부나가를 돕기 바란다…… 아니, 돕지 않으면 안 된다고 단정지었다. 노부나가와 도키치로도 지난날의 고로쿠, 지금은 히코에몬 마사카쓰가 된 그가 무어라 대답할지 눈을 똑바로 뜨고 바라보고 있다.

마침내 마사카쓰의 늠름한 얼굴에 미소가 떠올랐다.

그러자 때를 놓치지 않고 도키치로가 몸을 앞으로 내밀면서,

"반가운 일이야. 이렇게 될 수밖에 없지. 뜻이 하나이므로 어디까지나 하나가 되어 움직여야 해. 대장은 다이묘 출신이고 히코에몬은 노부시 출신, 그리고 이 도키치로는 평민 출신이 아닌가. 다이묘와 노부시와 평민이 하나가 되면 이보다 더 큰 힘은 없어. 여기에 비해 이마가와 군은 출세에 미친 무사의 집단. 이제는 이겼어. 이겼으니 축배를 들어야지. 우선 대장님부터."

도키치로는 어느 틈에 가져왔는지 허리에서 작은 호리병박과 전복 껍질 술잔을 꺼내 먼저 노부나가에게 건넸다.

"히코에몬, 나를 따르겠는가?"

"예."

히코에몬 마사카쓰는 비로소 노부나가 앞에 엎드렸다.

"주군의 뜻을 알았으니 지금까지의 무례를 널리 용서해주십시오."

"좋아, 잔을 건네겠네. 어서 받도록."

"예, 고맙게 받겠습니다."

"그럼, 술을 따르겠어. 히코에몬, 이로써 우리는 구면이야. 우리 둘이서 실력을 힘껏 발휘하세."

"도키치로."

"왜, 히코에몬?"

"대장님이 춤추시는 이유를 이제야 알겠군."

"하하하…… 사방에서 대의大義의 군사를 모으기 위해서야. 그런데 오늘 밤엔 말이지, 대장님이 저런 무서운 얼굴을 하고 계시지만 내심으로는 여간 기뻐하시는 게 아니야. 이제는 설령 이마가와 군이

오와리에 들어오더라도 밤낮을 가리지 않고 노부시의 습격을 당해 기진맥진해서 물러갈 거야…… 전략이 거의 완전히 세워진 거라고. 안 그렇습니까. 대장님?"

노부나가는 씁쓸히 웃고 달을 쳐다보며 일어났다.

"자, 춤을 추세. 히코에몬도 원숭이도 다같이."

"예. 원 이렇게도 성급하시다니. 그런데 히코에몬."

"왜, 도키치로?"

"우리 대장님은 말이지, 실은 이마가와 군을 오와리에 들여놓지 않으실 생각이야. 오와리 입구에서 저지하고 끊임없이 괴롭혀 수면 부족으로 녹초가 되도록 만들자는 계획이지. 그러나 만약 들어온다 해도 우리는 패하지 않아. 저렇게 노인부터 어린아이에 이르기까지 모두 영주님, 영주님 하고 따르고 있으니까. 아무튼 잘 부탁하네."

하치스카 히코에몬은 힘껏 고개를 끄덕이고 도키치로와 함께 신사 경내 쪽으로 걸어갔다.

노부나가는 다시 군중 속에 들어가 손과 허리를 흔들며 춤을 추었으나 마음속은 다시 4만과 4천의 결전을 생각하기에 여념이 없었다.

'이마가와 군을 어떻게 분쇄할 것인가?'

천하를 손에 넣느냐 멍청이로 끝나느냐, 앞서 히라테 마사히데와 아버지 앞에서 가슴을 펴고 호언장담한 계획을 실행할 날이 시시각각 다가오고 있었다.

# 이마가와 군의 출동

에이로쿠 3년의 여름은 일찍 찾아왔다.

마른 장마라고 할 수는 없으나 여느 때보다 열흘 가까이 일찍 비가 걷히고 무더위가 시작되었다.

따라서 여름에 자라는 풀과 나뭇잎은 때를 만난 듯이 푸름을 더해 갔으나 기요스 성안의 장병들은 무더위 때문에 사기가 크게 떨어질까 우려했다.

"우리에게는 전적으로 불리해. 이마가와 지부다유가 빨리 출진하려고 대기하고 있는데 장마가 이렇게 일찍 물러가다니."

"사실일세. 이런 말을 해선 안 되지만, 하늘이 벌을 내리려는 게 아닌지 모르겠어."

"하늘이 벌을…… 누구에게?"

"누구는 누구야. 대적을 앞에 두고 매일 밤 춤을 추러 다니는 대장을 하늘이 눈감아줄 것 같은가. 하늘은 스스로 돕는 자를 돕기 마련이야."

"으음. 그러나저러나 대장은 도대체 무슨 생각을 하고 있을까? 5월 초하루에 벌써 이마가와 지부다유는 출동 명령을 내렸다고 하더군."

"지금 무슨 소리를 하고 있나. 출동 명령은 예전에 내려졌고, 본대는 이미 스루가를 출발했어."

"뭐, 그게 사실인가?"

"그러기에 시바타 님과 하야시 사도노카미 님도 각각 스에모리 성과 나고야 성那古野城에서 일부러 말을 달려 이 성에 들어온 거야."

"그런데도 작전 회의가 열릴 기색은 보이지 않아."

"답답한 친구로군. 작전 회의도 열지 않고 있기에 하늘이 벌을 내린 게 아니냐고 말한 거야. 벌써 지부다유는 호조北條와 다케다와 굳게 동맹을 맺은 뒤 슨푸 성을 적자인 우지자네氏眞에게 지키게 하고는 직접 4만의 대군을 거느리고 이달 10일에 도카이東海 가도를 통해 서쪽으로 출발했다는 정보가 들어와 있어."

"10일에 출발했다니 오늘이 벌써 11일이 아닌가."

"뻔한 소리를 하는군. 내일은 12일이고 모레는 13일. 그때는 이미 오카자키에서 치리유池鯉鮒 부근까지 진출할 거야. 그러면 14,5일경에는 국경에서 싸움이 벌어질 테고."

그렇다면 가만히 있어서는 안 되겠군. 그런데 주군은 도대체 국경까지 나가 싸울 생각일까, 아니면 농성을 하시려는 걸까?"

"그것을 모르겠어. 알 수 없기 때문에 중신들도 모두 초조해하며 명령을 기다리고 있어. 그런데 주군은 어젯밤에도 어딘가 다녀왔고, 오늘은 해가 중천에 떴을 때 일어나더니 은어가 먹고 싶다고 했다는 거야."

"뭣이, 은어를?"

"매일 돌아다니다보니 몸이 피곤하다면서 영양 보충을 해야겠다고 하셔서 주방 책임자인 기노시타 도키치로가 부랴부랴 은어를 사러 나갔다는 거야."

"그런데 기노시타 도키치로란 자는 대관절 무얼 하는 사나이인지 모르겠어. 대장의 놀이에나 따라다니고 음식 마련이나 하고…… 그러면서 늘 아첨하는 말만 하고 있으니."

"옳은 말이야. 그런 자의 어디가 대장 마음에 들었는지 모르겠어. 대장이 춤에 열중하게 된 것도 도키치로가 곁에 있기 때문이라며 하야시 사도노카미도 격분하고 있다는 거야."

노부나가가 아무런 지시도 내리지 않은 가운데 여기저기서 오가는 대화는 모두 초조해하는 이야기들뿐이었다.

그 사이 도토미와 미카와 방면의 도카이와 혼자카本坂 가도로 내보낸 첩자로부터 시시각각 보고가 들어왔다.

이러한 보고는 중신 대기실에 나와 있는 원로인 오다 기요마사와 측근인 모리 산자에몬을 통해 직접 노부나가에게 보고되었는데, 이날 저녁때까지 노부나가는 아무런 명령도 내리지 않았다.

"주군은 무얼 하고 계시던가요?"

해가 졌을 무렵, 노부나가를 만나고 돌아온 기요마사에게 참다못한 시바타 곤로쿠가 물었다.

"마님에게 작은북 다루는 방법을 배우고 계셨소."

기요마사는 무거운 목소리로 대답했다.

"아니, 작은북?"

"그렇소. 춤추는 것만으로는 흥이 나지 않아 작은북을 직접 두드리고 싶다면서."

68

"으음."

시바타 곤로쿠가 나직하게 신음하였다.

"드디어 우리 오와리의 운명도 앞으로 사오 일이면 결정이 나겠군."

하야시 사도노카미는 한숨 섞인 소리로 이렇게 말하고 가만히 두 손을 가슴에 올려놓았다.

# 독물 검사

중신 대기실의 무거운 분위기와는 대조적으로 판자로 마루를 깐 여덟 간짜리 주방은 활기에 넘쳤다.

조리사가 갓 잡아온 은어를 굽는 냄새가 은은히 풍기고, 뜸이 들기 시작하는 밥 냄새가 구수하게 주방을 가득 메웠다.

주방 한가운데 마련된 사방 한 간짜리 화덕에는 여름이기에 장작은 때지 않았으나 큰솥이 걸려 있고 숯불이 약간 빛을 내고 있었다.

그 정면에 의젓하게 가부좌를 틀고 앉아 있는 사람은 바깥 무사들에게는 아주 평판이 좋지 않은 주방 책임자 기노시타 도키치로였다.

"이봐, 좀더 등불을 밝게 하라. 어두우면 음산해서 좋지 않아. 그리고 은어는 이미 구워졌을 텐데 아직 시식할 때가 되지 않았느냐? 인간이란 말이지, 코로 숨을 쉬는 동안에는 열심히 몸과 머리를 써야 하는 거야. 원래 은어 소금구이는 갓 구웠을 때 먹지 않으면 제 맛이 나지 않는다. 그런데 왜 식혀서 먹게 하려느냐 이 말이다…… 밥과

국, 이렇게 순서를 정해 준비하고 은어가 구워지는 대로 얼른 상을
차려야 해……"

"예, 그런 식으로 준비했습니다. 자, 시식하시지요."

어느 틈에 주방 사람들과 친밀해졌는지, 도키치로가 미처 말을 끝
내기도 전에 심부름하는 자가 그 앞에 상을 가져왔다.

"좋아, 이렇게 해야 되는 거야. 시장해서 이러는 거야…… 물론 내
가 그렇다는 것이 아니고 주군을 두고 하는 말이다. 주군이 시장하시
므로 빨리 상을 올려야 하기에 이 도키치로도 얼른 시식을 끝내겠어.
으음, 첫번째 상은 된장국에 무채와 찐 도미로군. 두번째 상은 갓 잡
아온 은어 소금구이와 간을 하여 찐 전복. 그리고 이건 뭔가? 동부와
호두를 섞어 볶은 것 같군. 좋아, 어서 상을 가져와."

이 말에 얼른 하녀가 밥을 퍼서 공기에 담아 건네자 생선구이 담당
인 오구이 소큐小久井宗久가 손을 비비면서 도키치로 앞으로 왔다.

"어떻습니까, 은어를 구운 솜씨가?"

"으음, 나쁘지는 않아."

"그렇지만 아직 맛도 보시지 않았는데요?"

"정신 나간 소리를 하는군. 지금 이렇게 먹고 있지 않은가. 그런데
말이지, 생선이란 먹어보지 않고는 맛을 모른다고 흔히 말하지만 사
실은 그렇지 않아. 우선은 싱싱한지 아닌지를 보아야 해. 싱싱하기만
하면 굽는 솜씨가 좀 서툴러도 맛이 있기 마련이야."

생선구이 담당인 소큐는 혀를 차면서,

"기노시타 님은 무엇을 드셔도 맛이 있을 텐데요?"

"반드시 그런 것은 아니야. 참, 자네가 생선구이 담당이었지. 아
니, 제법 잘 구웠어. 이봐 밥을 한 그릇 더 가져와, 어서. 그리고 두번
째 상에는 술을 준비해야 한다. 주군은 폭음하는 버릇이 있기 때문에

기분에 따라 변하는 주량을 짐작하기 어려워. 먼저 독이 들었는지 알아보고 상을 올려야 하니 빨리 준비해."

도키치로는 여러 가지 재주가 있었으나, 밥, 생선, 국을 쉴새없이 입으로 가져가면서도 멈추지 않고 말을 계속하는 것도 훌륭한 재주였다.

더구나 도키치로는 이 재주를 '독물 검사'라고 하면서 끼니마다 피력하여 주방 사람들에게 보여준다.

이전에는 없었던 일이기 때문에 처음에는 도키치로가 '주군의 진지는 앞으로 두 상을 차려라'고 했을 때 모두 눈이 휘둥그레졌었다.

"그것은 혹시 운반 도중에 상 하나를 떨어뜨렸을 때에 대비하기 위해서입니까?"

"멍청한 것, 운반 도중에 떨어뜨려서야 어디 되겠느냐? 그런 것이 아니다. 주군이 혹시 식중독이라도 일으키면 큰일이므로 똑같은 음식을 이 도키치로가 먼저 먹어보고 나서 주군에게 올리기 위해서야."

시치미를 떼고 이렇게 말했다.

따라서 이 성안에서 노부나가와 똑같이 좋은 음식을 먹는 사람은 도키치로 한 사람뿐이었다. 그러나 도키치로는 이 일은 결코 의무감으로 하는 것이 아니라 '충성' 때문이라고 사람들에게 선전했다.

오늘도 도키치로는 충성과는 좀 거리가 먼 듯 입맛을 다시었다.

"이봐, 은어 맛이 제법 괜찮다. 좀더 없느냐?"

이때 바로 등 뒤에서 벼락 같은 일갈이 들렸다.

"이 원숭이 놈아!"

"예! 아…… 아니, 대장님이……"

"은어는 더 이상 맛볼 것 없다. 내 방으로 오너라."

"예."

도키치로는 당황하며 밥그릇을 놓고 입에 붙었던 밥풀을 떼어 얼른 입에 넣었다.

"이런 데까지 대장님이 오시다니 얼마나 감사한지 모르겠습니다. 제가 이렇게 하는 것도 모두 충성을 바치기 위해서입니다. 예, 곧 모시겠습니다…… 오늘 식사에는 독이 없다는 것을 확인했으므로 즉시 상을 올리도록 하겠습니다."

노부나가는 돌아보지도 않고 복도를 지나 방을 향해 걸어갔다.

# 마지막 비책秘策

노부나가는 자기 방까지 옷자락을 걷어차듯이 하며 걸어갔다.

"뻔뻔스런 원숭이 놈을 꾸짖어야겠으니 모두 물러가라."

고쇼들을 무섭게 노려보고 노히메가 놓아주는 방석에 앉았다.

"원숭이 이놈!"

"예."

"너는 독물을 검사하는 충성이 지나쳐 머리가 굳어져버린 것이 아니냐?"

"원 이런, 꾸중을 듣게 되다니 뜻밖입니다. 아직 충성이 부족하기 때문에 그만……"

"무엄한 녀석, 그래서 은어를 더 달라고 했느냐?"

우선 고쇼들이 있는 데서 무섭게 꾸짖고 나서 잠시 동안 쏘는 듯한 눈으로 도키치로를 노려보았다. 잠시 후 밥상과 술병이 놓였다.

"술은 오노가 따를 테니 모두 물러가라."

잔을 들어 노히메에게 내밀고는 비로소 싱긋 웃었다.

"원숭이! 인간은 코로 숨을 쉬는 동안에는 몸과 머리를 움직여야 한다고 했지?"

"아니, 그런 말까지 들으셨습니까?"

"놀라운 녀석이야. 은어를 먹는 솜씨며 국을 마시는 동작, 순식간에 밥을 삼켜버리는 재빠름, 그야말로 발군의 실력이야. 게다가 아직 주인도 맛보기 전에 은어를 더 달라고 하다니 참으로 보기 드문 충신이로구나."

"아닙니다. 제가 은어를 더 달라고 한 것은……"

"닥치지 못하겠느냐!"

노부나가는 말을 중단시켰다.

"내가 더 달라고 했을 때 여분이 있는지 없는지를 확인하기 위해서였다고 말하려 했을 테지. 고약한 놈! 네놈 덕택에 모처럼의 소금구이가 식었어. 마치 이 노부나가가 네가 먹다 남은 것을 먹는 셈이 됐어. 오노!"

"예."

"그대의 입에 들어갈 음식은 도키치로가 먹다 남은 찌꺼기의 또 그 찌꺼기야."

"호호호호, 그처럼 두 번씩이나 독이 들었는지 검사했다면 안심하고 먹어도 되겠군요. 그렇죠, 도키치로 님?"

도키치로도 그만 얼굴을 붉혔다.

"어떻게 이처럼 입이 험하신 분들끼리 만나셨는지 모르겠습니다. 그런 말씀을 하실 줄 알았다면……"

"두서너 마리 더 먹을 것을 그랬다는 말이냐? 이 뻔뻔스런 녀석."

노부나가는 다시 싱긋 웃고 잔을 비운 뒤,

"네놈의 충성이 갸륵하여 한 잔 주겠다. 받아라."

"예. 그러나 어쩐지 기분이 좋지 않습니다."

"괜찮아. 술에 독이 들었는지는 내가 확인해보았다. 자, 한 잔 마시고 나서 마음을 고쳐먹고 내 말을 안주로 삼아라."

"예? 주군 말씀을 안주로?"

"그래. 원숭이! 나는 농성하기로 각오했어!"

"예? 농성을 하다니…… 또 농담을 하시는군요. 적의 대군이 오카자키에 들어오기 직전인데, 과연 이런 상황에 농성을 하실 대장님인지 아닌지……"

"원숭이!"

"예."

"내 말을 안주로 삼으라고 하지 않았느냐? 나는 농성하겠어, 알았느냐?"

"예? 그 안주를 맛보라는 말씀입니까?"

"그렇다. 잘 씹어보아라. 공격해도 승산이 없기 때문에 농성하겠어."

"예?"

"농성을 하게 되면 무언가 부족한 것이 생길 텐데, 주방을 책임졌다면 군량을 챙겨야 한다. 적에게 포위되면 부족한 물자를 조달할 수 없어. 그 잔을 비우고 나서 오늘부터 부족한 것을 마련하도록 하라."

"예?"

도키치로는 다시 한 번 고개를 갸웃했다.

"농성을 할 경우에 부족한 것들이라면…… 쌀과 소금, 된장과 야채는 모두 충분합니다마는."

여기까지 말하고 도키치로는 비로소 깜짝 놀라며 무릎을 탁 쳤다.

"농성을 하신다는 말씀이지요?"

"새삼스럽게 무슨 소리를 하는 게냐! 역시 너는 주방에 있으면서 지나치게 충성을 했어. 머리가 돌지 않는단 말이다."

"아니, 절대로 그렇지 않습니다. 농성을 결정하셨다면 과연 부족한 것이 있습니다. 잘 알겠습니다. 그럼, 즉시."

"기다려!"

"이미 안주는 충분히 먹었습니다."

"그 말을 들으니 한 잔 더 주고 싶다. 오노, 따라주도록."

그러자 노히메는 아주 진지한 얼굴로 술병을 내밀었다.

"도키치로 님, 주군이 또 잔을 드리는 것은 잘 부탁한다는 뜻임을 알아야 해요."

도키치로도 진지한 표정으로 잔을 받고 노부나가와 노히메를 똑바로 쳐다보았다.

"그럼, 다시 한 잔 마시겠습니다."

"이봐, 나는 천하에 멍청이로 알려진 오다 가즈사노스케야."

"새삼스럽게 우러러보지 않을 수 없습니다."

"그러므로 버둥거리며 몸부림은 치지 않기로 했어. 적이 오와리에 침입할 때까지 잠이나 자겠다."

"과연 그러시는 편이 좋겠습니다."

"적이 오와리에 들어오거든 일어나겠어. 그때는 원숭이, 네가 깨우거라. 농성은 이후부터 시작해도 충분해. 그럼, 어서 부족한 물건을 구해오너라."

"예."

도키치로는 상대의 기세에 맞춰 재빨리 힘주어 대답하고, 이번에는 싱긋 웃으면서 그대로 나갔다.

# 된장을 사들이는 사람

도키치로는 복도로 나오자 흐흐흐 웃었다.

그는 노부나가의 마음을 거울에 비춰보듯이 잘 알 수 있었다.

이미 가능한 수단은 모두 강구해놓았다. 적은 보무도 당당히 슨푸를 출발하여 시시각각 오와리를 향해 계속 행진하고 있다.

여기까지 사태가 진전되었으므로 통상적인 작전 회의나 사기의 고무 등을 입에 올려보아도 무의미하다.

아니, 노부나가가 세상에 흔히 있는 평범한 무장이라면 무의미하다는 사실을 알면서도 반복하지 않을 수 없을 것이다.

물론 여기서 나올 대답은 뻔하다.

전멸이냐?

항복이냐?

그러나 이 두 가지 모두 노부나가가 원하는 바가 아니었다. 그렇다면 노부나가는 무엇을 지향하는 것일까?

그것은 전력을 기울이고 나서 자신의 무운武運을 시험하는 일이었다.

가신의 힘을 빌리지 않고 노부나가 혼자의 힘으로 4만의 대군을 분쇄하고 승리를 쟁취할 수 있을 것인가, 아니면 미친 장수라는 조소를 받으면서 자기가 제일 먼저 전사하게 될 것인가 둘 중 하나다.

아마 상식 일변도인 가신들로서는 이 사실을 알 수 없을 것이다. 그러나 노부나가에게 있어서는 자기 자신과 대결하여 이것만이 나의 보람이라고 결단한 유일무이한 길이었다.

"천하를 손에 넣을 것인가, 오와리의 큰 멍청이로 끝날 것인가."

노부나가는 자주 이런 말을 하곤 했는데, 도키치로가 볼 때 그것은 결코 호언장담도 아니고 자포자기에서 나오는 말도 아니었다.

세상에는 드물기는 하나 이런 천성을 가지고 태어난 인물도 있는 모양이다.

누군가에게 무릎을 꿇고 살기보다는 스스로 배를 갈라 죽는 편이 낫다고 하는 인물 말이다.

그리고 도키치로가 노부나가에게 심취한 이유도 실은 그 점이었다.

'드디어 이로써 결정됐다!'

도박이라고 한다면 이보다 더 큰 도박도 없다. 오늘까지 침식을 잊고 대책 마련에 골몰하던 노부나가가, 적이 슨푸를 떠났다는 사실을 알자 도리어 가신들까지 물리치고 자기 혼자 무운을 시험하려 하고 있다.

오늘 밤 도키치로에게 명한 것은 그 무운 시험으로 전향한 최초의 비책이자, 노부나가가 오늘까지 고심한 마지막 마무리이기도 했다.

'참으로 고마운 일이야. 만일의 경우 자기 혼자 전사함으로써 해결해 보려는 대장이 이 도키치로와는 운명을 같이 할 생각이니 말이야.'

"이봐, 소큐. 장부를 하나 만들어주게."

도키치로는 주방에 돌아오면서 오구이 소큐를 손짓으로 불렀다.

"장부라니…… 무슨 장부 말입니까?"

"지금부터 나는 된장을 사러 나가겠어."

"된장…… 된장이라면 충분히 비축되어 있는데요."

"그것으로는 부족해, 많이 부족해."

도키치로는 진지한 표정을 지으며 손을 내저었다.

"이것은 외부에 함부로 누설하면 안 돼. 성안의 충의로운 사람에게는 말해도 상관없지만. 대장님은 적이 오와리에 침입하면 농성하시기로 드디어 결정했어."

"아니, 농성을?"

"그래. 성안 사람을 제외하고는 절대로 이 사실을 말하면 안 돼. 물론 신뢰할 수 있는 가신들에게는 말해도 괜찮지만……"

도키치로는 그 특유의 역선전을 시도하였다.

"농성을 하게 되면 성 밖에 있는 무사의 가족들이 속속 성으로 들어올 것이야. 스에모리에서도 나고야에서도 말이야. 그렇게 되면 쌀은 넉넉하지만 된장이 모자라. 그래서 나는 몰래 성을 빠져나가 부유한 상인이나 농부의 집을 찾아다니면서 은밀히 된장을 구입하려고 해. 소큐, 그동안 성안의 일과 대장님 식사에 대해서는 자네가 지시해야 하는 거야. 그리고 밖에서 된장이 들어오거든 소중히 건사하도록. 절대로 낭비하면 안 된다."

"예, 잘 알겠습니다."

"장부는 그래서 필요한 거야. 빨리 사람들에게 일러 만들도록 해."

이 같은 도키치로의 묘한 지시로 우선 성안의 한 모퉁이인 주방에서부터 긴장한 분위기가 감돌기 시작했다.

"여보게, 농성하기로 결정했다는군."

"모두 분발하고 있는 중인데 어째서 공격해 나아가 당당하게 일전을 벌이려 하지 않으실까?"

"큰 소리로 말하지 마라, 이것은 비밀이야."

도키치로는 미농지를 접기 시작하는 이들 모두에게 다시 말했다.

"대장님은 그런 기질이시므로 반드시 이길 싸움이 아니라면 출격하지 않겠다고 하신다. 틀림없이 이긴다고 확신할 수 있을 때만…… 그러나 지금은 이길 수 있다는 확신이 불분명하기 때문에 잠이나 주무시겠다고 하셨어. 적의 대군이 몰려오는데도 주무시면서 그들을 기다린다! 이 얼마나 대장님다운 배포이신가! 어차피 승산이 없는 싸움이라면 버둥거릴 필요 없이 도마 위의 생선이 되시겠다는 거야. 유유히 주무시면서 적을 골려주겠다는 것이지. 정말 재미있는 성격이셔…… 그러나 이 일이 적에게 누설되면 안 돼."

"예, 그야 물론."

모두 중대한 비밀을 듣게 된 흥분으로 가슴을 죄며 종이를 접었다.

적에게 누설하지 말라고 했으니 내부에서는 괜찮다는 말이 된다. 그들은 누구에게만 이 사실을 알릴까 하고 마른침을 삼키고 있는 표정이다.

"이제 다 됐습니다. 이봐, 송곳을 가져오너라."

도키치로를 대신하여 책임을 맡게 된 소큐는 떨리는 손으로 종이를 가지런히 하여 장부를 만들었다.

"자, 완성되었습니다."

"좋아, 벼루를 가져오너라."

도키치로는 근엄하게 말하고 다시 목소리를 낮추었다.

"알아들었겠지? 내가 된장을 사러 나갔다는 것과 농성에 대해 가까운 사람들에게는 말해도 좋아. 그러나 대장님이 유유히 낮잠을 주무신다는 것은 굳이 말할 필요가 없어."

그러면서 소큐가 가져온 벼루함에서 붓을 꺼내 의젓한 표정으로 장부의 표지에 제목을 썼다.

"된장 구입 인원 명부."

옆에서 소큐가 고개를 갸웃했다.

"된장 구입 인원 명부라니요?"

"바보 같은 녀석. 나 혼자서는 손이 부족해. 경우에 따라서는 영내뿐 아니라 서부 미카와까지 가서 사들여야 해. 그러므로 각처의 유지를 방문하여 똑똑한 인부들을 차출하려는 거야. 이건 그 사람들의 이름을 적어 넣으려는 장부야."

도키치로는 이렇게 말한 뒤 붓을 놓고 긴장한 얼굴로 장부를 허리춤에 찌르고는 그대로 주방을 나갔다.

아마도 그는 노부나가가 말한 '부족한 것'을 '선전宣傳'이라 이해하고 된장을 사들인다는 구실로 활동을 개시할 속셈인 듯했다.

# 열리는 전단戰端

5월 1일(에이로쿠 3년, 1560), 자기 휘하에 있는 다이묘들에게 출동
명령을 내린 이마가와 요시모토는 10일에 이르러 드디어 슨푸를 출
발했다. 그리고 11일에는 도카이 가도, 12일부터는 도카이와 혼자키
의 두 가도로 진출하고 15일에는 선봉이 미카와의 아오미고리에 있
는 지리유에 도착했다.

지리유는 오와리의 국경과 아주 가까운 곳이다.

총대장인 요시모토는 이보다 좀 늦은 16일에 오카자키 성으로 들
어가 즉시 작전 회의를 열고 전투준비에 착수했다.

요시모토는 이때 마흔두 살로 한창 활동할 나이였다. 서른 관에 가
까운 비대한 체구였으므로 슨푸를 출발할 때부터 가신에게 도중에
갈아탈 말 세 필을 끌게 하고, 자신은 금과 은으로 장식한 화려한 사
인교四人轎를 타고 있었다.

요시모토는 미카와나 오와리의 거친 무사들과는 달리 일찍부터 교

토의 문화를 접하고 항상 공경公卿들과 가까이 지내면서 쇼군이나 다름없는 도도한 생활을 하고 있었다. 그래서 중국의 촉강蜀江에서 들여온 비단으로 만든 요로이히타타레鎧直垂°에 흰 갑옷차림, 또 눈썹을 그리고 이를 까맣게 물들인 모습으로 유유히 오카자키 성의 넓은 방에 자리잡은 모습은 그림처럼 현란했다.

미소년들 중에서 엄선한 고쇼가 받들고 있는 큰 칼은 여섯 자 두 치로, 소조 사몬지宗三佐文字가 만든 명검이고, 작은 칼 역시 대대로 내려오는 마쓰쿠라쿄松倉鄕의 명장 요시히로義弘의 작품이다.

비대한 탓으로 더위에 약하기 때문에 특별히 만든 직경이 석 자나되는 큰 부채로 양쪽에서 교대로 바람을 보내게 하면서 옆에 있는 서기에게 일렀다.

"명부를 이리 줘."

앞에 대령한 전령들의 얼굴을 천천히 둘러본 뒤 이어서 참모들에게 시선을 옮겼다.

"이제부터 이 요시모토의 생각을 말하겠다. 이의가 있거든 지체없이 말하라. 그리고 이의가 없거든 결정한 순서에 따라 즉시 전령을 통해 각 진지에 이 내용을 전하도록 하라."

"예."

"오카자키 성은 이미 싸움터나 다름없으므로 이하라 모토카게庵原元景가 천 명의 군사로 수비한다."

"예."

모토카게는 측근에 있었으므로 좌석의 오른쪽 중간쯤에서 대답했다.

"다음으로 호리코시 요시히사堀越義久는 내가 측근에서 군사 2천을 줄 터이니 그대의 군사 2천과 함께 4천의 병력으로 모로카와諸川와 가리야제屋을 감시하면서 지리유 · 이마오카今岡에 포진하여 내가 전진할 길을 확보한다."

"황송합니다마는……"

당사자인 호리코시 요시히사가 왼쪽 윗자리에서 입을 열었다.

"제가 내보낸 첩자의 보고에 따르면 그러한 경계는 불필요할 것이라 생각합니다."

"뭣이, 불필요하다고?"

요시모토는 체구로 보면 호쾌한 듯했으나 성격은 신경질적인 모양이어서 그려넣은 눈썹을 꿈틀 움직이며 말했다.

"오다 가즈사노스케는 난폭하기로 소문난 자, 어째서 경계할 필요가 없다는 말이냐?"

"실은 노부나가가 국경을 넘어 공격해 올 의사가 없다는 정보를 입수했습니다. 그 정보에 따르면, 놈은 승산이 없는 싸움이라면 차라리 잠이나 자는 편이 좋겠다면서 은밀히 농성을 준비하고 있답니다."

"으음, 농성할 결심…… 그것을 확인할 만한 증거는?"

"기요스의 주방을 책임지고 있는 기노시타 도키치로라는 자가 측근에게 그런 귀띔을 하고 서둘러 된장을 구입하러 다니고 있습니다. 된장을 판 자가 이 서부 미카와에도 몇몇 있기에 그들을 조사해 본 결과 모두 똑같은 대답을 했습니다. 이것은 틀림없는 사실입니다."

"단지 그것만으로 믿어도 된다는 말이냐, 요시히사?"

요시모토는 조용히 말하였다.

"그 정보만으로는 계획을 변경할 수 없다. 4천의 병력으로 이 요시모토의 진로를 차질 없이 확보하도록 하라."

"황송합니다마는……"

이번에는 미우라 빈고노카미三浦備後守가 입을 열었다.

"오타카 성大高城의 우도노 나가테루鵜殿長照 님으로부터 이와 유사한 정보가 들어와 있습니다."

"뭐, 유사한 정보가?"

"예. 노부나가가 기요스에서 농성할 것이 확실하다는 정보입니다."

"으음, 어째서 확실하다고 하더냐?"

"노부나가는 최일선인 와시즈, 마루네, 단게, 젠쇼 사, 나카지마 등의 성채에 전혀 병력을 증파하지 않았다고 합니다."

"뭐, 병력을 증파하지 않았어?"

"예. 주군이 슨푸를 출발하실 때와 똑같은 병력입니다."

"서기, 노부나가의 병력 배치도를 이리 다오."

요시모토가 이렇게 명하자 서기가 병력 배치도를 내놓았다.

"빈고노카미, 우도노가 보고한 적의 장수와 병력을 읽어라."

"예. 와시즈에는 오다 노부히라織田信平 이하 약 350, 마루네에는 사쿠마 다이가쿠 이하 약 4백, 단게에는 미즈노 다다미쓰水野忠光 이하 약 2백, 젠쇼 사에는 사쿠마 노부토키信辰 이하 약 2백, 나카지마에는 가지카와 가즈히데梶川一秀 이하 약 190명 정도라고 합니다."

"으음, 과연 병력이 그대로군."

"예. 전부 합쳐 1천 330명, 물론 이 병력으로는 잠시도 견디기 어렵다고 어느 성채에서나 증원군을 보내달라고 빈번히 사자가 기요스로 달려간다고 합니다."

"그런데도 가즈사노스케는 증원을 하지 않고 있다는 말이지?"

"농성할 결심이기 때문에 하지 않는 것이 아니라 하지 못하는 것이 아닌가하고 우도노 나카테루 님은 판단하셨습니다."

이 말을 듣고 요시모토는 허공을 노려보듯이 하며 생각에 잠기기 시작했다.

이쪽에서는 적어도 3만에 가까운 정병이 출전했다는 사실을 알면서도 전략상 중요한 국경에 고작 1천 3백이라니 얼마나 수상쩍은 숫자인가. 단지 병력이 그것뿐이라면 이쪽에서 총공격을 가할 경우 아마 반각도 견디지 못할 것이다.

　"아무래도 이상해."

　요시모토는 고개를 갸웃하며 중얼거렸다.

　"농성을 위해서도 증원군을 보낼 수 없지만 기습을 위해서도 증원군을 보낼 수 없지."

　"황송합니다마는……"

　다시 빈고노카미가 말했다.

　"오다 군의 총병력은 고작 4천, 증원군의 유무 따위는 제쳐두고 우리는 어디까지나 당당하고 신중하게 진군함이 옳다고 생각합니다."

　"당연한 일이다. 좋아, 호리코시 요시히사에게 다시 1천의 병력을 할애하겠다. 4천을 5천으로 늘려 개미 한 마리도 통과하지 못하도록 경계하라."

　"저어, 1천의 병력을 더?"

　호리코시 요시히사는 어이없다는 듯이 반문했다.

　국경의 중요한 성채에 고작 1천 330명밖에 배치하지 않은 상대이므로 국경으로 향하는 동안 4천이나 되는 병력을 배치할 필요는 없다……이렇게 말할 생각이었으나 도리어 5천으로 증원하라고 한다.

　"과연 교토에 상경하셔서 천하를 호령하실 귀하신 몸, 잘 알겠습니다."

　"알았으면 다음."

　요시모토는 어디까지나 신중을 기하였다.

　"도중의 대비를 굳히거든 다음은 공격 부대야. 적의 성채 중에서 가장 견고해 보이는 사쿠마 다이가쿠의 성채는 마쓰다이라 모토야스 이하 미카와의 정예 2천 5백이 공격한다."

"최강의 적에 맞설 선봉을 맡게 된 모토야스, 영광으로 생각합니다."

왼쪽 말석에 앉아 있던 이 성의 성주인 열아홉 살의 모토야스는 이미 각오한 듯, 고개를 숙였다.

"다음, 와시즈 성채는 아사히나 야스요시朝比奈泰能 이하 2천!"

"예. 즉시 아사히나의 진지에 사자를 보내겠습니다."

"오타카 성에 있는 우도노 나가테루의 3천은 마루네와 와시즈의 공격을 지원하고, 적을 무찌르거든 구즈야마 노부사다葛山信貞와 함께 기요스 가도로 매진할 것."

"그러시면, 이 구즈야마 노부사다의 부서는?"

오른쪽의 가장 윗자리에 있던 구즈야마가 물었다.

"그대는 처음부터 5천의 병력으로 기요스 성을 공격하라. 다른 장수들이 다섯 성채를 공격하는 틈을 이용하여 적의 본거지를 치는 것이다."

"예. 구즈야마 노부사다 이하 5천은 기요스 가도로 진군하겠습니다."

"아, 그리고 마쓰다이라 모토야스."

"예."

"그대는 마루네 성채를 함락한 뒤 즉시 우도노 나가테루가 있는 오타카 성으로 가라. 그때 우도노는 이미 기요스로 향하고 있을 것이다. 마루네를 점령하고 그 길로 오타카 성에 들어가 성을 수비할 것. 미카와 무사의 명예를 걸고 싸워야 한다. 적이 강하거든 전멸할 각오로 공격하라."

"예."

대답하고 나서 모토야스는 남몰래 나직하게 한숨을 쉬었다.

소년 시절에 같이 놀던 그리운 노부나가. 그 노부나가로부터 국경
에서 서로 사투死鬪는 벌이지 말자고 비밀리에 연락이 왔다는 말을
들었다. 그러나 가장 어려운 곳에 미카와 무사를 보내 조금이라도 더
마쓰다이라의 힘을 약화시키려는 요시모토의 신중함이 과연 이를 허
용할 것인가……

"다음."

요시모토는 좌우에서 부채질하는 자에게 손을 멈추지 말라는 눈짓
을 하였다.

"미우라 빈고노카미 이하 3천은 유격대로서 후방을 담당하라."

"예."

"나의 본진 5천은 직접 내가 거느리고, 오타카 성이 함락되거든 성
에 들어가 기요스의 총공격을 지휘할 것이다."

"예."

"오카베 모토노부岡部元信에게는 7백으로 나루미 성을 지키도록
사자를 보내라."

"사자는 즉시 달려가 명령을 전하거라."

"예."

"마지막으로 아사카와 마사토시淺川政敏, 그대는 1천 5백을 거느
리고 구쓰카케 성에 달려가 인근 마을에 있는 노부시들을 사냥하라."

"구쓰카케는 아직 적지가 아닙니다마는?"

젊은 마사토시는 이 명령이 상당히 불만스러웠다.

"하하하, 모르는 소리를 하는구나, 마사토시. 이 오카자키에조차
1천의 수비대를 두고 가는 것이다. 구쓰카케는 여기보다는 훨씬 더

전선, 어찌 적지가 아니라 할 수 있겠느냐."

"그러나 저는 좀더 일선으로……"

"안 된다!"

요시모토는 단호하게 고개를 흔들고 나서 큰 소리로 웃었다.

"모두 용기가 지나치다. 그러나 우리는 상경하여 천하를 손에 넣을 사람들, 그 따위 오와리의 말라빠진 원숭이들에게 자칫 방심했다가 물리기라도 한다면 후세에까지 웃음거리가 된다. 어디까지나 당당하게, 어디까지나 세심하게 상대가 넘보지 못하도록 대비하고 무사히 상경하는 것이 상책인 줄 알거라. 알겠느냐, 마사토시? 이 요시모토는 오카자키를 떠나 오타카 성에 들어가기까지는 구쓰카케 성에 머무를 것이다. 그러한 내 본진의 앞에 나가 수비하라는 거야. 누구보다도 더 명예롭고 중요한 임무임을 모르느냐? 좋아, 작전 회의는 이것으로 끝낸다. 모두 즉각 행동에 옮기도록 하라."

오와리의 노부나가 따위는 안중에도 없다는 듯이 이렇게 말하고 요시모토는 다시 검게 물들인 아름다운 이를 드러내고 웃었다.

# 폭풍 전야

에이로쿠 3년(1560) 5월 17일, 이마가와 요시모토는 오카자키 성에서 전군의 배치를 지시하고는 5천의 병력을 이끌고 아오미고리의 우즈宇頭와 이마무라今村를 거쳐 18일에 구쓰카케 성으로 들어갔다.

무더위는 여전히 계속되고 있다.

그러나 사기는 드높았고, 금은으로 장식한 가마를 보자 길에 나와 있던 백성들은 머리를 조아리고 이들을 맞이했다.

"대관절 지부다유 님은 얼마나 많은 부하를 거느리고 계실까?"

"글쎄 말이야. 이틀 전부터 무사들이 쉴새없이 이 가도를 지나가고 있다니까. 이제 끝났는가 싶었더니 이번에는 총대장…… 이마가와 군이 모두 오와리에 들어가면 오와리는 이마가와 군으로 메워지고 말 거야."

사실 16일부터 사흘 동안이나 잇따라 서쪽으로 진군하는 대부대를 보았으므로 놀라는 것은 당연했다.

"오다 가즈사노스케는 기요스 성에서 농성하며 이들을 맞아 싸우겠다고 하지만, 이런 대군에게 포위되면 농성이고 뭐고 어림도 없는 일이야."

"그러기에 지난번 오와리에서 된장을 사러 온 무사가 말하더군. 자기네 대장은 귀찮은 나머지 적이 올 때까지 낮잠이나 자는 것이라고."

"귀찮아서 자는 것이 아니야."

"그럼, 무엇 때문이란 말인가?"

"자포자기했기 때문이지. 이길 수 없으니까."

이런 이야기가 나오는 가운데 엄중히 사방을 경계하면서 구쓰카케 성에 도착한 요시모토는 여기서도 양쪽에서 큰 부채로 바람을 보내게 하면서 먼저 들어와 경비하고 있는 아사카와 마사토시에게 만족스런 낯으로 말했다.

"노부시와 토착민들의 움직임은 철저히 감시하고 있겠지? 전투가 없는 것은 오늘 하루뿐, 병사들을 충분히 휴식시켜 내일에 대비하도록 하라. 드디어 내일 새벽에는 와시즈, 마루네, 단게, 젠쇼 사, 나카지마에서 일제히 공격을 개시한다."

구쓰카케는 오와리와 미카와의 경계를 흐르는 사카이가와境川 서쪽에 있는데, 아쓰타에서 30리 정도 떨어진 옛 가마쿠라鎌倉 가도의 역참이다.

물론 이 작은 성은 5천의 본대를 모두 수용할 수 없으므로 거리마다 인마로 가득 차고, 각 부대가 밥을 짓는 연기와 그들의 하타사시모노旗指物°로 7월 보름의 명절과 설이 한꺼번에 찾아온 것처럼 법석을 떨었다.

그러면 이처럼 적이 벌써 최전선인 성채 앞까지 다가왔을 때 노부나가의 기요스 성에서는 그 무렵 무엇을 하고 있었을까?

당연히 넓은 방에는 중신들이 가득 모여 있으나, 오늘도 노부나가는 여기에 모습을 나타내지 않았고 왼쪽 문짝 위에 큰 종이 한 장만 달랑 붙어 있었다.

"더위가 심하므로 누구나 갑옷을 입을 필요가 없다."

서기인 다케이 세키안武井夕庵이 달필로 쓴 필체를 보고 하야시 사도노카미는 몇 번이나 혀를 차며 탄식했다.

"이미 적이 오와리에 들어와 있는데도 더우므로 갑옷을 입지 말라니 정말 인정도 많으시군."

맨 처음 노부나가에게 농성을 권한 사람은 사도노카미였다.

"여러 가지 정보를 종합할 때 동군東軍의 동원 병력은 4만 이상인 듯합니다. 이에 비해 아군은 4천에도 미치지 못하므로 평지에서 싸우면 전혀 승산이 없습니다. 전군을 기요스 성에 집결시켜 방어해야 할 것입니다."

그러자 노부나가는 생각해보지도 않고 일축했다.

"노인, 예부터 성을 의지하고 싸워서 이긴 예가 있던가? 농성을 하면 마음을 바꾸어 적에게 내통하는 자가 반드시 생긴다. 두 번 다시 그런 말은 하지 마라."

이 말을 들었을 때 사도노카미는,

'이것으로 오다 가문도 끝장……'

남몰래 이런 생각을 했다. 하야시 사도노카미는 전혀 승산이 없는 싸움이므로 농성을 하다가 적을 맞이하여 병사들의 사기가 떨어질 무렵 노부나가에게 항복을 권할 생각이었다. 그렇게 하면 노부나가 가문의 명맥만은 유지될 것이라고 믿었기 때문이다.

하지만 노부나가는 사도노카미의 생각을 민감하게 깨닫고 다시는 그런 소리를 하지 말라고 못을 박았다. 그러자 사도노카미는 속셈이 드러났기 때문에 더 이상 농성을 주장하지 못했다.

'이길 거라고 생각하고 있다. 그런데 도대체 어디로 나가 싸우겠다는 것일까?'

이번에는 조마조마하게 그 생각을 하고 있을 때 뜻밖의 소문이 들렸다.

"농성하기로 결심한 모양이다."

소문의 출처는 주방이고, 도키치로가 된장을 구하러 나갔다고 한다. 이상하다는 생각이 들어 조사했더니 과연 묘한 된장통이 계속 주방에 도착하고 있다.

그러나 정작 노부나가는 소문에 대해 아직 한마디도 하지 않고 작전 회의를 하자는 독촉에 아직 이르다며 귀담아들으려고도 하지 않았다.

"주군! 작전 회의를."

사도노카미는 오늘도 그것을 물으러 갔다. 그러자 노히메의 무릎을 베고 열심히 코딱지를 후비던 노부나가는 찢어질 듯한 소리로 꾸짖었다.

"아직 이르다고 한 말을 듣지 못했느냐?"

"그러나 지부다유의 본진은 이미 구쓰카케에 들어왔습니다."

"아직 일러. 전군은 내가 지휘한다. 내가 명령을 내릴 때까지는 느긋하게 잠이나 자라고 해."

그 후 고쇼가 넓은 방에 와서 그런 종이를 붙였던 것이다.

'더위가 심하므로 누구나 갑옷을 입을 필요가 없다.'

대담한 것인지 자포자기한 것인지, 또는 미쳤는지 어떤 계획이 있는지…… 아니, 그보다도 공격해 나갈 것인지 농성할 것인지 농성할 생각이 들었으나 전에 한 말이 있기 때문에 쑥스러워 그러는가……
사도노카미는 그것조차 파악할 수 없었다.

"여러분, 주군의 명이므로 갑옷을 벗고 이처럼 시원하게 앉아 있
기는 하지만 대관절 이러다가 어떻게 될 것 같소?"

드디어 침묵을 견디다 못해 이렇게 말하자 말석에서 즉시 대답하
는 자가 있었다.

"도마 위의 잉어지요."

"뭣이, 지금 그런 소리를 한 자가 누구야!"

"저입니다, 기노시타 도키치로입니다."

"원숭이, 네가 입을 놀릴 자리가 아니야. 뭐, 도마 위의 잉어라
고?"

"예. 모두가 주군에게 반해 섬기는 사람들입니다. 토막을 내건 끓
여 먹건 구워 먹건……"

"닥쳐! 너 같은 잉어는 된장찌개에도 쓸 수 없어. 함부로 지껄이지
마라."

"그렇지만 여러분이라고 하시지 않았습니까? 여러분이라면 다수
를 가리키는 말, 저도 그 중의 한 사람이므로 생각을 말씀드린 것입
니다."

"도키치로, 말을 삼가라."

오다 기요마사가 가볍게 제지했다.

동석한 노신들은 고개를 돌렸으나 젊은 야나다梁田, 가와지리 단
바川尻丹波, 아라키荒木, 이치바시市橋, 모리毛利 등의 무사들은 킬
킬거리고 웃었다.

# 전투 개시

노부나가는 18일에도 결국 아무런 명령을 내리지 않았다. 저녁 무렵 안에서 작은북 소리가 흘러나오므로 근시인 이와무로 시게요시範室重休를 보내 알아보게 하자, 노부나가가 아이들 네 명을 모아놓고 작은북을 치고 있다는 대답이었다.

"뭐, 자녀들을 모두 불러놓고?"

"예. 장남인 기묘마루 님, 도쿠히메 님, 차남인 자센마루 님, 삼남인 산시치마루 님…… 산시치마루 님은 유모가 안고 있습니다마는, 그밖에 소실 세 분도 마님 뒤에 나란히 앉아 계셨습니다."

"으음, 그렇다면 마음을 결정하신 것 같군. 작별 인사를 나누시는 거야. 여러분, 오늘 밤에 야습이 있을지도 모릅니다."

"야습이라면 대번에 구쓰카케까지 달려가실 생각일까요?"

"그것은 불가능한 일이지. 요시모토의 본진 바로 앞에는 2만 이상의 대군이 진출해 있으니까."

"아무튼 명령을 내리시면 재미있어지겠군요."

"여러분, 수고가 많으셨습니다. 오늘 밤은 그만 돌아가 쉬시라는 주군의 말씀입니다."

한때는 분발했으나 흐지부지되어버리고, 밤하늘에 별이 빛나기 시작했을 때 이케다 가쓰사부로池田勝三郎가 찾아와 이렇게 고했다.

이때 사람들은 이미 아무 말도 하지 않았다.

아무리 생각해도 도무지 알 수 없었다. 적군은 총대장인 요시모토까지 벌써 사카이가와를 건너 오와리에 들어와 있는데도, '그만 돌아가 쉬어라'고 하는 것이다.

"참으로 알 수 없는 일이야."

"정말 이상해."

"갑옷을 입지 말고 서늘하게 하고 있으라니."

"누워서 행운을 기다리라는 말인가."

"마치 여우에게 홀린 것만 같아."

"아니, 주군이 하시는 일이야. 적이 안중에 없는지도 몰라."

"내 안중에는 적이 없으나 별은 있다, 아름다운 별이다…… 라는 것일까?"

"어쨌든 별수 없으니 집에 돌아가서 자는 수밖에."

모두 돌아간 뒤 노부나가도 이날 밤은 얼른 잠자리에 들었다.

여기서 필자는 붓을 구쓰카케 성에 있는 요시모토에게로 돌려 잠시 시간을 거슬러 올라가려고 한다.


이마가와 지부다유 요시모토는 기요스 성에 집결한 노부나가의 가신들이 여우에 홀린 듯한 기분으로 성을 나설 무렵, 가볍게 술을 한잔 마시고 나서 다시 한 번 내일 있을 전군의 행동을 지시한 뒤 잠자리 준비를 명했다.

"내일 새벽을 기하여 일제히 전투를 개시할 것. 나의 본대는 구쓰카케를 다섯 점 반(오전 9시)에 출발하여 같은 날 저녁때 오타카 성에 입성할 예정이다."

이 명령은 요시모토가 저녁때 오타카 성에 입성할 수 있도록 그 전에 노부나가의 최전선인 마루네와 와시즈 성채는 물론이고 젠쇼 사도 단계도 나카지마도 모두 함락해놓으라는 의미였다.

그중에서도 특히 마루네와 와시즈의 두 성채는 중요한 의미를 지닌다. 이 두 곳이 함락되지 않으면 요시모토는 앞길이 막혀 오타카 성에 들어갈 수 없어 다시 구쓰카케로 돌아와 머물러야 한다.

마루네 성채를 공격하기로 한 것은 열아홉 살의 마쓰다이라 모토야스(도쿠가와 이에야스)가 이끄는 미카와의 군사.

와시즈로 향한 사람은 아사히나 야스요시.

오다 쪽에서 마루네를 지키는 자는 사쿠마 다이가쿠, 와시즈를 지키는 자는 오다 노부히라.

따라서 그들 중에서 누가 살아남는가 하는 것은 이미 시간문제라 할 수 있다.

요시모토는 이날 밤 사랑채 한가운데에 자리를 펴게 하고 근시 두 명에게 양쪽에서 모기를 쫓게 하며 드러누웠으나 좀처럼 잠을 이루지 못했다.

결코 노부나가와의 결전이 두려워서가 아니다. 슨푸의 궁전이라 불리던 자신의 거성에 비해 너무 초라하고 모기가 많다. 게다가 찌는 듯한 무더위로 숨이 막힐 것 같다.

그래도 여덟 점(오전 2시) 무렵에는 깊은 잠에 빠져 눈을 떴을 때는 벌써 해가 높게 떠 있었다.

"여봐라, 세숫물을 가져오너라."

요시모토는 근시에게 이렇게 명하고는 다시 가볍게 물었다.

"이미 한창 전투가 벌어지고 있을 텐데 아직 전선에서 보고가 없었느냐?"

"예, 아직 아무런 보고도 없었습니다. 그런데 오늘도 역시 가마를 이용하시겠습니까 아니면 말을?"

밤새 숙직을 선 아사카와 마사토시가 바닥에 두 손을 짚고 쳐다보았다.

"그까짓 오다의 애송이 따위에게."

요시모토는 이렇게만 대답하고 세수를 한 뒤 머리 손질과 화장을 명했다.

오늘은 말을 탈 필요가 없다는 의미였다. 워낙 비대하기 때문에 말을 타면 살이 스쳐서 아프다. 그러면 기요스 성을 총공격할 때 말을 타고 지휘하기가 곤란해진다.

"자, 갑옷을 입혀라."

화장을 끝낸 요시모토는 그 자리에서 일어났다. 옷 입는 일 역시 역시 비만 때문에 토시의 끈을 매는 것부터 정강이싸개 착용에 이르기까지 일일이 근시의 손을 빌리지 않으면 혼자서는 어렵다. 띠를 맬 때는 두 사람이 달라붙어야 한다.

"자, 이제 아침상을 준비하라. 더운 음식은 싫다."

"알고 있습니다."

"나니까 견딜 수 있지, 너희들이라면 기절할 것이다."

요시모토의 말대로 더운 여름에 중국의 촉강에서 들여온 비단 요로이히타타레에 다시 갑옷까지 입는다면 보기에는 화려할지 모르나 한증막에 들어간 듯이 더울 것이 분명하다.

갑옷을 모두 갖추어 입고 가라비쓰唐櫃°에 표범 모피를 펴게 하면서,

"어서 부채질을 하라."

하고 의젓하게 걸터앉았을 때 전선에서 첫번째 보고가 들어왔다.

새벽이 채 되기 전에 마루네를 습격한 마쓰다이라 모토야스의 군사가 성채에서 공격해 나온 적장 사쿠마 다이가쿠 모리시게의 맹렬한 반격으로 고전하고 있다는 보고였다.

"뭣이, 다이가쿠 따위에게? 모토야스에게 전하라. 한 발짝도 물러서지 말라, 나는 이미 구쓰카케를 떠났다, 나더러 퇴각하라는 말이냐고!"

그리고 모토야스의 전령이 돌아가자 호리코시 요시히사를 불렀다.

"모토야스 놈이 고전을 호소해왔다. 위급할 경우에는 우도노 나가테루에게 도와주라는 사자를 보내라. 일단 이곳을 떠나면 다시 구쓰카케로 회군할 수는 없다. 내 체면을 손상시킬 생각이냐고 일러라."

"알겠습니다."

"그런데 왜 이렇게 더운지 모르겠다. 오늘은 어제보다 더 찌는구나."

식사를 끝내고 구쓰카케에서 출발한 시간은 예정보다 반각이 빠른 다섯 점(8시)이 겨우 지났을 때였는데, 걷기 시작하자 총대장에서 병졸에 이르기까지 쥐어짜도 될 정도로 땀이 흘렀다.

요시모토가 엄연히 완전무장을 하고 있으므로 다른 사람들도 함부로 맨살을 드러내지 못한다. 비록 햇볕이 쨍쨍 내리쬐고 있으나 바람이라도 불었으면 그나마 괜찮을 텐데 풀잎 하나 흔들리지 않는 그 유명한 오와리 평야의 여름. 노부나가는 이것을 알고 있기 때문에 성 안에서도 갑옷을 입지 말라고 했으나 요시모토는 그 반대였다. 어디

까지나 상격하는 장군으로서의 위엄을 백성들에게 과시하려고 가마 안에 앉아 공들여 그린 눈썹이 땀으로 지워지지 않을까 하는 걱정만을 하고 있었다.

더구나 구쓰카케를 나와 채 10정丁(1정은 약 109미터)도 걷지 않았을 때 '상납하는 자'가 나타났기에 행렬은 한차례 흙먼지가 자욱한 길에서 걸음을 멈췄다.

'상납'이란 정복자가 새로운 영주로 들어오면 백성들이 재빨리 예물을 가지고 인사하러 오는 것을 말한다.

무력한 백성들은 항상 이처럼 정복자가 바뀔 때마다 그들의 비위를 맞추지 않으면 안 된다.

"아룁니다. 이 부근에 사는 자가 상납을 하러 왔는데 만나시겠습니까?"

가마 곁에서 따라오던 호리코시 요시히사가 말에서 내리며 말했다.

"농부들이냐?"

"예. 그리고 신관神官과 승려도 있습니다."

"만나지 않겠다. 이 부근에는 질이 좋지 않은 노부시가 잠입해 있다는 보고를 들었다. 그대가 대신 만나, 이마가와 지부다유는 절대로 서민들을 괴롭히지 않을 테니 안심하라고 해라."

상납하는 자가 나타난다는 것은 정복자에게 결코 불쾌한 일이 아니다. 그러나 워낙 무더운 날씨에 흙먼지까지 자욱하여 가마에서 내리기가 귀찮았다.

"알겠습니다. 그렇게 전하겠습니다. 이것을 보십시오."

가마 안으로 상납품의 목록만 건네고 요시히사는 말을 달려 앞으로 나갔다.

다시 행렬이 움직이기 시작했다.

그리고 이번에는 아무 일도 없이 가마쿠라 가도를 행진하여 다이시가네太子ヶ根 앞의 언덕 사이에 끼여 있는 덴가쿠田樂 골짜기에 이르렀을 때 다시 행렬이 멈추었다.

이 덴가쿠 골짜기는 일명 덴가쿠 하자마狹間라고도 부르며, 아리마쓰有松에서 18정 정도 지난 나루미 역참 동쪽의 16정 가량 되는 거리에 위치해 있다.

요시모토는 이때 가마 안에서 꾸벅꾸벅 졸고 있었다. 졸고 있는 가운데서도 그의 눈에는 문무백관이 근엄하게 늘어서 있는 궁전의 모습이 선명하게 보인다.

'이제 나도 천하를 호령하는 지배자……'

그 몽상이 가마가 멎는 순간에 문득 사라지고 흐르는 땀이 요시모토의 의식을 현실로 되돌려놓았다.

"무슨 일이냐?"

요시모토는 가마 안에서 밖을 내다보고 근시를 꾸짖었다.

"아룁니다."

"무슨 일이냐고 묻고 있다."

"마쓰다이라 모토야스로부터 두번째 보고가 들어왔습니다."

"뭐, 모토야스 놈이? 또 무슨……"

말하려 했을 때 호리코시 요시히사가 보고하였다.

"다행히도 마루네 성채를 혼자 힘으로 함락시켰습니다."

"뭣이, 빼앗았다는 말이냐?"

"예. 수비대장인 사쿠마 다이가쿠 모리시게를 비롯한 일곱 장수의 목을 베고 넉 점(오전10시) 직전에 무난히 승리를 거두었다는 보고가 들어왔습니다."

"으음, 수비대장까지 죽였구나! 왓핫핫하."

요시모토는 별안간 살찐 배를 흔들며 웃기 시작했다.

"모토야스가…… 해냈다는 말이지. 참으로 반가운 소식이다! 즉시 돌아가 모토야스에게 고하라고 전하라."

"예."

"곧 시상을 할 것이다마는, 오늘 마쓰다이라 모토야스의 무공은 발군이다. 그러므로 곧 오타카 성에 들어가 병사들을 휴식시키라고 전하라."

"예."

"아, 그리고 우도노 나가테루에게는 이제 모토야스를 도울 필요가 없어졌으니, 전력을 다해 기요스를 공격하라고 전하라. 모토야스에게 지지 말라고."

"알겠습니다."

요시히사가 물러가자 요시모토는 또다시 온몸을 흔들며 웃었다.

"오다의 애송이는 정말 형편없는 놈이야. 이제 내일이면 기요스에 들어가 쉴 수 있게 되었어. 왓핫핫하."

때는 이미 19일, 넉 점 반이 지나 정오에 가까운 시간이었다.

# 호랑이의 궐기

이야기는 18일 한밤중…… 이라기보다 정확히 말하면 19일의 여덟 점(오전 2시)으로 거슬러 올라간다.

"주군! 주군!"

여느 때보다도 일찍 잠자리에 든 노부나가 침소의 뜰에 안내도 구하지 않고 찾아와 밖에서 부른 사람은 기노시타 도키치로였다.

"원숭이냐?"

"예. 지부다유의 행선지를 알았습니다. 19일에는 오타카 성에서 머무른답니다."

"뭐, 오타카 성!"

말하기가 바쁘게 벌떡 일어났다.

"좋아, 소라고둥을 울려라."

노부나가는 벼락같은 소리로 명하였다.

"오노, 갑옷을!"

그리고 옆방을 향해 소리질렀다.

집의 용마루까지 잠을 자는 시각이라 사방은 쥐 죽은 듯이 조용하다. 물론 대답이 없을 줄로 알았는데 마치 기다리기라도 했다는 듯이,

"준비해둔 갑옷을 어서 내오너라."

늠름한 노히메의 목소리가 들렸다. 아니, 노히메만이 아니다.

"예."

숙직실에서도 대답이 들리고, 이어서 근시 두 사람이 눈 깜짝할 사이에 갑옷이 든 궤를 가져왔다.

"여자들은 등불을 밝혀라."

마치 이때를 기다렸다는 듯이 재빨리 지시하는 노히메의 목소리. 여기에 대답하여 시녀 세 사람이 촛대를 하나씩 들고 들어온다.

등불이 환하게 밝혀지자 이들은 시녀가 아니라 소실 오루이, 나나와 미유키 등이었다.

그때 이미 노부나가는 근시들이 꺼낸 갑옷을 묵묵히 입기 시작하였다.

옛날 킷포시 시절부터 예순을 셀 때까지 갑옷을 입지 못한다면 무장이 아니라고 말하며 근시들에게도 연습시켰던 노부나가였다.

순식간에 무장을 마쳤다.

"밥!"

"예."

대답과 함께 미유키가 일어났다.

"중요한 출진이니 준비된 제주祭酒와 가치구리勝栗°도 잊지 말도록."

노히메가 다시 날카로운 소리로 덧붙인다.

"그리고 오루이는 아이들을 이리로."

이때야 비로소 부웅 부웅, 하고 출진을 알리는 소라고둥 소리가 밤 하늘에 울려 퍼졌다.

드디어 슨푸의 용에 맞서 오와리의 호랑이가 궐기한 것이다.

호랑이는 땅에 살기 때문에 구름 위의 용에게는 도전하지 않는다. 그러므로 우선 노부나가는 한 번 도약하면 닿을 수 있는 거리에 적이 접근할 때까지 농성을 가장하고 투지를 꾹 누르고 있었던 것이다.

"칼은?"

노히메가 물었다.

"미쓰타다光忠와 구니시게國重!"

이 문답은 그야말로 불꽃을 튀기는 것이어서 두 사람 사이의 호흡 에는 한 치의 틈도 느껴지지 않는다.

"예, 여기 미쓰타다를 가져왔습니다."

즉시 와키자시脇差˚를 내민 사람은 급히 달려온 하세가와 교스케 였다.

"구니시게는?"

"예, 찾으실 줄 알고 구니시게도 여기 가져왔습니다."

"하하하하."

노부나가는 큰 소리로 웃고 노히메와 다시 이 자리에 돌아온 도키 치로를 돌아보았다.

"오노, 원숭이! 우리는 이겼어."

"그렇습니다."

"영리하게도 교스케까지 내 마음을 알아보았어, 조짐이 좋아. 우 리가 이긴 거야."

아직도 소라고둥은 계속 울리고 있었으나 아무도 성으로 달려오는 자가 없다.

당연한 일이었다. 노부나가가 잠자리에서 일어난 지 아직 5분도 되지 않았으니까. 노부나가는 애검愛劍인 구니시게를 받아들고 미유키가 가져온 산보三方° 앞에 섰다.

"잔!"

"예, 술은 제가 따르겠습니다."

노히메는 선 채로 남편의 손에 토기土器로 된 술잔을 건네고 제주를 따랐다. 출진을 축하하는 술은 그대로 이별의 술과도 통한다.

그러나 이러한 감상에 잠길 여유는 누구에게도 없었다.

노부나가는 술을 단숨에 들이켜고 산보의 모서리에 잔을 부딪쳐 깨고는 미유키가 올리는 밥그릇을 들었다.

그리고 오루이가 깨워서 데려온 아이들을 비로소 알아보고,

"싸움이란 이렇게 하는 것이다, 기억해두거라."

꾸짖는 듯한 어조로 말하고 선 채로 밥을 네 그릇이나 물에 말아 삼킨 뒤, 젓가락을 내던지는 동시에 칼을 집어들고 방을 나갔다.

"원숭이, 따라와!"

"예."

도키치로는 춤을 추듯 오부나가의 뒤를 따랐다.

"오늘은 네가 말고삐를 잡아라."

"처음부터 그럴 생각이었습니다."

"말은……"

"질풍!"

도키치로가 먼저 대답했다.

"질풍아, 출진이다. 급히 달려라."

말은 이미 현관 앞에 끌려와 눈에 인광燐光을 빛내면서 분발해 있

었다.

"행선지는 아쓰타 신궁! 모두 내 뒤를 따르라!"

따르라고는 했으나 아직 아무도 오지 않았다.

그 무렵에야 이곳저곳 무사의 집 창에 불이 밝혀지기 시작했다.

자다가 일어나 출진 준비를 시작했음이 분명하다.

개중에는 갑옷을 둘러맨 채 말을 달려 성으로 들어오는 자도 있었
다.

"주군! 주군은 어디 계시냐?"

"주군은 이미 출진하셨습니다."

"뭣이! 어…… 어느 쪽으로 가셨느냐?"

"아쓰타 신궁입니다."

"아쓰타? 그럼, 군사는 얼마나 되느냐?"

"주군을 포함하여 다섯 기騎입니다."

"뭐, 다섯 기?"

"예. 고쇼인 이와무로, 하세가와, 사와키佐脇, 가토, 그리고 주군
의 말고삐를 잡은 기노시타 도키치로, 이렇게 모두 여섯 사람입니다.
서둘러 가십시오."

문지기의 말에 갑옷을 맨 채 그대로 아쓰타를 향해 달려가는 자도
있다.

여름의 밤은 일찍 밝는다.

성의 망루가 새벽 하늘에 차차 그 윤곽을 희미하게 드러내기 시작
했다.

# 무기가 울리는 소리

노부나가는 말을 달리면서 때때로 도키치로에게 말을 걸었다.

"원숭이, 이 부근에서 어디 한번 네 말 다루는 솜씨를 보여 보아라."

"알겠습니다."

도키치로는 자신은 말과 이야기가 통한다고 자랑할 정도여서 과연 발이 빠르기도, 재갈을 물리는 재주도 놀라웠다.

"질풍아, 이 자리에서 원을 그리며 빙빙 돌아보아라. 주군은 뒤따라오는 사람의 인원수가 궁금하신 모양이다. 그러나 아무리 둘러보아도 넷뿐이로구나."

노부나가를 합쳐 다섯 사람이라는 숫자는 아쓰타까지 삼십 리 길을 반이나 달려왔는데도 전혀 불어나지 않았다.

"좋아, 그만해라. 곧바로 신궁을 향해 가자."

이러하여 날이 밝을 무렵 신궁의 도리이 앞에 이르렀다.

"세키안! 세키안!"

노부나가는 크게 두 번 소리질렀다.

이 소리를 듣고 신관인 가토 즈쇼노스케 요리모리加藤圖書助順盛가 나왔다.

"아, 기요스의 주군이 출진하셨다. 세키한, 세키한!"

신관은 곧 팥밥(일본어로는 팥밥을 세키한이라고 함)을 준비시켰으나, 노부나가는 결코 팥밥을 지으라고 명한 것이 아니다.

전날 가토의 집에 도착하여 머물고 있는 서기인 다케이 비고뉴도 세키안武井備後入道夕庵의 이름을 불렀다.

즈쇼노스케는 이 말을 세키한(팥밥)으로 잘못 알아듣고 준비를 시켰던 것인데, 당사자인 다케이 세키안도 깜짝 놀라 신궁 앞으로 달려왔다.

"세키안, 축문祝文!"

"예, 여기 있습니다. 그런데 주군, 이 인원수는 대관절?"

"이제 올 것이다. 어서 즈쇼노스케를 불러오너라. 축문을 올리겠다고 해라."

"알겠습니다."

"교스케, 너는 왼쪽에서 활을 들고 따라오너라. 그리고 시게요시는 내 투구를 들고 오른쪽에."

"예."

모두 합해야 고작 여섯 사람밖에 되지 않는다. 노부나가는 도키치로와 다른 두 사람에게 말을 돌보게 하고 성큼성큼 신전을 향해 걸어나갔다.

이때 세키안이 즈쇼노스케를 데리고 왔다.

"주군, 지금 이삼십 명이 막 도착했습니다. 행사는 이 신궁에서 거행하시겠습니까? 아직 갑옷을 입지 않은 분도 계십니다마는."

"그래, 오하라이お祓い°를 이리 줘."

"알겠습니다."

중앙에는 봉납할 가부라야鏑矢°를 든 노부나가, 왼쪽에는 활을 가진 하세가와 교스케와 오른쪽에는 노부나가의 투구를 받쳐든 이와무로 시게요시, 그리고 뒤에서 공손히 축문을 받들고 있는 다케이 세키안.

조용하고 맑은 아침이라서 도리어 인원수가 적은 이 참배가 엄숙한 분위기를 자아낸다.

"세키안!"

오하라이를 받아들고 노부나가는 다시 꾸짖듯이 재촉했다.

세키안은 재빨리 대답하고 노부나가와 나란히 서서 그의 명령을 작성한 축문을 약간 떨리는 음성으로 엄숙하게 읽기 시작했다.


—미나모토源의 후손 요시모토는 스루가, 도토미와 미카와 등지에서 횡포를 자행하고 드디어는 마음에 발칙한 뜻을 품고 지금 4만의 대군으로 수도의 땅을 범하려 음모하고 있나이다. 이 음모를 분쇄하기 위해 궐기한 다이라平의 후예 노부나가의 군사는 불과 3천 남짓, 모기가 황소를 쏘는 것과 다름없으나 심중에 티끌 만한 사심도 없나이다. 왕도王道의 쇠퇴를 우려하고 백성을 구하기 위한 의거義擧이오니 굽어 살펴 이끌어주시기를……


세키안은 축문치고 너무 불손한 문장이라 마음에 걸렸는지 때때로 황공한 듯 머리를 숙이면서 이마에 흠뻑 땀을 흘리고 있었다.

읽고 나서 축문을 노부나가에게 건넸다.

"좋아."

노부나가는 축문을 받아들고 하이덴拜殿° 안으로 들어갔다.

하세가와 교스케와 이와무로 시게요시는 잔뜩 긴장하여 좌우에서 노부나가를 따라간다. 감청색 실로 누벼 만든 두 사람의 구사즈리草 摺° 스치는 소리가 조용한 신전에 메아리쳤다.

노부나가는 안에 들어가자 가토 즈쇼노스케가 내미는 산보에 가부라야와 축문을 올려놓고 나서 크게 가시와데柏手°를 쳤다.

이러한 행동은 모든 사람들의 의표를 찔렀다.

그곳에 있던 가신들은 고개를 갸웃거리며 하이덴 앞에 모였다.

이보다 더 노부나가답지 않은 행동이 또 있을까?

아버지의 위패 앞에 향을 내던지기까지 한 노부나가가 공손히 축문을 올리고 가시와데를 치다니……

그 무렵에는 이럭저럭 2백 명 가까운 인원으로 늘어났는데 모두 서로 얼굴을 마주보고, 개중에는 불안한 듯 속삭이는 자까지 있었다.

"불가항력일 때는 신에게 의지한다는 말이 있지?"

"그래, 분명히 그런 말이 있기는 하지만……"

가시와데를 치고 나서 노부나가는 홱 뒤로 돌아섰는데, 그 눈은 무섭게 빛났으며 눈썹은 귀신처럼 치켜올라가 있다.

그는 좌우에 있는 사람을 노려보듯이 하며 하이덴에서 나왔다.

"모두 너무 늦구나!"

우선 날카롭게 일갈하고 나서 말을 이었다.

"그대들에게 알린다. 이 노부나가가 축원을 올리자 사당 안에서 무기가 울리는 소리가 났다. 파사현정破邪顯正을 위해 궐기한 나의 마음을 아쓰타의 무신武神이 받아들이신 증거야. 싸움은 맹세코 내가 이긴다. 의심하지 마라, 의심하는 자는 목을 칠 것이다!"

이 태도는 불가항력일 때 신에게 의지하려는 모습과는 전혀 다른 아수라阿修羅와 같은 형상이고 철벽 같은 자신감이었다.

# 인간 연막煙幕

노부나가가 아쓰타의 신궁 앞에 부하들을 집결시킨 데에는 여러 가지 의미가 있다.

이 모두가 '전부냐 아니면 전무全無냐' 라는 노부나가의 결단에서 나온 것이었으나 기요스에서 농성할 생각은 추호도 없었다.

성도 처자도 모두 버릴 각오였다.

"천하를 손에 넣느냐, 오와리의 멍청이로 끝나느냐?"

오직 입버릇처럼 말하는 이 일의 실천뿐.

그러므로 부하들이 따라와도 좋고 따라오지 않아도 좋았다. 노부나가 자신은 모인 병력만으로 곧장 요시모토의 본진에 쳐들어가면 되는 것이다.

물론 그 기회를 포착하기 위해서는 신출귀몰하게 움직여 적의 의표를 찌를 필요가 있다. 그래서 성안에서 집결하지 않고 대번에 아쓰타 신궁 앞까지 달려왔다.

이렇게 되면 아무리 두뇌 회전이 **빠른** 이마가와의 첩자라 해도 노부나가의 의도도 행동도 파악하지 못한다.

당연한 일이었다. 뒤이어 따라온 중신들까지도 여우에 홀린 듯한 심정이었으니까.

"여보게, 도대체 어떻게 될 것 같은가?"

상인도 농민도 여기저기 모여 서서 이 기묘한 출진에 눈이 휘둥그레졌다.

"어떻게 되다니, 저쪽에서는 5만인지 8만인지 모를 대군이 출진했다는데 이쪽에서는 아직 갑옷조차 입지 못하고 있으니 생각해볼 것까지도 없지."

"역시 어리석은 대장이었을까?"

"어째서 갑옷이라도 입고 있지 않았는지 몰라. 달려오는 무사의 반은 벌거벗은 것이나 다름없다고 하더군."

"원 이런, 드디어 오와리 군이 패하는 꼴을 보게 될 모양이야."

이렇게 말하는 자들이 있는가 하면 노부나가를 믿고 열심히 노부나가의 승리를 확신하는 말을 하고 다니는 자도 있었다.

"아니, 그렇게 간단히 패할 대장님이 아니야. 절대 패해서 도망치는 것이 아닐세. 이제부터 쳐들어가려는 것이지. 갑옷도 입기 전에 질풍노도처럼 공격하는 것이 오다 가즈사노카미의 용맹한 점이거든. 이길 거야, 틀림없이 이겨!"

이런 말들이 노부나가에게는 아프지도 않고 가렵지도 않았다.

아무도 모른다는 것은 비록 유능한 첩자라도 요시모토에게 진실을 보고할 수 없음을 의미하고, 만약 보고하는 자가 있다고 해도 서로 내용이 다르므로 누구의 말을 믿고 대책을 세워야 할지 모른다는 의미가 되기도 한다.

축문을 바치고 난 노부나가는 곧바로 가토 즈쇼노스케의 아들 야사부로彌三郎를 불렀다.

"야사부로, 귀를 가까이 대라."

"예."

"미리 지시했던 일은?"

"예, 하치스카의 부하에게……"

"하치스카의 부하들만으로는 부족해. 손이 비어 있는 자는 농민이라도 좋고 상인이라도 좋고 뱃사람이라도 상관없다. 모두 따르라고 가서 전하라."

"알겠습니다."

가토 야사부로가 말을 타고 달려가자 노부나가는 비로소 신궁 앞에 모인 인원을 점검했다. 저쪽에 다섯 기, 이쪽 나무그늘에 일곱 기 등 먼저 달려온 자들이 갑옷을 입고 있는 모습이 아쓰타의 숲에 점점이 흩어져 있다. 그러나 이미 무장을 끝내고 신궁 앞에 모인 인원을 합쳐도 겨우 5백 기 남짓.

'5백으로 5만이라…… 이거 재미있군.'

가토 즈쇼노스케가 뜸이 든 팥밥을 커다란 밥통에 담아 계속 운반해 오면서 큰 소리로 말했다.

"자, 팥밥이 나왔습니다. 대장님의 명에 따라 지은 출진을 축하하는 팥밥! 손이 빈 분부터 배를 채우십시오."

노부나가는 즈쇼노스케에게 별로 고맙다는 인사도 하지 않았다.

"팥밥! 배가 고프면 싸우지 못한다. 팥밥이 나왔다!"

무장이 끝난 자를 보고는 신궁 앞을 가리키면서 고래고래 소리를 지르며 걸어다닌다.

해가 높이 떴다.

이럭저럭 다섯 점(오전 8시)이 되어가고 있다. 멀지 않은 곳에 있는 적의 총대장 이마가와 요시모토가 구쓰카케 성에서 출발하려 할 시점이었다.

"서둘러라, 곧 출발하겠다!"

이윽고 두번째 소라고둥이 울리고 모였던 자들이 신궁 앞에 정렬했을 때는 총인원이 약 6백. 아직도 달려오는 자가 있었으나 노부나가는 이미 그들을 기다리지 않았다.

"원숭이, 말을!"

"예. 질풍아, 드디어 출발이다. 네가 과연 명마라면 오늘 하루는 이도키치로에게 지면 안 된다."

30리나 달려왔으면서 땀 한 방울 흘리지 않는 질풍의 목을 두서너 번 두드려주고 노부나가가 앞으로 끌고 간다.

훌쩍 말에 올라탄 노부나가는 신궁을 등지고 서서 애검인 구니시게를 쑥 뽑아 높이 쳐들면서 일동을 노려보았다.

"오다 가즈사노스케 노부나가, 신의 뜻에 따라 요시모토를 토벌하러 간다."

그 눈은 무지개를 토하는 듯했으며, 호흡은 불보다 더 뜨겁다.

"와아!"

"와아!"

"와아!"

모두 노부나가의 무서운 기백에 눌려 일제히 칼끝을 하늘로 향하고 호응했다.

# 잇따르는 흉보

물론 선봉장은 노부나가였다.

그런데 아쓰타 신궁 남쪽의 가미치가마上知我麻 사당 앞을 지날 무렵이 되자 별안간 와시즈와 마루네 방면에서 하늘로 치솟는 연기가 보였다.

아침부터 총공격을 받아 아군의 두 성채가 불탄다는 것을 고하는 연기였는데, 이 무렵부터 노부나가 군 뒤에는 기묘한 하타사시모노가 속속 이어지기 시작했다.

아니, 조금 떨어진 곳에서 보면 하타사시모노였으나 가까이 보면 그것은 낡은 헝겊 조각이기도 하고 손수건이기도 했으며 개중에는 훈도시까지 섞여 있는 급조된 가짜 군사였다.

가짜 군사 중에는 한눈에 노부시임을 알 수 있는 무사가 섞여 있었는데 하치스카 고로쿠의 부하임에 틀림없다.

이들은 때때로 그 기묘한 깃발을 높이 쳐들고 함성을 지르면서 들놀이를 하는 기분으로 따라왔다.

노부나가의 들놀이가 여기서도 훌륭히 효과를 거두고 있으므로 강구할 수 있는 수단은 모두 썼다고 해도 좋을 것이다.

맨 앞에 선 도키치로는 힘에 넘치는 질풍을 때때로 풀밭으로 데려가 이번에도 원을 그리게 하면서 뒤따라오는 군사를 기다렸다.

일부러 가마쿠라 가도를 피해 아쓰타에서 곧바로 나루미로 통하는 길을 택했는데, 야마자키 부근을 통과할 때 첫번째 비보悲報를 접했다.

"보고합니다."

전방에서 부상을 입은 병사 하나가 기어오듯 노부나가의 말 앞에 이르러,

"결국 마루네 성채가 함락되고, 사쿠마 다이가쿠 님은 전사하셨습니다."

"뭣이, 다이가쿠가 전사했어?"

순간 대열이 멈추고 숙연한 적막이 주위를 감쌌다.

"알았다."

노부나가는 잠시 그 병사를 바라보다가 별안간 말 위에서 일어나 허리춤에서 무언가를 꺼내 어깨에 걸었다.

"아!"

누군가가 외쳤다.

"염주다, 커다란 염주다!"

노부나가는 행렬의 뒤를 노려보며 다시 벽력같이 소리질렀다.

"사쿠마 다이가쿠가 전사했다. 너희들도 오늘 나에게 목숨을 맡겨라."

"와아!"

"와아!"

또다시 모두의 함성이 터졌다. 터져 나오게 할 수밖에 없는 이상한 힘을 오늘의 노부나가는 가지고 있는 것이다.

"주군! 잠깐만."

뒤에서 하야시 사도노카미가 대열에서 벗어나 말을 몰아 달려왔다.

"뭔가, 사도노카미?"

"부탁입니다. 마루네와 와시즈의 성채가 함락되었다면 이 길로 진군하는 것은 중지해야 합니다."

"어째서냐? 안 돼."

"두 성채가 함락되었다면 머지않아 단게와 젠쇼 사도 당연히 함락될 것입니다. 다수의 적이 새로운 병력과 교체된 곳에 적은 인원으로 이런 좁은 길로 진군한다는 것은 무모한 일입니다."

"닥쳐!"

노부나가는 큰 소리로 일갈하고 말 머리를 앞으로 돌렸다.

"죽으러 가는 자에게 충고는 필요치 않다. 모두 내 뒤를 따르라!"

노부나가의 말에 다시 와아, 하는 함성이 들리고 하야시 사도노카미의 모습은 그대로 흙먼지 속으로 사라졌다.

두번째 비보는 단게 성채에 도착하기 전에 들어왔다.

아이치 주아미 사건 이후 종적을 감췄던 마에다 마타자에몬 도시이에가 오늘 전투에 참가하여 다시 노부나가에게 돌아오려고 오카베 모토노부의 대군 속으로 공격해 들어갔다가 후루나루미古鳴海 부근에서 중과부족으로 괴멸했다는 보고였다.

"뭐, 마타자에몬이 싸우다 패했다고?"

"예. 생사도 확인할 수 없었습니다."

전신에 상처를 입고 달려온 젊은 병사가 이렇게 보고했을 때 노부나가는 이를 갈았다.

"가자! 때를 놓쳐 요시모토가 오타카 성에 들어가게 해서는 안 된다. 서둘러라."

어려움이 겹칠 때마다 진군 속도를 배가하는 노부나가의 마음은 그대로 사기에 반영되었다.

얼굴도 마주 대할 수 없다는 표현은 바로 이런 때를 두고 하는 말일 것이다.

곧바로 오카베 모토노부가 지키는 나루미 성을 향해 쇄도한다.

그러나 이때 세번째 비보가 이미 노부나가를 기다리고 있었다. 단게 성채가 맹공을 당해 흔적조차 없어지고, 성을 지키던 삿사 마사쓰구 이하 50여 명이 전사했으며, 나루미 마을 입구는 적의 대군이 엄히 경계를 펴고 있다는 것이었다.

만약 여기서 적에게 도전한다면 이삼 각 안에는 결판이 나지 않을 것이다. 또한 기세를 올려 적을 무찌른다 해도 적군에게 노부나가가 이곳에 있다는 정보를 노출시키기만 할 뿐 벌써 요시모토는 오타카 성에 들어가 있을 것이다.

그렇게 되면 날이 새기 전부터 고심한 노력은 모두 물거품이 된다.

요시모토는 본진에 4천의 직속부대를 거느리고 있을 뿐만 아니라 이천오백 명의 마쓰다이라 모토야스의 정예부대가 성을 지키고 있다.

그리고 나루미 성은 철벽같은 방어진을 치고 있으므로 만약에 성을 공격한다면 앞뒤로 적을 만나 문자 그대로 불에 뛰어드는 나방과 같은 꼴이 된다.

점점 정오가 가까워 오고 있다. 노부나가도 그만 진퇴양난에 빠졌다.

"말을 멈춰라."

젠쇼 사 성채 서북쪽, 햇볕이 쨍쨍 내리쬐는 밭 가운데서 도키치로에게 이렇게 명했을 때 땀과 먼지로 범벅이 된 노부나가의 얼굴은 창백하게 굳어진 듯이 보였다.

그러나저러나 잇따라 보고되는 이 비보는 과연 무엇을 암시하고 무엇을 요구하는 것일까?

그러나 어쨌든 이대로 그냥 머물러 있을 수는 없다. 어딘가 활로를 찾아 행동을 개시하지 않으면 독 안의 쥐가 되고 만다.

바로 이때였다.

"아룁니다. 기노시타 님은 어디 계십니까? 기노시타 님에게 말씀드리겠습니다."

앞서 도키치로가 소금을 사러 나갔을 때 사방으로 내보냈던 야나다 마사쓰나梁田政綱의 가신인 네고로 다로지根來太郎次가 농부 차림으로 말 앞으로 달려왔다.

"오 그래, 내가 기노시타다."

"아……"

상대는 도키치로가 말고삐를 잡고 있는 모습을 보고 깜짝 놀란 얼굴을 하고 다가와 귓전에 속삭였다.

"지금 이마가와 요시모토가 덴가쿠 골짜기에 가마를 세우고 휴식을 취하고 있습니다마는, 이 정보는 보고드릴 만한 가치가 있을까요?"

"뭣이, 덴가쿠 골짜기에? 어서 보고하라. 우선 네 주인인 야나다 님에게 보고하라."

그 무렵부터 남쪽 하늘에 무시무시한 뭉게구름이 반은 시커멓고 반은 상아처럼 하얗게 피어오르고 있었으나 이것을 깨달은 자는 아무도 없었다. 노부나가는 무서운 눈으로 말을 탄 채 잔뜩 북쪽 하늘을 노려보고 있다.

# 쌀 서른 섬의 떡

　노부나가가 거듭되는 흉보를 접하고 젠쇼 사 서북쪽에서 말을 멈추고 있을 때, 이마가와 요시모토는 마쓰다이라 모토야스가 오다의 용장인 사쿠마 모리시게의 목을 벤 뒤 마루네 성채를 괴멸시켰다는 보고를 받고 무척 흐뭇해하였다.

　"좋아, 이것으로 승부는 결정되었다. 땀을 흘리며 달려온 보람이 있어. 자, 서둘러 오타카 성에 들어가자."

　이리하여 다시 행렬에게 전진을 명했을 때,

　"아룁니다!"

　일단 선두로 돌아갔던 호리코시 요시히사가 급히 가마 옆으로 달려왔다.

　"무슨 일이냐, 요시히사?"

　"아주 반가운 소식입니다. 마쓰다이라 모토야스와 함께 와시즈 성을 공격한 아사히나 야스요시 님으로부터 보고가 들어왔습니다."

"뭣이, 와시즈에서? 이겼느냐, 야스요시도?"

"그렇습니다!"

요시히사는 자기가 한 일인 것처럼 의기양양했다.

"적장인 오다 겐바玄蕃 노부히라는 용맹하기로 유명한 장수로 무섭게 공격해 나왔습니다마는, 마쓰다이라 군에 뒤지면 면목이 없다면서 아사히나 님이 직접 선두에 서서 분전하여 적의 방책을 불사르고 성채로 진입했습니다."

"그럼, 적장 겐바 노부히라는 어떻게 되었느냐?"

"끝내 막아내지 못하고 수많은 사상자를 남긴 채 겐바는 그대로 기요스 방면으로 도주했고, 성채는 우리 수중에 들어왔다는 보고입니다."

"왓핫핫하."

잇따른 승전보에 요시모토는 배를 흔들면서 웃었다.

"그렇지만 요시히사, 모토야스는 적장의 목을 베었으나 야스요시는 놓쳤다고 하니 급히 패주하는 적을 추격하라고 전하라."

"예."

요시히사가 달려가자 누군가 뒤를 따라왔다.

"말씀드리겠습니다."

가마 옆으로 와서 머리를 조아린 자는 행렬의 경호를 엄히 하라는 명령을 받고 있는 아사카와 마사토시였다.

"마사토시, 용무가 뭐냐? 어서 말하라. 여기서는 더워서 못 견디겠다."

"지금 상납을 원하는 수많은 사람들이……"

"뭐, 상납하려는 자가 또 왔다는 말이냐? 하하하하, 좋아. 이마가와 지부다유는 절대로 불법적인 일을 하지 않는다, 자비로운 대장이니 안심하라고 전하라."

이렇게 말하고 문득 생각났다는 듯이,

"대관절 그들은 무엇을 가지고 왔느냐?"

모든 일이 순조롭게 진행되고 있었기 때문에 요시모토도 그만 흥미를 느꼈다.

"그런데 이번에는 저도 감탄할 정도로 정성을 다했습니다."

"쌀이라도 열 섬쯤 가져왔더냐?"

"그런 하찮은 물건이 아닙니다. 아마 이 부근을 통과할 때는 정오 무렵이 될 터이므로 대장님이 점심으로 드실 수 있도록 찹쌀 서른 섬으로 떡을 찌고 여기에 술 열 통, 오징어, 기타 건어물을 말 열 마리에 싣고 왔습니다."

"아니, 떡 서른 섬에다 술이 열 통이라고? 이곳 백성들은 그 정도로 풍요로우냐?"

"그렇지 않습니다. 상경을 위한 경사로운 출진이므로 당연히 축하드리는 것이 자기들의 기쁨이라면서 명절에 쓸 쌀을 절약하고 이때를 기다렸다고 합니다. 그 말이 하도 정중하기에 이런 말씀을 드리는 것입니다."

"허어, 그렇구나."

요시모토는 다시 즐겁게 웃었다.

아마도 새로운 정복자에게 이처럼 유쾌한 일도 없을 것이다.

"으음, 명절에 쓸 쌀을 절약하여 나의 상경을 기다렸다는 말이로군."

"예. 쌀 서른 섬으로 떡을 찌려면 아마 두서너 마을에서 밤을 새워가며 일했을 것입니다. 지나가시는 길에 가마 안에서라도 한마디 하시면 저도 고맙겠습니다."

"그래, 그렇게 하겠다. 한마디 하고 지나가겠다……"

말하다 말고 요시모토는 마사토시에게 묻는다.

"마사토시, 너는 조금 전에 내가 점심으로 먹을 수 있게…… 라고 했지?"

"예. 그래서 급히 달려왔다며 농부들이 모두 땀을 흘리고 있었습니다."

"알겠다. 사실 정오가 얼마 남지 않았다. 좋아, 모처럼의 호의이므로 저기 보이는 숲에 가서 가마를 세우고 모두에게 떡을 분배하라. 그리고 술통을 열어 한 잔씩 나누며 승리를 축하하자."

"저기 보이는 언덕의 숲 말입니까?"

"그렇다, 그렇게 하자. 이쯤에서 잠시 휴식한다고 해도 오타카 성은 멀지 않으니까."

"그럼, 즉시 장막을 준비하겠습니다."

"좋아, 되도록 그늘에 장막을 치도록. 그리고 농부의 대표자를 불러 막사로 데려오너라. 내가 직접 만나 노고를 치하하겠다."

요시모토는 마사토시의 보고로 생각이 바뀌었다.

조금 전까지만 해도 속히 오타카 성에 들어가 더위를 식힐 생각이었으나, 다이시가네 기슭의 숲과 숲 속 그늘을 보자 농부들이 가져온 떡으로 점심을 먹을 생각이 들었다.

아사카와 마사토시의 명으로 행렬은 덴가쿠 골짜기에 그대로 머물렀다. 그리고 다이시가네 언덕 밑에 장막이 쳐지고, 별로 넓지 않은 골짜기에 땀으로 범벅이 된 5천의 장병이 칼과 창을 메고 낮은 데로 흐르는 물줄기처럼 잇따라 쏟아져 들어갔다.

# 반가운 소식

야나다 마사쓰나는 급히 달려온 네고로 다로쓰구로부터 요시모토의 동향에 대한 설명을 듣고 즉시 노부나가에게 말을 달렸다.

"보고하겠습니다."

잔뜩 하늘을 노려보며 생각에 잠겨 있는 노부나가에게 말했다.

"이마가와 지부다유는 지금 덴가쿠 골짜기에 가마를 세우고 점심을 먹고 있습니다."

"뭣이, 덴가쿠 골짜기에 가마를 세웠어?"

노부나가는 무서운 눈으로 마사쓰나를 돌아보고,

"그것이 틀림없느냐?"

"예. 첩자의 보고로는 농부들이 가져온 수많은 떡과 술을 장졸들에게 분배한 뒤 장막을 치고 휴식 중이라고 합니다."

이 말을 들은 노부나가는 그만 숨을 죽이고 도키치로를 돌아보았다.

"들었느냐?"

"예? 무엇을 말씀입니까?"

도키치로는 딴청을 부리는 표정으로 반문했다. 물론 그가 마사쓰나의 이야기를 듣지 못했을 리 없다.

아니, 듣지 못하기는커녕 덴가쿠 골짜기에 가마를 세우고 부하들에게 떡과 술을 배분하면서 휴식 중이라는 말은 너무도 뜻밖이어서 꿈을 꾸는 듯한 심정이었다.

노부나가도 도키치로도 그렇게 되기를 얼마나 기다렸단 말인가. 도키치로의 지혜가 성공한 것인가 노부나가의 계략이 성공한 것인가, 아니면 노부시들의 재치에 공로를 돌려야 할 것인가?

어쨌든 오타카 성에 들어가지 못하게 하려고 갖은 수단을 강구한 노부나가였다. 물론 농부들 중에 은밀히 노부나가의 심복이 잠입하여 일을 꾸몄음은 말할 나위도 없다.

'으음, 덴가쿠 골짜기에…… 이것으로 불운은 끝났다."

이런 생각만 해도 노부나가의 피는 다시 무섭게 물결치기 시작하고 자칫 뜨거운 눈물이 흐를 듯이 감회가 떠올랐다. 이 감회를 어금니로 깨물면서 딴전을 부리고 있는 도키치로의 얼굴을 바라보자 그만 웃음이 나오려고 한다.

이 심정을 알 리 없는 야나다 마사쓰나는 다시 진지한 표정으로 노부나가에게 말했다.

"주군, 이마가와 군은 와시즈와 마루네 등 두 성채의 함락으로 마음이 들떠 방비를 소홀히 하고 있는 듯합니다. 불의의 공격을 가함이 어떨까 합니다."

"마사쓰나!"

"예."

130

"이겼어."

노부나가는 나직하게 말하고 비로소 머리 위로 낮게 깔리기 시작하는 심상치 않은 먹구름을 발견했다.

조금 전 남쪽 하늘에서 피어오른 뭉게구름이 무서운 기세로 북상하여 검은 머리를 휘날리듯이 머리 위를 덮기 시작하고 있다.

노부나가는 그만 참지 못하고 웃음을 터뜨렸다.

아마도 농부들이 바친 떡과 술에만 아니라 덴가쿠 골짜기에서 휴식하는 요시모토의 머리 위에도 세찬 호우가 엄습할 것만 같았다.

"모두 들어라, 흉보는 넷으로 이미 끝났다."

노부나가는 힘껏 등자를 디디고 서서 일동을 둘러보았다.

"이제부터는 기쁜 소식만이 계속될 것이다. 이 뭉게구름은 아쓰타 신궁의 신이 돕는 것임을 알아라."

이 말에 모두 일제히 하늘을 쳐다보았다. 그들 역시 잇따르는 흉보에 기가 죽어 날씨의 변화까지는 깨닫지 못하고 있었다.

"아아, 엄청난 소낙비가 쏟아질 모양이다."

"구름의 빠르기가 질풍 같아. 바람도 불기 시작하는군."

"바람을 타고 공격하라는 계시일까, 아쓰타의 신이?"

지금까지 절망에 빠져 있던 장병들이 하늘을 쳐다보며 한마디씩 중얼거렸을 때 또다시 사기를 드높이는 소식이 들어왔다.

"보고합니다."

사람들을 헤치고 좁은 논두렁 사이로 달려와 노부나가 앞에 선 사람은 모리 산자에몬이었다.

"무슨 일이냐, 산자에몬? 기쁜 소식이겠지?"

"그렇습니다."

산자에몬은 흙먼지와 땀으로 얼룩진 얼굴을 똑바로 쳐들고 무릎을 끓었다.

"지금 마에다 마타자에몬 도시이에, 기노시타 우타노스케木下雅樂助, 나카가와 긴에몬中川金右衛門과 모리 가와치노카미毛利河內守가 각각 적의 목을 베어들고 싸움터에서 돌아오고 있습니다."

"뭐, 그들이 모두 무사했다는 말이냐?"

"예. 그들을 접견하시고 말씀을 내려주십시오."

이 말이 채 끝나기도 전에 마에다 마타자에몬을 비롯한 무사 네 사람이 한 손에 적장의 목을 하나씩 들고 굴러오듯 노부나가 앞에 나타났다.

한결같이 머리카락이 흐트러져 있었으나 그 눈은 아수라의 빛을 간직하고 몸에는 나한羅漢의 정기가 넘쳤다.

와아, 하고 모두 함성을 질렀다.

"됐어!"

노부나가는 부릅뜬 눈으로 네 사람을 바라보고 일갈했다.

"조짐이 좋다. 무공 이야기는 나중에 듣기로 하겠다. 마타자에몬!"

"예."

"그대는 여기 머물면서 위장한 군사를 지휘하며 깃발을 날려 적의 시선을 끌도록 하라."

"알겠습니다."

"그사이에 우리는 요시모토의 본진을 공격할 것이다. 준비는 되었겠지?"

"와아!"

"와아!"

"와아!"

이미 먹구름은 하늘을 덮고 굵은 빗방울이 갑옷 소매를 때리기 시작했다. 그리고 뒤이어 사나운 바람이 불어닥쳐 들판의 풀잎을 쓰러뜨리기 시작한다.

"보거라!"

노부나가는 다시 하늘을 가리키며 홱 말 머리를 앞으로 돌렸다.

"뇌우雷雨가 돌풍을 몰아왔다. 이 바람을 타고 덴가쿠 골짜기를 습격할 것이다."

"와아!"

"그러나 명령을 내릴 때까지 모두 깃발은 감추도록 하라. 다이시가네까지는 은밀히 접근해야 한다. 명성을 날리고 가문을 일으키는 일은 이 싸움 하나에 달려 있다! 그렇다고 개인의 공을 앞세워 전군의 승리를 놓쳐서는 안 된다. 요시모토를 제외하고는 굳이 목을 베려하지 마라. 무거운 머리를 들고 다니느라 소중한 총대장을 놓친다는 것은 이 오다 가즈사노스케의 전법에는 없는 일이다."

"와아!"

"원숭이, 가자!"

"예."

도키치로가 말고삐를 잡고 선두에서 달리기 시작하자 기다렸다는 듯이 하늘에서 번개가 치고, 이어서 억수 같은 장대비가 쏟아지기 시작했다.

"모두 대장에 뒤지지 마라."

"목적지는 아이하라相原 북쪽의 다이시가네다."

북쪽으로 향하자 비도 바람도 모두 등 뒤에서 채찍질하는 추격자가 된다. 다시 번쩍, 하늘이 갈라졌다. 이어 대지를 때리는 빗방울 너머 남쪽 하늘에서 천둥 소리가 요란하게 울리기 시작했다.

# 덴가쿠 골짜기로

노부나가가 거느린 천 명의 정예 부대는 억수 같은 비를 뚫고 다이시가네를 향해 질주했다.

아마도 적은 젠쇼 사의 성채에 남아 있는 일대와 여기에 합세한 가짜 병사를 보고는, 상대의 주력이 멀리 북쪽의 논길로 돌아오고 있는 상황을 상상도 못 했을 것이다.

더구나 갑작스럽게 하늘을 뒤덮은 먹구름은 순식간에 주위를 어둠으로 바꾸어 질풍과 호우, 눈이 멀 듯한 번개와 천둥으로 노부나가를 엄호하는 것처럼 보인다.

이때 노부나가의 심중에서 오가는 감회는 어떤 것이었을까?

전부인가, 전무全無인가?

오와리의 큰 멍청이로 끝날 것이냐, 아니면 천하를 손에 넣을 것이냐?

항상 이를 염두에 두고 갖은 고생을 거듭해온 노부나가에게 지금

생애의 절반을 총결산할 시기가 찾아왔다.

가문의 숙정肅正.

노부시와의 연계.

농성의 위장.

농민의 이용.

이러한 일들이 모두 성공한 듯이 보이지만 상대는 워낙 강대하다.

노부나가 자신이 거느린 정예 부대는 젠쇼 사에 태반을 남겨두지 않으면 안 되므로 고작 천 명을 동원할 수 있을 뿐인데 덴가쿠 골짜기에는 5천의 군사가 집결해 있다.

만약 기습이 지체되어 노부나가의 행동이 알려지면 적의 수는 5천이 곧 8천이 되고 1만이 되며, 1만 5천이 되고 또 2만이 된다.

노부나가가 일부러 젠쇼 사에서 아이하라 북쪽으로 크게 우회한 이유도 이 때문이다.

곧바로 가마쿠라 가도로 나가면 거리는 3분의 1로 단축된다. 그러나 이렇게 하면 충돌하기도 전에 반드시 적에게 발견된다. 그러므로 강하게 몰아치는 남풍을 고려하여 그 밑을 뚫고 인마의 발소리를 죽여가며 은밀히 전진했던 것이다.

이러하여 덴가쿠 골짜기 북쪽의 다이시가네 산에 도착한 것은 정오가 조금 지났을 무렵이었다.

여기까지 오자 노부나가는 성급한 부하들을 제지하고 언덕 위와 저쪽의 숲, 이쪽 나무 등에 군사들을 분산시켰다.

바로 밑에는 비를 피하기 위한 장막들이 줄지어 있고, 병졸들은 나무 그늘과 민가의 처마 밑에서 무장을 풀고 비를 피하고 있다.

노부나가는 언덕 위에서 이들의 행동을 세밀하게 살펴보고 다시 머리 위의 하늘을 노려보기 시작했다.

실패를 허용하지 않는 삶이냐 죽음이냐의 일전. 이 경우의 '시각'은 문자 그대로 오와리의 운명을 새기고 있다. 여기서 지체하면 이마가와 군의 선봉이 기요스 성에 다다를지 모른다.

잠시 주춤했던 돌풍이 다시 비를 몰고 맹위를 떨치기 시작했다. 하늘은 더욱 어두워지고 머리 위에서 번개가 종횡으로 교차한다.

가만히 귀를 기울이자 골짜기에 있는 막사에서 때때로 북을 치는 듯한 소리가 들린다.

노부나가는 말고삐를 잔뜩 당기고 언덕 가장자리에 서서 눈을 부릅뜨고 북소리가 나는 곳을 찾았다.

'요시모토 놈, 자기도 한 잔 걸치고 비가 개기를 기다리면서 한 곡조 읊고 있는 모양이군.'

북소리가 나는 막사가 요시모토의 본진임에는 틀림없으나, 천둥과 빗소리 때문에 좀처럼 정확하게는 파악할 수 없다.

이윽고 시각은 아홉 점 반(오후 1시)에 접어들고 있다.

이때 전보다 더 세찬 돌풍이 골짜기를 휩쓸고, 귀를 멀게 할 것 같은 뇌성과 번개가 한꺼번에 쳤다. 바로 눈 아래 있는 느티나무에 벼락이 떨어졌다.

"앗!"

언덕 위에 있던 병사들도 일제히 목을 움츠렸으나 밑에서는 막사 다섯 자락이 공중으로 쳐들려 올라가고 이것을 막으려는 병졸들의 모습이 멀리서 보였다. 나무 그늘에 들어가 있던 병졸들도 개미집을 쑤신 듯이 사방으로 흩어진다.

"됐다!"

노부나가는 몸을 흔들어 갑옷의 빗방울을 털고 말 위에서 애검인 하세베 구니시게를 쑥 뽑아 하늘로 높이 쳐들었다.

"모두 들어라, 때는 지금이다! 요시모토의 본진에 돌입할 때까지 소리를 내지 마라. 요시모토 이외의 목은 치지 말고 나머지는 말발굽으로 짓밟아라!"

일동은 노부나가의 명령에 호응하여 일제히 창을 꼬나들고 빨려 들어가듯 빗속을 뚫고 덴가쿠 골짜기를 향해 달려 내려갔다.

# 이슬 같은 목숨의 분노

'와아' 하고 소리지른 쪽은 공격하는 오다 군이 아니라 허를 찔려 갈팡질팡하며 당황하는 이마가와 군이었다.

"어떻게 된 일이냐, 무슨 일이 생겼느냐?"

"반란이야! 누가 반란을 일으킨 모양이야."

"그렇지 않아. 노부시야, 노부시. 노부시가 아니면 떼강도가 무기를 노리고 습격한 거야. 갑옷을 빼앗기지 마라, 무기를 넘겨주지 마라."

걷잡을 수 없는 혼란이었다.

"적이다! 적이 쳐들어왔다."

이렇게 외치는 자도 있었으나 이 말은 아무도 믿으려 하지 않았다.

이마가와 군은 아침부터 계속 승리를 거두었다. 그리고 여기서 농부들의 정성 어린 상납을 받고 유유히 점심을 먹고 있었다.

이미 싸움은 결판이 난 것과 마찬가지이므로 대장은 모두에게 술을 분배하였다.

그럴 때에 또한 억수 같이 쏟아지는 소낙비.

"비가 그치거든 출발한다."

이렇게 말한 사람은 총대장이었다.

"북을 가져오너라."

이렇게 명한 뒤에 거나하게 취해 노래를 흥얼거리며 북을 두드린 사람도 요시모토였다.

그래서 모두가 기분 좋게 취해 있었고 병졸들 중에는 지나치게 취해 갑옷과 무기를 팽개치거나 옷을 벗고 비로 몸을 씻는 자도 있었다.

이럴 때 갑자기 막사 밖에서 소란이 일어났기 때문에 요시모토는 낯을 찌푸렸다.

"또 시작됐군. 술도 좋지만 취해 소란을 피우다니 한심한 일이로다. 여봐라, 가서 진정시켜라."

술에 취해 싸움을 벌이는 줄 알고 요시모토는 측근에게 명했다.

"알겠습니다."

근시는 얼른 일어나 밖으로 나갔다.

"바람이 강하다. 막사가 날아가지 못하게 하라."

큰 소리로 말하면서 빗속에서 멀어진다.

"북을 궤에 도로 넣어라."

"예."

시동이 요시모토의 손에서 북을 공손히 받아들고 나가자 막사 안에는 빗소리와 먹다 남은 술과 안주만이 어지럽게 흩어져 있었다.

다시 막사 오른쪽에서 비명인 듯싶은 소리가 들렸다.

"뭐냐, 지금 이 소리는?"

요시모토는 젖은 진막을 걷어차듯이 하며 들어오는 검은 갑옷의 무사에게 의자에 의연하게 앉은 채로 물었다.

"술을 마시는 것은 좋아. 그러나 내 주위에서 술에 취해 난동을 부리다니 어디 될 말이냐! 어느 놈이 그런 추태를 부리는지 조사해보라."

그러나 뛰어들어온 검은 갑옷의 무사는 이 말에는 대답하지 않고 느닷없이 큰 창을 꼬나들고 요시모토의 가슴에 들이댔다.

"핫토리 고헤이타 다다쓰구服部小平太忠次, 이마가와 님과 상대하러 왔소."

요시모토는 순간 묘한 눈으로 상대를 바라보았다.

"이놈, 무어라고 지껄였느냐? 네놈은 누구 부하냐?"

요시모토는 노부나가의 고쇼인 핫토리 고헤이타의 이름을 알지 못했다.

고헤이타는 이 한마디로, 요시모토의 목을 벨 때까지는 소리를 내지 말라고 한 노부나가의 명령이 상기되었다.

'아직 기습당했다는 사실을 모르고 있다!'

이런 생각이 들자 별안간 몸을 날려 부딪치듯 공격해 들어갔다.

"에잇!"

요시모토는 이 상황을 아군의 반란인 줄 알았던 모양이다. 벼락같이 두 자 여섯 치의 애검 소조사몬지를 뽑아 옆으로 휘둘렀다.

"앗!"

고헤이타의 창끝이 부러져 나가고 그는 진흙탕에 엉덩방아를 찧었다. 아니, 그것만이 아니었다. 고헤이타의 오른쪽 다리 무릎 아래가 잘려나갔다. 하지만 고헤이타가 내지른 창도 살찐 요시모토의 왼쪽 허벅지를 깊이 찌르고 있었다.

요시모토는 눈을 부릅뜬 채 허벅지에 꽂힌 창끝을 빼어 아무렇게나 내던지고 재빨리 고헤이타에게 다가갔다.

"이놈, 핫토리라고 했지? 어느 놈의 부하냐, 못된 놈!"

말하기가 바쁘게 고헤이타의 상투를 붙잡고 얼굴을 쳐들었다.

"으으으."

고헤이타는 몸을 비틀면서 목에 들이댄 소조사몬지의 칼끝을 피하려고 안간힘을 썼다.

그러나 다리 하나가 잘려나간 고헤이타는 요시모토의 괴력 앞에 적수가 되지 못했다.

"어느 놈의 부하냐고 묻고 있다. 어서 말하지 못하겠느냐!"

고헤이타는 체념했다. 이미 막사 밖에서는 양군이 뒤얽혀 난투극을 벌이고 있다.

여기서 오다 가문의 용맹한 군사라고 알려진 고헤이타 다다쓰구가 적장을 죽였다고 소리 높이 외치고 전사하고 싶었다.

'요시모토의 목을 벨 때까지는……'

노부나가의 명령이 고헤이타의 입을 막아놓고 있다.

"어서 찔러라!"

"이름을 대지 못하겠느냐?"

"어서 찌르라고 했다."

"지독한 녀석, 그래 찔러주마."

칼을 고쳐 잡았을 때,

"고헤이타, 가세하겠다."

또 한 사람이 짧게 외치고 질풍처럼 막사 안으로 뛰어들어 요시모토의 거구를 뒤에서 부둥켜안았다.

"무엄하다, 가까이 오지 마라!"

요시모토가 몸을 틀면서 소리를 질렀다.

"나에게 맞서려는 불충한 놈, 이 손으로 처단할 테다. 네놈도 같은 죄, 어서 놓지 못하겠느냐!"

"무…… 무…… 무슨 소리를 지껄이고 있느냐."

젊은 무사는 숨을 몰아쉬며 비웃듯이 소리쳤다.

양자의 체중이 너무 다르므로 요시모토가 몸을 크게 꿈틀거릴 때마다 이 젊은이의 몸은 팽이가 돌아가듯 한다.

그 사이 핫토리 고헤이타는 진흙탕에서 기어 나와 무릎의 피를 지혈시키려 하고 있다.

"아직도 방해하느냐? 어느 놈의 부하인지 어서 말하라."

"끈질기기도 하시군."

젊은이는 요시모토에게서 떨어지지 않으려고 안간힘을 쓰면서,

"오다 가즈사노스케의 고쇼 모리 신스케 히데타카秀高. 미노의 오와리 님('미노오와리'는 일본어로 죽음), 각오하시오."

"뭐…… 뭐…… 뭣이! 오다 가즈사노스케?"

"그렇소. 이미 5천의 군사는 벌거벗은 채로 궤멸 직전에 있소. 각오해야 할 것이오."

"으음, 오다의 부하였군."

다시 머리 위에서는 번개가 불꽃을 수놓고, 돌풍이 장막을 휩쓸기 시작했다.

장대 같은 비는 여전히 대지와 하늘을 잿빛 어둠으로 바꾸어 놓고 있다.

"으음, 오다의 애송이가……"

요시모토는 다시 한 번 신음하듯 말하고 뜻밖에도 자기가 취해 있다는 사실을 깨달았다.

'그럴 리가 없다.'

이렇게 생각했지만 평소의 반도 힘을 쓸 수 없다. 그러나저러나 뒤에서 꼭 끌어안고 놓아주지 않는 모리 신스케라는 자는 얼마나 집요하고 몸이 날렵한가.

뒤를 향해 소조사몬지를 좌우로 휘두르자 고양이처럼 가볍게 칼을 피한다.

어쩌면 핫토리 고헤이타에게 찔린 왼쪽 허벅지의 출혈 때문인지도 모른다.

휘두르는 칼의 무게가 점점 더 힘에 부치기 시작한다. 갑옷도 요로이히타타레도 비를 맞아 무게가 더해진 듯하다.

그러나……

요시모토는 지금이 자기 생애의 마지막 순간이라고는 생각지 않았다. 오늘만 해도 아침부터 계속 승리를 거두었다. 상경한 뒤의 꿈도 아직 그대로 살아 있고, 슨푸 성도 철저히 수비하고 있다.

'이러한 내가 별로 문제도 삼지 않았던 오다의 애송이에게 쓰러지다니……'

그런 일은 있을 수 없다고 생각하기에 집요하기 짝이 없는 신스케에게 화를 내고 칼의 무게와 비에 젖은 갑옷, 왼쪽 허벅지의 출혈에 짜증을 내는 정도였다.

술에 취한 탓에 귀가 몹시 울린다. 여기에 바람소리, 천둥소리와 빗소리 등 갖가지 음향이 청각을 방해하고 있어 적과 아군이 어떻게 싸우고 있는지도 알 수 없었다.

아니, 차라리 모르는 편이 요시모토에게는 다행이었다.

만약 이 상황을 알았다면 아마 요시모토는 모리 신스케가 막사에 침입했을 때부터 심한 혼란에 빠졌을 것이다.

그 무렵에는 이미 오다의 정병이 귀신 같은 노부나가의 뒤를 이어 종횡무진으로 5천 군사를 유린하고 있었다.

당연한 일이었다.

한쪽은 숨을 죽이고 호우 속을 뚫고 온 공격자이고, 다른 한쪽은 이미 승리를 예감하고 갑옷을 벗어 던진 채 술을 마시던 군사들이다.

노부나가가 끝까지 갑옷을 입지 못하게 한 것과 요시모토가 행렬의 위엄을 보이기 위해 필요 이상으로 거창하게 꾸민 것을, 지금에 와서 생각할 때 이것 역시 이마가와 군의 불리不利를 초래한 결과가 되었다.

이마가와 군은 도중의 더위에 못 이겨 필요 이상 무장을 풀고 더위를 식히는 중이었다.

따라서 기습이라는 사실을 알았을 때 남의 무기를 들고 나오는 자, 무기를 버리고 도망치는 자, 무기를 찾는 자, 욕설을 퍼붓는 자, 고함을 지르는 자 들로 그 혼란은 이루 말할 수 없을 정도였다.

그러나 요시모토는 아직 이 상황을 모른다.

"게 누구 없느냐, 괴한이 침입했다! 어서 무찔러라!"

드디어 그는 모리 신스케의 집요함에 화를 내며 큰 소리로 외쳤다.

이 소리를 바람이 찢어놓고 빗소리가 지웠으나 요시모토는 취한 나머지 그것조차 확실하게는 깨닫지 못했다.

"누구 없느냐, 괴한이 침입했다!"

또다시 몸을 세게 흔들고 소조사몬지를 뒤로 휘둘렀다.

그 순간 재차 머리 위에서 우당탕, 하고 고막을 찢는 듯한 뇌성이 울리는 동시에 요시모토의 거구가 오른쪽으로 기울어졌다.

갑옷의 오른쪽 허리 밑 하복부에 섬뜩하게 뜨거운 것이 느껴지고 이 부위를 통해 온몸의 힘이 빠져나가는 듯한 착각을 일으켰다.

"아……"

요시모토는 발에 힘을 주었다.

"이놈, 이…… 놈…… 찔렀구나……"

그는 비로소 자기 오른쪽 옆구리를 찌른 것이 모리 신스케의 단검임을 깨달았다.

순간 격노와 통증이 등줄기를 타고 달렸다.

"이놈!"

혼신의 힘을 다해 또 한 번 칼을 휘두른 요시모토는 아차, 하고 마음속으로 소리쳤다.

신스케는 더욱 가볍게 허공으로 몸을 날렸으나, 칼을 휘두른 요시모토에게는 이미 서른 관이나 되는 거구를 지탱할 힘이 없었다.

자기 몸의 무게와 신스케의 체중으로 주르르 진흙 속으로 발이 미끄러지면서 그대로 허리가 내려앉았다.

"분하다!"

두 사람은 부둥켜안은 채 쓰러지고, 쓰러지는 순간 신스케는 다람쥐처럼 날렵하게 요시모토의 배 위에 올라탔다.

"이 고약한 놈!"

요시모토는 떨쳐버리려고 몸을 오른쪽으로 비틀었다. 그러나 진흙으로 변한 황토가 흰 갑옷에 엉겨붙고 얼굴에는 눈과 입을 가릴 것 없이 폭포처럼 빗물이 쏟아져 들어온다.

그 무렵부터였다.

요시모토가 비로소 인간의 생명이 허망하다는 것을 깨닫고 아연실색한 때는……

여기에는 이미 스루가, 도토미, 미카와 세 지역의 태수도 없거니와 상경하여 천하를 장악할 인물이라는 그 어떤 특별한 대우도 없었다.

있는 것이라고는 다만 병졸도 대장도 없는 싸움터의 격투뿐이었다.

힘이 약한 자는 강한 자에게 진흙탕 속에서 목이 잘리고, 이렇게 해서 승부가 결정된다는 매우 안타까우면서도 냉엄한 현실만이 존재한다.

'이래서는 안 된다, 이래서는……'

"누구 없느냐! 괴한이다, 괴한……"

밑에 깔린 채 고래고래 소리쳤다.

"보기에 민망스럽소!"

배에 올라탄 모리 신스케는 비가 쏟아지는 가운데 입을 일그러뜨리고 비웃었다.

"적어도 이마가와의 총수쯤이나 되는 대장이 지금에 와서 무슨 소리를 하시오? 순순히 목을 건네시오."

"이놈…… 앗, 단검을 뽑았구나!"

"참으로 보기에 흉하오. 단념하시오."

"잠깐, 잠깐, 이놈아."

"유언이라도 남기시렵니까?"

"뭣이, 유언?"

요시모토는 몸을 뒤집고자 다시 필사적으로 몸부림쳤다.

'여기서 죽는다…… 이 요시모토가? 어림도 없다!'

너무도 급전직하로 전락한 자기 운명에 온몸으로 반항하려고 했다.

반면 상대는 칼끝을 명치에 대고 찌를 기회만을 노리고 있다.

이미 양쪽 모두 제정신이 아니었다.

이때 검게 물들인 요시모토의 이가 덥석 무엇인가를 물었다.

위에서 내리누르던 모리 신스케의 왼쪽 주먹이 비에 미끄러져 요시모토의 입 안으로 들어갔던 것이다.

"아……"

요시모토는 잘려진 신스케의 손가락이 자신의 입 안에 들어 있다고 깨달았을 때, 이번에는 왼쪽 목덜미에 섬뜩한 차가움에 이어 불덩어리에 얻어맞은 듯한 통증을 느꼈다.

"이…… 이…… 이놈……"

입에 피와 손가락을 물고,

'이것이 죽음인가…… 인간의 죽음인가……'

요시모토는 도저히 수긍할 수 없는 분노를 안은 채 의식을 잃었다.

# 승리의 전열戰列

　　스루가, 도토미와 미카와의 태수인 이마가와 지부다유 요시모토는 결국 노부시의 전술을 모방한 노부나가의 기습을 만나 모리 신스케의 손가락 하나를 입에 문 채 덴가쿠 골짜기의 이슬로 사라졌다.

　　"이마가와 요시모토 대장의 목을 모리 신스케 히데타카가 베었노라!"

　　그 고함 역시 뇌성과 폭우 속에서 울려 퍼졌으나, 이것이 신호가 되기라도 한 듯 비바람도 서서히 세력을 잃어가기 시작했다.

　　물론 이것만으로 군사를 거두어들일 수는 없다. 눈사태처럼 무너져 패주하는 적을 오다의 정병은 마음껏 유린하면서 총대장 요시모토의 죽음을 큰 소리로 외쳐댔다.

　　이때 주변의 사상자는 2천 5백. 이 중에서도 마쓰이 무네노부松井宗信가 거느린 부대는 가장 참담한 패배여서 생존자는 겨우 십 명, 그것마저도 요시모토가 전사했다는 소식을 듣자 망연자실하여 어떻게 해야 할지 알지 못했다.

더구나 패배의 원인은 요시모토가 별다른 생각 없이 가마를 덴가쿠 골짜기에 세운 데에 있었다.

이 덴가쿠 골짜기는 고작 1만 5,6천 평에 불과한 작은 분지. 여기에 5천의 군사를 들여놓았다가 여지없이 궤멸하고 말았다.

이 얼마나 큰 웃음거리란 말인가. 만약 요시모토가 이곳에 가마를 세우지 않고 그대로 오타카 성에 들어갔다면 틀림없이 노부나가의 역사도 요시모토의 역사도, 아니 일본의 역사까지도 크게 바뀌었을 텐데도……

그러나 모든 것은 끝났다.

노부나가는 요시모토의 성격과 결점을 세밀하게 분석하고 그 위에 날씨의 도움까지 얻어 대번에 적을 분쇄했다.

"좋아, 더 이상 패주하는 적을 추격하지 마라. 일단 마고메야마間 米山로 철수하라."

노부나가는 적을 오케하자마桶狹間까지 몰아놓고는 얼른 말을 돌려 오자와大澤 마을 가까이 있는 마고메야마로 철수하고서야 비로소 개가를 올렸다.

아마도 이때처럼 노부나가의 가신이 주군의 위대함에 놀란 적도 없을 것이다.

"와아!"

"와아!"

"와아!"

하늘을 향해 칼을 높이 쳐들고 함성을 질렀을 때 이미 머리 위는 푸른 창공이었다.

시각은 일곱 점(오후 4시) 무렵.

불과 두 시간도 채 안 되는 동안에 결정적인 승리를 거두어, 숙적 이마가와 요시모토의 운명과 야망을 모두 한꺼번에 묻어버렸다.

비에 씻긴 마고메야마의 푸른 나무 밑에서 요시모토의 목은 모리 신스케의 손으로 검시檢屍를 위해 노부나가에게 바쳐졌다.

이때 들것에 실려 나온 사람은 맨 먼저 노부나가에게 창을 들이대고 중상을 입은 핫토리 고헤이타. 고헤이타가 실린 들것 옆에는 오늘 요시모토가 지녔던 와키자시와 두 자 여섯 치인 소조사몬지가 놓여 있었다.

이것만은 전리품으로 가져온 모양이다.

"흐응."

노부나가는 쏘는 듯한 눈으로 요시모토의 목을 노려보다가 가볍게 웃었다.

"이를 까맣게 물들이고 눈썹까지 그려가면서 위엄을 보이던 자가 남의 손가락을 물어뜯고 죽다니. 좋아, 요시모토의 목을 내 칼에 찔러두거라."

신스케에게 이렇게 명하고 일어나 들것 앞으로 걸어갔다.

"야나다 마사쓰나!"

그리고 핫토리 고헤이타의 얼굴을 들여다보며 큰 소리로 불렀다.

"예."

마사쓰나가 갑옷에 묻은 진흙을 튀기며 앞으로 오자,

"새삼 말하지만 오늘 가장 큰 공은 그대가 세웠다. 용케도 덴가쿠 골짜기에 요시모토가 가마를 세웠다는 정보를 보고해 왔다."

"예?"

마사쓰나는 어리둥절하여 주위를 둘러보았다.

그럴 것이었다. 지금까지의 예를 보면 적의 대장을 죽이고 목을 자른 모리 신스케의 공을 첫째로 평가함이 당연했기 때문이다.

기노시타 도키치로만이 의미 있는 미소를 띠고 마사쓰나를 바라보았다.

"다음은 핫토리 고헤이타."

"예."

"그대로 누워 있거라. 상처를 잘 치료하도록. 오늘 너는 두번째로 큰 공을 세웠다. 전혀 겁을 먹지 않고 맨 먼저 창을 찔렀어."

"예."

"세번째는 모리 신스케. 앞으로도 이런 일은 자주 있을 터이니 모두 잘 듣도록 하라. 자신의 공만을 생각하고 아군 전체의 승리를 고려하지 않는 싸움은 낡은 생각임을 알아야 한다."

"예."

"네번째 이후는 성에 돌아가 말하겠다. 오늘 해가 지기 전에 아쓰타 신궁 앞에 정렬하여 승전을 고하고 귀로에 오른다. 백성들이 궁금히 여길 것이니 요시모토의 목을 보이면서 기요스 성에 들어갈 생각이다. 자, 어서 서둘러라."

"예."

여전히 채찍을 휘두르는 듯한, 물고기가 뛰는 듯한 노부나가의 지시였다.

"신스케, 도키치로, 참으로 수고가 많았다. 그대들은 전리품인 칼과 와키자시를 들고 내 뒤를 따르라."

나중에 가서 두 자 한 치 다섯 푼으로 다시 만들어져 '에이로쿠 3년(1560) 5월 19일, 요시모토가 죽을 때 소지했던 칼'이라고 칼집 앞쪽에 새긴 그 뒷면에 오다 오와리노카미尾張守 노부나가라 새기게 하여 기념으로 애용한 소조사몬지는, 원래 다케다 신겐의 누나가 출가

할 때 다케다 가문에서 선물한 유서 깊은 명검이었다.

행렬의 맨 앞에는 칼끝에 요시모토의 목을 꿴 노부나가, 이어서 소조사몬지를 받쳐든 모리 신스케, 그 다음에는 오늘 하루 종일 말고삐를 잡고 수행한 기노시타 도키치로가 금빛으로 장식한 마쓰쿠라교경의 와키자시를 들고 말을 타고 따라오고 있다.

이들 일행이 아쓰타 신궁 앞에 도착했을 때는 아직 백성들이 기적과도 같은 승전을 모르고 있었다.

그러나 신전에 승리를 보고하고 드디어 기요스로 돌아올 때는 주위에 사람들이 구름처럼 모여 있었다.

"보라, 역시 승리하고 개선하지 않는가. 보통 대장이 아니야."

"그야말로 귀신이라고 할 수밖에 없어."

"저것이 바로 요시모토의 목이로군."

"정말 이를 까맣게 물들이고 눈썹도 그렸어."

"저렇게 하고 4만인지 5만인지 모를 대군을 거느리고 왔으면서도 패하다니 믿어지지가 않아."

맨 뒤에 가짜 병사로 싸움터에 나갔던 자들이 기묘한 소리를 지르며 손을 흔들었기 때문에 때때로 웃음 섞인 환호성이 터져 나온다.

노부나가가 요시모토의 목을 들고 개선한다는 소문은 먼저 나와 있던 이마가와 군의 선봉을 순식간에 가도에서 사라지게 만들었다.

노부나가가 기요스 성으로 돌아간다면 그동안이야말로 살아남은 자가 동쪽으로 철수할 수 있는 유일한 기회였기 때문이다. 불과 12각(24시간) 사이에 도카이 가도에서 오와리에 이르는 지역의 분위기는 완전히 일변하고 말았다.

"승전한 대장에게 꽃을 뿌리자!"

때때로 양쪽 인파 사이에서 아이들의 목소리에 섞여 모란과 창포

꽃이 날아왔다.

그러나 노부나가는 이런 가운데서도 입을 꼭 다문 채 웃지도 않고 지나간다.

자기 칼끝에 꽂혀 있는 요시모토의 목을 통해 무장으로서의 감회를 느끼고 있는 것일까, 아니면 먼 훗날에 있을 무지개와 같은 자신의 희망을 바라보고 있기 때문일까……

그러고 보면 저녁놀 속에서 숙연히 개선하는 사람들의 표정은 환희로만 가득 찼다고는 할 수 없었다.

이보다 좀더 엄숙한 것, 인간의 생명은 허망하다는 사실이 그들을 사로잡고 있기 때문인지도 모른다.

단지 양쪽의 군중들만은 불꽃처럼 들끓으며 잇따라 전열戰列을 맞이하러 간다.

노부나가는 요시모토의 목과 자기 얼굴을 나란히 하고 조각처럼 조용히 저녁놀 속을 행진하고 있다.

# 아내의 군진軍陳

노히메에게 노부나가의 승전 소식이 전해진 시간은 일곱 점 반(5시)이 가까워서였다.

"말씀드립니다."

성에 남아 있던 후세 도쿠로布施藤九郎가 안으로 달려와 뜰에 머리를 조아렸을 때는 성안에도 석양이 길게 그림자를 드리우고 있었다.

"무슨 일이냐?"

노히메가 맨 먼저 툇마루에 나와 꾸짖듯이 물었다.

쇠붙이를 댄 머리띠에 번쩍 석양이 반사하고 손에 든 나기나타刀(주로 여자들이 사용하던 손잡이가 아주 긴 칼)가 검은 빛을 띠고 무섭게 빛나고 있다.

후세 도구로는 노히메의 당당한 모습을 보자 목이 메어 당장에는 말이 나오지 않았다.

'과연 대장님의 부인······'

노부나가가 새벽에 성에서 달려나간 뒤부터 노히메는 여자라고 할 수 없을 정도로 눈부셨다.

"모두 각오는 되어 있겠지?"

노부나가의 질풍과 같은 출진으로 망연해 있는 소실 세 사람과 시녀들에게 이렇게 말하고는 맨 먼저 어깨띠를 두르고 머리띠를 매어 여자로서의 무장을 갖추었던 것이다.

이 무언의 교훈은 사람들에게 새삼스럽게 오늘의 싸움이 얼마나 중요한지를 깨닫게 했다.

"전부냐 전무냐!"

노부나가는 이기지 않으면 절대로 성에 돌아오지 않는다. 그 결의를 뒤집어 말하면 노부나가가 돌아오느냐 적이 침입하느냐 둘 중 하나였다.

주인이 없는 성에 적이 침입하면 어떤 상황이 벌어지게 되는지 수많은 예로 보아 너무나 잘 알고 있었다.

병졸들 중에는 이럴 때 강간과 약탈을 하려고 들어와 있는 자조차 없지 않다. 이쪽에서 겁을 먹거나 애걸하면 침입자는 당장 맹수로 돌변한다.

여자들의 각오와 무장은 이런 맹수에 대비하기 위해 반드시 필요한 준비였다.

"덤빌 테면 어디 덤벼보라!"

아무리 횡포한 자라도 나기나타를 들고 눈썹을 치켜올리고 맞선다면 야비한 생각 따위는 할 겨를이 없어질 것이다.

노부나가가 굳이 그런 말을 하지 않고 떠난 이유는 자기가 없는 동안의 지휘는 노히메가 맡아주리라는 신뢰가 있었기 때문이고, 노히메 또한 이 점에서는 남편과 마음이 잘 통하는 아내였다.

지금도 노히메가 뛰어나간 그 뒤에는 모두 똑같이 무장한 여자들이 아이 셋을 감싸면서 눈을 부릅뜨고 있다.

이처럼 슬프도록 당당한 모습이 후세 도구로의 가슴을 더욱 뜨겁게 만들었다.

"어서 말하라. 적이 성에 다다랐다는 말이냐?"

"마님……"

꿇어 엎드린 채 도구로는 눈물로 얼룩진 고개를 들었다.

"기뻐해 주십시오! 이, 이, 이겼습니다."

"뭣이, 이겼어?"

"예. 지금 이치바시 덴주로 님이 보낸 전령의 보고에 따르면 주군은……"

"주군이 어떻다는 말이냐?"

"지금 이마가와 지부다유 요시모토의 목을 잘라 아쓰타에서 성으로 개선 중이시라고 합니다."

그 말을 듣는 순간 노히메는 가벼운 현기증을 느끼고 나기나타에 몸을 의지했다.

'이겼다.'

단 한마디 말로 표현할 수 있는 일이지만, 그 뒤에는 얼마나 큰 인고忍苦와 결단이 숨어 있을까.

말하자면 지난 십 년 동안의 피와 눈물, 희망과 절망은 오직 오늘의 승리를 위해 있었던 것이다.

"그렇구나, 무사히 돌아오시는구나……"

"예. 지부다유가 5천의 군사를 거느리고 덴가쿠 골짜기에 있는 것을 일거에 기습하여 궤멸시키고…… 그러나 자세한 말씀은 드리지

않겠습니다. 주군이 오셔서 하시는 말씀을 고대하십시오."

"그래, 수고가 많았다."

노히메는 다시 나기나타로 땅을 짚으면서 말했다.

"잠깐, 도구로."

"예, 무슨?"

"주군이 성문에 들어오실 때까지 조금도 방심하면 안 돼. 여자이지만 우리도 무장을 풀지 않겠어."

"잘 알겠습니다."

도쿠로가 사라지자 노히메는 다시 비틀거렸다.

이미 승리의 소식은 뒤에 있는 소실들의 귀에도 들어갔다.

모두 한결같이 그 소식을 기다리고 있었던 것이다.

"드디어 승리하셨군요."

"어머나, 참으로 반가운 일이에요."

"도련님들, 아버님이 승리하셨다고 해요."

"적장의 목을 베고 지금 돌아오시는 중이라고 해요."

오루이도 나나도, 미유키도 시녀들도 모두 환희하며 속삭였다.

"조용히 해요, 경망스러워요."

노히메는 이마에 손을 얹고 이 말을 듣고 있다가 이윽고 방향을 돌려 엄하게 나무랐다.

"싸움에는 승리가 아니면 패배밖에 없어요. 이겼다고 해서 자만하면 안 되고 졌다고 해서 흔들려도……"

'나를 용서하세요.'

그러면서 노히메는 마음속으로 사과했다. 오늘의 승리를 어찌 기뻐하지 않을 수 있겠는가. 그러나 이 기쁨이 방심의 원인이 되어 곧바로 허를 찔려 멸망하는 것이 난세에는 흔히 있는 일이 아닌가.

그러므로 환회하는 이들 모두에게 제동을 걸고 아이들에게도 엄히 가르쳐야하는 것이다.

"싸움은…… 이것으로 끝나지 않았어! 주군의 뜻은 천하에 있는 거야. 따라서 이번의 승리는 출발에 지나지 않아. 아직 다케다도 있고 사이토, 아사쿠라, 호조, 아사이 등 적은 얼마든지 있어. 서전緒戰의 작은 승리에 도취한다면 오다의 아내들은 웃음거리가 될 수밖에 없어. 아이들도 다 알아들었겠지?"

노히메는 자기 자신에게 말하듯 얘기했다.

"예."

"알겠습니다."

맏아들인 기묘마루의 대답에 이어 도쿠히메도 두 손을 가지런히 짚었다.

"그러므로 무장은 주군의 모습을 대하고 승리의 축하 인사를 드릴 때까지 절대로 풀어져서는 안 돼. 센고쿠戰國 시대를 사는 무장의 아내가 지녀야 할 마음가짐을 깊이 마음에 새기도록."

이 말에 모두들 새삼스럽게 숙연히 고개를 숙였다.

"그럼, 어두워졌으니 등불을 준비하도록."

"예."

# 짓궂은 아내

노히메가 승리하고 돌아온 노부나가를 냉정하게 관찰하겠다는 생각을 갖게 된 것은 등불이 밝혀지고 별안간 성문 주위가 시끄러워지기 시작했을 때였다.

몇 번이나 환호성이 일어난 것은 돌아온 자도 맞이하는 자도 미칠 듯이 기쁘기 때문이었고, 이 점에서는 노히메도 예외일 리 없었다.

'혹시 남편에게 매달려 눈물을 흘리지는 않을까……'

그럴 우려도 없지 않았으나, 만약 이렇게 되면 그것은 노히메의 패배다.

아내는 항상 남편과 어깨를 나란히 하고 성장하지 않으면 안 된다. 그 성장이 멎었을 때 아내의 자리는 남자의 장난감이나 멸시를 받는 부양자의 위치로 전락하고 만다.

노히메는 어디까지나 아내의 위치에서 남편을 대하고 싶었다. 실의에 빠졌을 때는 위로하고 탈선했을 때는 꾸짖는다. 서로 격려하고 꾸짖는 일은 좋으나 '여자는 사리를 분별할 줄 모른다'는 멸시만은 받고 싶지 않았다. 그렇게 되면 여자는 평생 남자의 멸시 속에서 살아야 한다.

'잘 지켜볼 것이다. 남편이 오늘의 승리에 도취해 있는지 아닌지.'

입으로는 무슨 말을 하더라도 여기서 자만에 빠진다면 천하를 장악할 남편이 될 수 없다.

'짓궂은 아내……'

문뜩 쓴웃음이 나오는 것을 깨닫고서 노히메는 무장을 한 채 부엌으로 달려가 승리를 축하하기 위한 음식을 준비시켰다.

참으로 이상한 일이다.

남편의 태도를 지켜보겠다는 생각을 하는 순간부터 노히메의 마음은 차분하게 가라앉아 귀환한 장병들의 식사에서부터 상처의 치료 준비에 이르기까지 세심하게 주의를 기울여 지시하였다.

"아직도 가까이 적이 숨어 있을지도 모른다. 만반의 준비가 되어 있음을 보여주기 위해 모닥불을 피워라. 승리한 성에 어울리도록 모닥불을 밝혀 밤하늘을 수놓아라. 그러나 화재에 조심해야 한다. 지금까지는 나가서 싸우는 전투, 이제부터는 농성하면서 싸우는 전투다. 마음의 고삐를 단단히 당기고 어서 취사 준비를 하라."

부엌에서 뒤뜰, 또 마구간 주위까지 둘러보면서, 때때로 노히메는 우스운 생각이 들었다. 노부나가의 싸움은 끝났으나 아내의 싸움은 아직 남아 있다. 노부나가로부터 '과연 노히메'라는 말을 듣지 않는다면 여자로서의 자존심이 허락지 않을 것 같았다.

마구간 바로 옆에는 모닥불을 피우지 않았다. 말이 놀라지 않게 하기 위해서일 것이다. 소낙비 뒤의 하늘에서 별이 빛나고, 이미 사료를 다 먹은 말들이 머리를 가지런히 하고 있다.

'그렇구나, 이곳에 오늘의 공로자들이 돌아와 있었구나.'

노히메는 사료 창고로 가서 당근 네다섯 뿌리를 뽑아다가 맨 먼저 질풍 앞으로 갔다. 잘 싸웠다고 직접 쓰다듬어주고 싶은 생각이 들어서였다.

가까이 가서 보니 누군가가 웅크리고 앉아 질풍의 다리를 비벼주고 있다.

"누구세요, 도키치로 님인가요?"

말을 걸면서 다가가자 상대는 가만히 일어섰다.

"오노로군."

이렇게 말한 사람은 뜻밖에도 노부나가였다.

"아니, 이런 곳에…… 벌써 넓은 방에 드신 줄로 알고 있었는데."

"하하하."

노부나가는 노히메가 손에 들고 있는 당근을 보자 즐거운 듯이 웃었다.

"그대가 말을 위로하러 올 줄은 몰랐어. 이상한 여자야, 그대는."

"이상한 분은 바로 주군입니다. 모두 기쁨을 이기지 못하고 환호하고 있는데 승리의 주인공이 이런 데서 말을 쓰다듬고 계시다니."

"모두 넓은 방에 모이도록 원숭이와 기요마사, 곤로쿠, 사도 등에게 지시해 놓았어. 그런데 나는 외로워, 오노."

"점점 더 이상한 말씀을 하시는군요. 아 참, 아직 축하 인사도 올리지 못했군요. 주군, 축하드립니다."

그러면서 노히메는 가만히 노부나가의 거동과 표정을 살폈다.

노부나가는 빙긋이 웃었다.

"또 마음에도 없는 말을 하는군."

"아니, 마음에도 없는 말이라니요?"

"이길 수밖에 없는 싸움에서 이긴 것인데 축하는 무슨 축하. 그보다도 그대의 눈에는 이 노부나가의 마음을 꿰뚫어보려는 짓궂은 빛이 깃들어 있어."

"어머, 어찌 그런 말씀을……"

"아니, 짓궂다고 한 말은 취소하겠어. 그것이 오노의 훌륭한 점이라고 칭찬하기로 하지."

노히메는 너무 뜻밖이어서 다음 말을 잇지 못했다. 자기가 꽤나 짓궂어진 줄로 생각했는데 노부나가는 그 이상이었다.

기뻤다. 그러기에 고생한 보람이 있었다.

아마 이 기쁨은 노히메에게만이 아닐 것이다. 어려서부터 키워온 시동들이 노부나가를 두려워하면서도 헌신하는 이유는 모든 것을 알아준다는 기쁨이 있기 때문임에 틀림없다.

그러나 노히메는 여기서 당장 두 손을 들고 말 그런 여자가 아니었다.

"호호호, 주군이야말로 마음에도 없는 칭찬을 하시는군요."

"뭣이, 마음에도 없는?"

"경사스러운 순간에 여기서 혼자 말을 어루만지시는 주군의 결심을 알고 싶어요. 이기게 되어 있는 싸움에 이겼다고 말씀하셨죠?"

"그것이 어쨌다는 말인가?"

"이기게 되어 있는 싸움에 이겼다고 해서 숨을 돌리고 계시지는 않을 거예요. 다음번 계획을 알고 싶어요."

이번에는 노부나가가 어이없다는 표정이 되었다.

"정말 못 말릴 살무사의 딸이야. 어떻게 대답하는지 보고 내 마음을 떠볼 생각이군. 하하하하, 오노!"

"예, 말씀하세요."

"나는 말이지, 당장에는 미노를 공격할 생각이 없어. 그대는 여기서 살무사 님의 원수를 갚았으면 하겠지만 그럴 수는 없어."

"아니, 당장 미노를 공격하시라는 말은 아니에요. 미노에서도 주군을 무찌르고 공격해 올 지부다유의 군사에 대비하고 있을 거예요. 그런데도 당장 공격할 정도로 어리석은 주군은 아니잖아요?"

"허어, 이거 재미있군! 그럼, 내가 무엇을 할 것 같나?"

"그야 뻔하죠. 재빨리 이번 승리의 뒤처리를 마무리하고 여행을 하실 테죠."

"오노!"

"예."

"그대는 무서운 여자야."

"귀신의 아내니까 당연한 일이죠."

"이것은 비밀인데, 나는 구마노熊野에 참배하러 가겠어."

"구마노에? 그 말씀을 듣고 안심했어요. 과연 제 남편답습니다."

"칭찬하는 것은 좋지만 그 말을 다른 사람에게 하면 안 돼."

"예, 주군의 목숨과 관계되는 일이니까요."

"내가 구마노 참배를 위해 구와나桑名에서 배를 타고 구마노로 향했다고 소문을 퍼뜨리도록 해. 알겠지?"

"배로 사카이堺에 갔다가 난파難波를 거쳐 교토에 들어가시겠다는 생각이겠죠?"

"쉿!"

노부나가는 엄한 표정으로 아내의 말을 제지했다.

그러나 마음속으로는 큰 소리로 웃고 싶은 감동을 받았다.

이 계획에 대해서만은 아직 중신이나 근신 등 누구에게도 말을 하지 않았다.

'요시모토를 무찌르고 다음에 취할 행동……'

그것은 철저히 주변에 대한 경계를 강화하고 혼자 상경하는 일이었다. 아마도 이 상경이 노부나가가 비원悲願을 성취시킬 수 있을지를 가름하는 열쇠가 될 것이다.

수도인 교토에는 지금 황폐한 궁전과 이름뿐인 천황 외에, 요시모토가 은근히 그 자리를 넘보던 쇼군 아시카가 요시테루足利義輝가 있다.

노부나가는 그 요시테루와 회견함으로써 자신의 뜻이 천하에 있다는 것과, 대대로 내려오는 오다 가문의 근왕勤王 정신을 밝히고 돌아올 생각이었다.

물론 직접 교토로 간다고 하면 사방에서 방해할 것이 분명하다.

미노의 사이토, 에치젠의 아사쿠라, 오미의 아사이 등……

만약 노부나가가 요시테루를 이용하여 수도 부근에 있는 장수들을 토벌하라는 칙허를 받는다면 현재의 장수들은 표면상 모두 역적이란 이름을 듣게 된다.

더구나 노부나가는 요시테루와 회견하는데 있어서 아주 유리한 위치에 놓여 있다.

쇼군의 천하를 노리고 상경하려던 요시모토를 쇼군을 대신하여 토벌했다는 명분을 내세울 수 있다. 그렇게 되면 요시테루는 노부나가에게 감사해야 함이 도리였다.

그래서 노부나가는 육로를 피해 구마노 참배를 구실로 배를 이용하여 사카이를 거쳐 교토에 올라가 비약의 큰 쐐기를 박으려고 은밀히 생각했던 것이다.

그런데 이 계획을 손바닥을 들여다보듯이 아내인 노히메가 알고 있다.

"참으로 무서운 여자."

저도 모르게 이런 말이 나온 것도 무리가 아니었다.

"아, 주군! 역시 여기 계셨군요. 그럴 줄 알았죠. 질풍은 오늘 크게 공을 세운 말……"

여전히 수다를 떨면서 도키치로가 다가왔다.

"아니, 마님도 계셨군요. 축배 준비가 끝났습니다. 그리고 분부하신 대로 지부다유의 목을 깨끗이 씻어 머리를 빗긴 뒤 화장을 시키고 향을 피웠습니다. 그러나 이 목을 인수하러 올 만큼 담력이 있는 자가 과연 이마가와 가문에 있을지 의문입니다."

노부나가는 여기에는 대답하지 않고,

"오노, 그대가 질풍에게 당근을 먹여주도록. 짐승이므로 축배 대신으로 말이지."

이렇게 내뱉고 그대로 앞장서서 사라져갔다. 노히메는 그 뒷모습을 넋을 잃고 바라보았다.

# 맑아지는 격류

노부나가의 전후 처리는 그야말로 재빠르고 시원스러웠다.

"적장 중에 주목할 만한 자가 두 사람 있다. 그들에게는 이 노부나가의 무사도가 어떤 것인지를 보여주고 굳이 퇴각을 방해하지 마라."

노부나가는 축배의 자리에서 상을 내릴 만한 자에게는 상을 주고 꾸짖을 자에게는 꾸짖은 뒤 이렇게 말했다.

"한 사람은 마쓰다이라 모토야스(도쿠가와 이에야스), 또 한 사람은 나루미 성에 있는 오카베 모토노부다."

그러나 가신들이 반드시 여기에 찬성하지는 않았다. 마쓰다이라 군은 마루네 성채를 공략하여 오다의 장수 사쿠마 다이가쿠 모리시게의 목을 베었고, 오카베 모토노부는 지난 몇 년 동안 적의 최일선에 있으면서 계속 아군을 괴롭혀 온 숙적이었다.

이 두 사람을 노부나가가 특히 주목할 자라고 한 의미를 잘 알 수 없었다.

"황송합니다마는 두 사람 모두 내일 새벽에 추격하여 무서운 맛을 보여주어야 하지 않겠습니까?"

오다 기요마사가 이렇게 말하자 노부나가는 웃으면서 고개를 저었다.

"두 사람 모두 내일 새벽까지 가만히 있을 줄 아느냐? 움직이지 않는다면 공격해도 좋다."

"그러면, 오늘 밤 안으로 퇴각한다는 말씀입니까?"

"술이나 마시게. 그리고 춤을 추는 거야."

노부나가는 대답하는 대신 기요마사에게 잔을 내밀어 말을 막았다.

그리고 날이 밝자 요시모토의 목을 성의 남쪽 스가구치須賀口에 효수하도록 하고 자신은 현관 앞의 광장에서 요시모토를 제외한 적장들의 목을 확인하면서, 이마가와 군이 동쪽으로 눈사태처럼 퇴각하고 있다는 정보를 듣고 있었다.

정보는 놀라울 정도로 노부나가의 예상과 일치했다.

잠깐 동안의 싸움에서 적의 전사자는 이름 있는 자만도 538명, 병졸은 무려 2천 5백 명이라는 엄청난 숫자였다. 그러므로 전군의 궤멸은 당연했다.

요시모토의 숙부인 간바라 구나이쇼 우지마사蒲原宮內少輔氏政의 목도 있었고, 조카인 구노 한나이 우지타다久能半內氏忠와 매제인 아사이 쇼시로 마사토시 淺井小四郎政敏도 나란히 죽어 있었다.

스루가의 총대장 미우라 사마노스케 요리나리三浦左馬介義就도 전사했고, 본진의 행정관 이하라 미마사카노카미 모토마사庵原美作守元政도 목이 잘려 있었다. 참모인 요시다 무사시노카미 우지요시 吉田武藏守氏好와 후진의 대장 구즈야마 하리마노카미 나가요시葛山

播磨守長嘉, 일족인 에지리 민부쇼 지카우지江尻民部少輔親氏, 창부대의 행정관인 이즈 곤노카미伊豆權守와 좌익의 수비대장 오카베 가이노카미 나가사타岡部甲斐守長定, 선진의 수비대장 후지에다 이카노카미 우지아키藤枝伊賀守氏秋 그리고 선봉대장 아사히나 가즈에노스케 히데아키朝比奈主計介秀銓 등의 목도 속속 나왔으므로 전군의 궤멸은 당연한 일이었다.

명령 계통은 물론 머리도 허리도 잘려 손발만 남은 상태였기 때문에 살아남은 자가 앞 다투어 고향으로 도주할 것은 보나마나 한 일이었다.

사이토 가몬노스케齋藤掃部助도 전사했고 이하라 쇼겐庵原將監, 도미쓰카 슈리노스케富塚修理亮와 유이 미마사노카미由比美作守, 세키구치 엣추노카미關口越中守, 이시하라 야스모리石原康盛, 이이 시나노노카미井伊信濃守와 하토야마 사콘쇼겐嶋山左近將監, 이이오 후젠노카미飯尾豊前守, 사와다 나가토노카미澤田長門守, 오카자키 주로베에岡崎十郎兵衛, 가나이 슈마노스케金井主馬助, 나가세 베에長瀬兵衛, 도미나가 호키노카미富永伯耆守 등 쟁쟁한 무장들도 이미 세상에 없다. 그런 의미에서 스루가의 땅이 텅 비었다고 할 수 있다.

이런 가운데서도 과연 노부나가가 주목했던 대로 마쓰다이라 모토야스와 오카베 모토노부만은 전혀 흐트러짐이 없었다.

"대장님, 보고드리겠습니다."

어디를 다녀왔는지 정오 가까이 되어서야 돌아온 도키치로가,

"마쓰다이라 모토야스는 어젯밤에 오타카 성에서 철수하여 오카자키로 들어간 모양입니다."

의미 있는 듯이 이렇게 말했을 때 그 자리에 있던 중신들은 그만 얼굴을 마주보았다.

"으음, 모토야스가 오카자키로 돌아갔다는 말이지."

노부나가는 시체를 점검하다 말고 빙긋이 웃었다.

미카와의 아우라 부르면서 잠시 동안 오와리에서 함께 지낸 모토야스와 노부나가였다.

"때가 되면 손을 잡고 반드시 천하에 이름을 떨치도록 하자."

이렇게 말했던 당시의 다케치요를 열아홉 살이 되자 마침내 운명의 신이 다케치요의 출생지로 보냈던 것이다.

이번 싸움에서도 모토야스의 생모로 히사마쓰 사도노카미의 부인이 된 오다이를 통해 오다 군과 오카자키 군과의 충돌은 극력 피하려했다.

그 계획이 어떤 면에서는 실패했다고 할 수 있다.

모토야스는 요시모토의 음모로 선봉대장에 임명되어 마루네를 지키던 노부나가의 총신인 사쿠마 다이가쿠를 공격하여 죽였다.

그러나 모토야스의 승리가 오만한 요시모토를 방심하게 만들어 덴가쿠 골짜기에서 쉬게 함으로써 승리의 요인을 만들어주었으므로 이것은 결코 무의미한 충돌이 아니었다고 할 수 있다.

"그 녀석과 나는 묘한 인연의 실로 맺어져 있는 것 같아. 으음, 무사히 오카자키로 들어갔다는 말이지."

오카자키에 들어갔다면 10여 년의 오랜 인질 생활에서 해방되어 드디어 미카와 평정에 나설 것이 분명한 모토야스.

"좋아. 가즈마스는 어디 있느냐, 다키가와 가즈마스瀧川一益는?"

"예, 여기 대령했습니다."

"그대는 앞으로 1년 동안 모토야스의 행동을 잘 지켜보도록. 그리고 기회를 보아 이 노부나가가 손을 잡았으면 한다는 뜻을 거듭 고하도록 하라."

"알겠습니다."

이때 지시를 받고 어딘가에 갔던 하세가와 교스케가 돌아왔다.

"보고드리겠습니다."

"그래, 어떻게 되었느냐?"

"나루미 성의 오카베 모토노부는 주군의 분부대로 항전을 중지하고 성을 버리겠다고 합니다."

"좋아, 당연히 그럴 것이다. 그러나 아무 조건도 없이 버리겠다고는 하지 않았겠지?"

"그렇습니다. 오카베 모토노부는 수치를 아는 무사, 주군이 전사하셨다고 해서 무조건 적에게 등을 보일 수는 없다, 오다 님이 혹시 지부다유 님의 목을 이 모토노부에게 돌려준다면 그 목을 받들고 슨푸로 철수하겠다고 합니다."

이때도 그 자리에 있던 중신들은 깜짝 놀라 서로 얼굴을 마주 보았다. 노부나가의 말이 너무도 정확히 적중했기 때문이다.

"하하하하……"

노부나가가 즐거운 듯이 웃었다.

"그래, 좋아. 요시모토의 목은 이미 백성들에게 보였으니 그들도 납득했을 테지. 곧 그의 목을 스가구치에서 내리고 승려 열 명을 딸려 정중히 나루미 성에 보내도록 하라."

이렇게 말하고 좌중을 둘러보며 다시 말했다.

"재미있는 일이야. 지부다유의 목이 성 하나를 다시 이 노부나가에게 주었어. 좋아, 야나다 마사쓰나는 나루미 성을 인수한 뒤 구쓰카케 성에 들어가라. 구쓰카케의 영지 3천 석을 그대에게 주겠다. 이번 싸움의 일등 공신에게 내리는 상이다. 더욱 분발하도록 하라!"

"예."

마사쓰나와 교스케가 물러갔다.

"자, 이것으로 싸움의 뒤처리는 마무리된 것 같군."

도키치로가 불쑥 혼잣말처럼 중얼거렸다.

노부나가는 다시 이삼십 개나 남아 있는 목 쪽으로 고개를 돌리고,

"다음!"

엄한 표정으로 점검하는 자세로 돌아와 군선軍扇으로 햇빛을 가리고 목이 담긴 상자를 노려보았다.

# 바퀴 달린 장난감

덴가쿠 골짜기의 승려는 전국에 퍼져 있는 무장들의 간담을 서늘하게 만들었다. 그러나 쾌도난마快刀亂麻와 같은 명쾌한 전후 처리 또한 가신들을 놀라게 만들었다.

이미 그 누구도 노부나가의 실력을 의심하는 자가 없었다. 멍청이라니 당치도 않다. 그 예리한 계산과 치밀함, 깊은 생각 등 어떤 병법가도 지니지 못한 독창성이 사람들을 압도했다.

"이것은 군신軍神이 다시 태어나신 거야."

"무엇을 생각하시는지 모르는 분이야."

"정말 그래. 지부다유의 목을 칼에 꽂고 개선하셨을 때는 얼마나 잔인한 일인가 생각했는데, 이 행동 역시 나루미 성에서의 전투를 피하기 위한 생각에서였다니……"

"바로 그 점일세. 우선 백성들에게 보여주고 나서 이번에는 정중하게 승려까지 딸려 오카베 모토노부에게 돌려주셨어. 이것으로 모토노부는 항전을 포기하고 체면을 유지한 채 슨푸로 철수할 수 있었지."

"뿐만 아니라 요시모토의 몸뚱이랑 그밖의 전사자를 매장한 오케하자마 혼무라本村의 고토쿠인高德院에도 주군이 공양을 하도록 비용을 보내셨다는 거야. 마쓰다이라 모토야스는 무사히 오카자키 성에 들어갔다고 하고⋯⋯ 모든 일이 주군의 뜻대로 됐어. 아니, 뜻대로 되도록 했으니 대단하신 분이야."

이런 분위기 속에서 이번에는 무엇보다도 먼저 미노를 정복하리라고 모두가 생각하고 있었다.

"나는 이제부터 구마노에 가서 참배하겠다."

이렇게 말했기 때문에 중신들은 다시 고개를 갸웃거리며 서로 얼굴을 바라보았다.

이전 같았으면 즉시 중신들이 달려와 반대했을 것이 분명하다.

"요시모토를 제거했다고 해서 주위에 적이 없어졌다고는 할 수 없습니다. 이기고 나서 더욱 투구 끈을 조여야 함은 예부터 내려오는 무장의 마음가짐, 그런데도 유람이나 다름없는 참배를 떠나시면, 오다 가즈사노스케는 벌써 자만심이 생겼다고 사람들이 비웃을 것입니다."

하야시 사도노카미라면 틀림없이 이렇게 말했을 텐데, 그러나 이번에는 아무 말도 하지 않았다. 그런 말을 할 자격이 이미 자기에게는 없다고 판단하기 시작한 증거였다.

"구마노 참배라니, 주군은 또 무슨 비상한 생각을 하신 모양이야."

"그래. 주군이 의미 없는 일을 하실 까닭이 없지. 어쩌면 옛날 다이라노 기요모리平淸盛가 그랬듯이 구마노 무리들을 포섭하시려는 생각이 아닐까?"

"그럴지도 몰라. 어쨌든 지시하신 대로 성의 방비를 굳게 해야겠어."

"그런데 어느 정도의 병력을 거느리고 가실까?"

이런 말들이 수없이 오가고 있던 초가을의 어느 날, 노부나가는 가신들이 모여 있는 넓은 방에 나타났다.

"나는 지금부터 구마노로 출발하겠다."

그는 느긋한 소리로 말했다.

"오늘…… 말씀입니까?"

"그래. 이미 아쓰타에 배를 준비시켜놓았어. 아쓰타에서 구와나로 건너가 그 뒤에는 육지로 갈지 아니면 배를 이용하여 이세에서 도바鳥羽로 갈지는 아직 생각지 않았어. 그대들은 내가 어째서 구마노 참배를 결심했는지 알고 있나?"

알 까닭이 없었다. 그래서 모두들 서로 얼굴만 쳐다보며 침묵했다.

"하하하, 모르는 모양이군. 구마노는 기이紀伊에 있어."

"그 정도는 저희도 알고 있습니다."

모리 산자에몬이 대답했다.

"기이에는 구마노 신사가 세 곳 있습니다. 니마스坐 신사, 하야타마速玉 신사와 나치那智 신사. 이 세 곳에 참배하시려는 것입니까?"

"허어, 제법 소상하게 알고 있군. 그곳에 참배하려고 한다. 니마스 신사를 본궁本宮이라 부르고 하야타마 신사는 신궁新宮, 또 나치 신사는 후스미야시로夫須美社라고도 부르지. 혼지스이자쿠 설本地垂迹說°에 따르면 후스미야시로의 신은 열하나의 얼굴을 가진 천수관음千手觀音, 신궁의 신은 약사여래, 본궁의 신은 아미타불이라고 해."

"예?"

"그곳에 왜 내가 참배하려는지 아직 모르겠나?"

"전혀 모르겠습니다. 말씀해주십시오."

하야시 사도노카미가 정중하게 물었다.

"어이없는 노인이군. 구마노의 영험을 그대는 모른다는 말인가? 그곳에 가서 소원을 빌면 이루어지지 않는 일이 없을 정도일세."

"예?"

"역사를 조사해보게. 시라카와白河 천황은, 열 번, 도바鳥羽 천황은 스물한 번, 고시라카와後白河 천황은 서른네 번, 고도바後鳥羽 천황은 스물여덟 번이나 참배하셨어. 그러므로 나의 선조도 남이 미쳤다고 말할 정도로 신앙심이 깊었고, 특히 기요모리淸盛와 시게모리重盛 두 분의 신앙심은 유달리 돈독했지. 기요모리가 천하를 장악한 것은 구마노의 신들이 수호해주었기 때문일세. 그러므로 나도 우선 첫번째 참배를 가려는 거야."

이 말에 모두 어이가 없다는 듯이 서로 얼굴을 마주보았다.

지금까지 신불 따위는 안중에도 없던 노부나가가 덴가쿠 골짜기로 출전하는 도중에 아쓰타 신궁에 축문을 올린 뒤부터 별안간 신앙심이 생겼다고 하면 이것은 적지 않은 걱정거리가 된다.

'아니, 그렇지는 않을 것이다. 주군은 결코 어리석은 분이 아니다. 어리석었다면 오늘의 주군이 있을 리 없다.'

"하하하…… 이제 알게 된 것 같군. 그럼, 홀가분하게 다녀올 테니 그동안 잘 부탁하네."

"주군!"

이번에는 시바타 곤로쿠가 걱정스럽다는 듯이,

"홀가분하게 다녀오겠다고 하시지만 지금은 위험한 난세입니다. 인원은 어느 정도나 데리고 가시렵니까?"

"인원 말인가? 아직 말하지 않았군. 우선 마에다 마타자에몬과 하치야 효고蜂谷兵衛."

"예."

"이케다 가쓰사부로池田勝三郎와 가나모리 고로하치金森五郎八."

"예."

"그리고 원숭이, 원숭이는 어디 있느냐?"

"여기 있습니다."

"원숭이 외에 또 한 사람을 데려가겠어. 고로쿠小六, 하치스카 마을의 고로쿠는 출사하지 않았느냐?"

"예, 여기 있습니다."

등용된 지 얼마 안 된 하치스카 고로쿠는 근엄한 표정으로 말석에서 머리를 조아렸다.

"너는 부하 중에서 힘깨나 쓰는 자 스무 명 정도로 데리고 가라. 그들은 짐을 운반하기 위해서야. 도중에 노부시나 산적 따위를 만나면 귀찮으므로 그 일단이었던 자들을 데려가면 안전할 것이다. 산적에는 산적으로, 노부시에게는 노부시로 맞서게 하는 게 유리해."

"주군!"

곤로쿠가 깜짝 놀라 말했다.

"겨우 그 인원만 데리고 가시렵니까?"

"좀 많다는 말인가?"

"당치도 않습니다! 적어도 오와리의 대장이신데……"

"잠깐, 곤로쿠. 여자가 아이를 데리고도 할 수 있는 여행인데 오와리의 대장이란 자가 많은 사람을 데려간다면 구마노의 신이 외면할 것이야. 다시는 그런 말을 하지 말게."

"그러나……"

"그러나는 무슨 그러나란 말이냐. 일기당천一騎當千, 가쓰사부로 나 마타자에몬도, 효고나 고로하치, 고로쿠도 일고여덟 명의 몫을 할 수 있어. 이들만으로도 많다고 할 정도이지만 짐이 있기 때문에 할 수 없이 데려가는 것이다."

노부나가는 가볍게 곤로쿠를 제지하였다.

"좋아, 그럼 곧 금고에 가서 금을 좀 포장하도록. 별로 많지는 않고, 대략 말 여덟 마리쯤에 실을 수 있을 정도겠지."

"아니, 여덟 마리에 황금을?"

놀라는 것도 무리가 아니었다. 한 마리에 여덟 관씩 싣는다면 240관, 현재 오다 가문이 소유하고 있는 거의 모든 재산이라고 할 정도였다.

"은이나 동전은 부피만 커서 여행에는 적합하지 않아. 그러나 표면상으로는 영락전永樂錢°으로 보이도록 포장하라. 그 밖에 동전과 은을 각각 한 마리에 싣도록."

아무도 더 이상 말하는 사람이 없었다.

말한다고 해서 들어줄 노부나가가 아니다. 그런 막대한 황금을 구마노 신사에 기증하다니…… 결코 그런 어리석은 일을 할 리 없다는 표정이었다.

어쨌든 무슨 생각을 하고 있는지 아무도 정확히 알지 못한다. 모르는 채 준비를 끝내자 노부나가는 더욱 기상천외한 말을 했다.

"성 밖 사람에게도 내가 떠나는 모습을 보이고 싶으니 마을 어귀에까지 걸어가겠다. 말은 질풍을 데려갈 터이니 원숭이가 끌고 내 뒤를 따르라."

"알겠습니다."

"그리고 마타자에몬, 가쓰사부로, 고로쿠, 나도 그렇게 할 것이니 너희들도 이것을 칼집에 감도록 하라."

현관을 나와 노부나가가 꺼낸 것은 금박을 한 가늘고 길다란 홍백 헝겊 끝에 작은 바퀴가 달린 기괴한 장난감이었다.

"아니, 이것이 무엇입니까?"

맨 먼저 마타자에몬이 물었다.

"차차 알게 될 것이다. 나처럼 칼집에 이 헝겊을 감고 끝에 바퀴를 달아 칼이 떨어지지 않도록 하라. 보라, 이렇게 하면 걸어갈 때마다 바퀴가 굴러가지 않겠느냐, 하하하 재미있어. 이 광경을 본 자는 반드시 그 사람이 누구냐고 물을 테지? 그러면 오다 가즈사노스케의 이름은 구마노에 참배했던 사람들의 입을 통해 전국에 퍼질 것이다."

"그러면, 이 바퀴를 달고 성문을 나가는 것입니까?"

"그래. 성 밖의 사람에게도 이 멋진 모습을 보여주어야 한다. 가쓰사부로, 고로쿠, 고하치로, 어서 하지 않고 무얼 하느냐. 그것 보거라, 훌륭해 보이지 않느냐."

보고 있는 사람도 놀랐으나 이 장난감을 달고 있는 사람도 부끄러워 몸 둘 바를 몰라 했다.

그러나 노부나가가 바퀴를 달고 의기양양하게 가슴을 펴고 있으므로 달지 않을 수 없었다.

"마을 어귀까지 가거든 장남감을 떼어 소중히 간직하도록 하라. 그리고 내가 지시하면 즉시 다시 달도록 해야 한다. 자, 그럼 출발하자."

참으로 기괴한 일이다. 5월 단오절에 사내아이에게 채워 주는 창포 잎으로 만든 칼 그리고 여기에 바퀴가 달려 있으므로 미친 사람의 행동으로밖에 보이지 않는다. 게다가 자신들 뒤에서는 산적과도 같은 노부시가 황금을 실은 말을 끌고 있다. 대관절 노부나가는 이런 묘한 모습으로 무엇을 하려는 것일까?

서문을 나서자 이를 본 사람들은 눈이 휘둥그레져서 따라왔다. 어른들은 노부나가가 미치지 않았나 싶어 모두 숨을 죽이고 서로 얼굴을 바라보았으나 아이들은 무척 재미있게 여겼다.

아이들은 세속에 물들어 더러워진 어른들에 비해 천진스럽고 티없는 천재다. 천재만은 천재를 안다.

"와아, 대장님은 멋지다. 창포 잎으로 만든 칼을 바퀴가 끌고 있어."

"아니, 바퀴가 끌고 있는 게 아니야. 바퀴가 달린 칼을 차고 있는 거야."

"그래, 저렇게 하면 칼이 무겁지 않아서 차고 있어도 힘들지 않을 거야."

"좋아, 우리도 저렇게 하고 놀자."

"웃지 마라. 가슴을 떡 펴고 걷도록 하라."

졸졸 따라오는 아이들의 선두에 서서 노부나가는 정색을 하고 아쓰타 가도를 행해 걸어가고 있다.

하늘은 맑게 개고, 점점 더 부유해지고 있는 기요스 마을에는 분명 기와집이 늘어가고 있다.

# 누가 자객인가

일행은 노부나가가 무엇을 생각하는지 전혀 모른 채 아쓰타에서 배를 타고 70리나 되는 바닷길 여행을 끝내고 구와나에 상륙하여 우선 첫날은 욧카이치四日市에 숙소를 마련했다.

물론 말도 배에 실어 건너게 했는데, 여기까지 오자 지금 이 일행이 이마가와 요시모토를 죽여 천하에 소문이 자자한 오다 노부나가의 일행이라는 사실을 깨닫는 자는 아무도 없었다.

아니, 오직 하나의 예외가 있기는 했으나, 그 밖의 통행인이나 투숙객들은 어느 대상大商이 귀중품을 가지고 여행하는 줄로 여겼음이 분명하다. 귀중품을 운반할 때는 반드시 그 고장의 노부시와 선을 대어 이들의 경호를 받으며 지나간다. 하치스카 고로쿠의 부하들은 그점에서는 어김없는 노부시 차림이었기 때문이다.

욧카이치에서 하룻밤을 아무 일 없이 지내고 다음 날 이곳을 떠나 갈림길에 이르렀을 때, 여기서부터는 왼쪽으로 방향을 바꾸어 구마

노로 향해야 할 텐데도 웬일인지 오른쪽으로 돌아 스즈카鈴鹿 고개
로 향했다.

"대장님, 구마노가 그쪽이던가요?"

도키치로가 히죽 웃으며 먼저 노부나가의 말 가까이 다가왔다.

"그래."

노부나가가 태연스럽게 대답한다.

"제 기억으로는 여기서 오른쪽으로 가면 오미近江가 나오고 다시
교토로 이어지는 줄 알고 있는데요?"

"일본 땅은 모두 이어져 있어 어디로든지 갈 수 있다. 걱정하지 마
라."

"그렇기는 합니다마는."

"그보다도 원숭이, 뒤에서 따라오는 열대여섯 명의 로닌牢人들을
어떻게 생각하느냐?"

"예? 열대여섯 명의 로닌?"

그 말을 듣고 보니 과연 삿갓을 깊이 눌러쓴 한 떼의 무리가 역시
오른쪽으로 돌아오고 있다.

"수상한 놈들인 것 같군요."

"하하하, 원숭이도 때로는 방심할 때가 있군. 어쨌든 재빠른 녀석
이야. 칭찬할 만해."

"누구 말씀입니까?"

"미노의 얼간이 녀석 말이다."

"그럼, 저 자들은 사이토 요시타쓰齋藤義龍가 보낸 자객이란 말씀
입니까?"

"그렇지 않다면 내 뒤를 밟을 리가 없지. 좋아, 고로하치를 불러라,
가나모리를……"

도키치로는 얼른 곁에서 떠나 뒤따라오고 있는 가나모리 고로하치를 불러왔다.

"부르셨습니까?"

"너는 우리 뒤를 밟고 있는 자들을 눈치 챘느냐?"

"아니, 뒤를…… 벌써?"

"모두 경계심이 부족하군. 나는 그들이 이미 기요스에 잠입했다는 사실을 알았기 때문에 일부러 이런 차림을 하고 유인한 거야. 너는 사이토 쪽 녀석들의 얼굴을 알고 있을 테니 어떤 자들인지 대열에서 벗어나 슬쩍 알아보고 오라."

"알겠습니다."

"앞으로도 이런 일이 있을 터이니 정신을 차려야 한다. 그리고 내가 지시하거든 곧 바퀴를 달도록 해. 그러면 구경꾼들이 우리를 에워쌀 것이므로 놈들은 결코 가까이 와서 공격하지 못할 거야. 하하하, 역시 여행은 재미있어."

가나모리 고로하치는 잔뜩 긴장하여 짚신의 끈이 끊어진 것처럼 가장하고 대열에서 벗어나 길가에 쭈그리고 앉았다.

'그렇구나, 깊은 생각이 있어서 이런 바퀴를 준비하라고 하셨구나.'

새삼스러운 일은 아니지만 놀라운 노부나가의 지혜에 놀라면서, 고로하치는 허리에 찼던 손수건을 꺼내 일부러 가늘게 찢어 서툰 솜씨로 끈을 꼬기 시작했다.

양자의 거리는 약 2정丁(1정은 약 109미터), 점점 가까이 오는 로닌들의 얼굴을 보고 고로하치는 깜짝 놀랐다.

노부나가가 말한 대로 그들은 사이토 가문의 가신이 분명했다.

더구나 보통 인물이 아니다. 이들 중에는 제자들을 데리고 무술 수

업을 떠나는 것처럼 차린 우메즈 겐시사이梅津玄旨齋가 섞여 있다.

아니, 겐시사이 외에도 나가라가와長良川 부근에서 사이토 도산의 목을 벤 용맹한 고마키 겐타小眞木源太가 있는가 하면 유명한 닌자忍者°인 이누야마 고스케犬山吾助도 있다. 그리고 나가이 주자에몬長井忠左衛門, 마키무라 우지노조牧村丑之丞, 가와무라 세자에몬川村瀨左衛門 등 가나모리 고로하치가 아는 얼굴만도 예닐곱 명……

우메즈 겐시사이는 에치젠의 이치조다니一乘谷에서 시작된 유명한 검법인 주조류中條流를 전승하고, 다시 자기 특유의 검법을 창안하여 이 부근에서는 상대할 자가 없다고 일컬어지는 검술의 달인이다.

이러한 겐시사이가 요시타쓰에게 발탁되어 가신들에게 검법을 가르치고 있다니. 그렇다면 여기 온 자들은 그의 제자 중에서도 특출한 자들로 구성된 자객단임이 틀림없다.

'이거 큰일이다.'

물론 사람이 많은 거리에서는 칼끝에 단 바퀴가 그들의 접근을 막는 역할을 하게 될 것이다. 그러나 긴 여행을 하는 동안에는 인적이 없는 곳도 있다. 사실 바로 앞에는 스즈카 고개라는 인가에서 떨어진 으슥한 곳이 기다리고 있다.

가나모리 고로하치는 자객단이 지나가기를 기다렸다가 넋을 잃고 논두렁길을 달려 노부나가에게 돌아왔다.

"큰일났습니다."

"여행길에는 큰일이란 없다. 말도 안 되는 소리는 하지 마라."

"그렇지 않습니다. 적은 틀림없는 사이토의 자객입니다."

"또 잠꼬대 같은 소리를 하는군. 사이토의 자객이라고 말한 사람은 바로 나야. 자객이 누구더냐고 묻고 있다. 그것을 말하라."

"예. 우메즈 겐시사이를 비롯하여 유명한 닌자인 이누야마 고스케, 그리고 도산의 목을 벤 고마키 겐타, 나가이 주자에몬과 마키무라……"

"그만, 입을 다물어라."

노부나가가 꾸짖었다.

"알겠으니 잠자코 뒤에서 따라오라."

"그렇지만, 안심해도 좋겠습니까?"

"뭐, 안심해도 좋겠느냐고? 안심해도 좋은 일이 사람의 일생에 있는 줄 아느냐?"

"그러면, 저어……"

"하하하, 이 노부나가의 목은 고작 열대여섯 명의 자객이 벨 수 있을 정도로 그렇게 값싸지 않아. 노부나가를 죽이면 오와리 일대가 고스란히 사이토의 손에 들어가는 거야. 이나바야마의 얼간이도 제법 지혜가 있군 그래."

이날 밤 일행은 관문에서 숙박했다.

이튿날 아침 관문을 출발하여 언덕을 내려오면 곧 스즈카 고개에 이르게 된다. 사이토의 자객은 우선 첫번째 공격을 이 고개에서 감행하리라 생각해도 좋았다.

이 관문에는 일행이 머물 만한 숙소가 두 곳밖에 없었다.

노부나가 일행이 쓰루야 기치베에鶴屋吉兵衛라는 자의 여관에 들어가자 자객 일행은 여관 앞을 지나 다마야 도시자에몬玉屋利左衛門의 여관에 자리잡았다.

여기서부터는 한층 더 밤바람이 싸늘해지고, 벌레 소리가 여정旅情을 자아내게 한다.

그러나 아무도 이러한 정취에 잠기고 싶어하지 않았다.

'내일은⋯⋯'

'오늘밤에도 방심하면 안 된다.'

저녁 밥상을 앞에 놓고도 일행은 시선이 마주칠 때마다 저도 모르게 이런 속삭임을 교환한다.

노부나가만은 여전히 창백한 얼굴에 미소를 띤 채 주인이 가져온 술잔을 묵묵히 기울이고 있다.

식사가 끝났다.

"자, 출발이다."

"예? 출발하다니, 이런 밤중에?"

도키치로가 당황하며 물었다.

자객을 피해 밤을 이용하여 고개를 넘을 모양이라고 생각했기 때문이었다.

"바보 같은 녀석."

노부나가는 웃음을 거두었다.

"이 노부나가가 겨우 자객 열 명이나 스무 명 따위가 두려워 밤길을 택할 것 같으냐? 따라오너라!"

"그럼, 어디로 가시렵니까."

"뻔하지 않으냐. 자객들을 처치하러 가는 것이다."

노부나가는 이렇게 말하면서 애검을 들고 벌떡 일어나 일행을 둘러보고 다시 빙긋이 웃었다.

# 자객의 자객

당시의 관문은 스즈카의 역사驛舍로, 간에이寬永 10년(1633)에 지금의 세키마치關町로 옮길 때까지 스즈카 강의 오른쪽 기슭인 후루마야古廐 부근에 있었던 것 같다.

그 무렵의 여관은 오늘날과는 모습과 구조가 아주 달랐다.

많은 마구간이 필요하고, 또한 여행자의 재산을 도적으로부터 보호하기 위해 엄중하게 담을 쌓고 망을 보는 사람도 있어야 한다.

따라서 가족과 하녀들뿐인 조촐한 여관이 아니라 작은 성곽이라고도 할 수 있는 구조였으며 주인은 부호라는 말을 들었다.

술은 주인이 직접 만들어 팔고 히메고젠姬御前이라 부르는 매춘부까지 고용하고 있었다. 그러므로 여관은 양조장이고 매음굴이자 요정이며 또한 운수업까지 겸하고 있는 구조였다.

이러한 여관에서 유유히 식사를 하고 술까지 마신 노부나가가 별안간 애검을 들고 일어섰으니, 모두가 놀라는 것은 당연한 일이었다.

더구나 이제부터 다른 여관에 숙박하고 있는 자객을 처치하러 가겠다는 것이 아닌가.

자객이란 이쪽의 목숨을 노리는 위험하기 짝이 없는 존재, 그들을 이쪽에서 먼저 처치하러 가겠다니 어느 쪽이 정말 자객인지 알 수 없다.

"기습하려 하십니까?"

도키치로가 말했다.

"덴가쿠 골짜기의 수법으로?"

"쓸데없는 소리는 하지 마라. 식사를 했으니 소화를 시켜야 할 것 아니야. 다녀와서 또다시 천천히 마시세."

"그러나 상대는 이름난 검객, 모두 무사히 돌아올 수 있을까요?"

노부나가는 대답하지 않고 얼른 복도로 나갔다.

"주인을 불러라. 마침 달도 밝고 하니 잠시 부근을 산책하고 오겠다. 돌아오거든 문을 두드릴 테니 그때까지 문단속을 잘 하라고 이르거라."

쓰루야 기치베에는 눈이 휘둥그레져 얼른 밖을 내다보았다. 달이 밝다고 노부나가는 말했으나 하늘에는 드문드문 별이 빛나고 있을 뿐, 달은 그림자도 보이지 않았다.

그러나 주인은 어떤 대꾸도 하지 않았다. 왜냐하면 노부나가의 신분을 이미 눈치채고 있었기 때문이며, 얼근하게 취한 김에 산책이라도 할 생각인 줄 알았기 때문이다.

"예. 잠시만 기다려주십시오, 곧 문을 열겠습니다. 그러나 손님, 이 부근에는 때때로 스즈카 고개의 산적들이 손님처럼 달빛에 이끌려 나타날 경우가 있습니다. 그 점을 충분히 유념하십시오."

"그래? 산적들이 나타나면 몸에 걸치고 있는 것을 몽땅 벗겨 알몸으로 만들어 놓겠어. 이봐, 모두 나오너라."

마에다 마타자에몬, 하치야 효고, 이케다 가쓰사부로, 가나모리 고로하치의 순으로 나왔다.

"도키치로와 고로쿠는 남아 있거라."

노부나가는 무슨 생각을 했는지 이렇게 말하고는 두 사람이 질문할 틈도 주지 않았다.

"너희 두 사람은 짐을 지키고 있거라."

노부나가는 이미 다마야 쪽을 향해 빠른 걸음으로 걸어갔다.

다마야는 좀더 깊숙한 곳에 자리잡고 있었다. 이곳 역시 쓰루야 이상으로 높은 담으로 둘러싸여 있고 입구에는 양쪽으로 열리게 만들어진 튼튼한 문이 있었다. 이미 문은 닫혀 있었으나 쪽문은 아직 열려 있는지 모른다.

가까이 가서 담 너머로 바라보자 2층의 창에 불빛이 환하게 밝혀져 있다. 아마도 그 방에서 우메즈 겐시사이 일행이 아직 식사를 하고 있음이 분명하다. 노부나가는 걸음을 멈추고 턱으로 지시했다.

"명령을 내릴 때까지 칼을 빼지 마라."

"알겠습니다."

하치야 효고가 대답했다.

"하지만 저 방에는 어떻게 들어가지요?"

"어떻게 들어가다니, 발로 걸어서 들어가면 돼. 바보 같은 놈, 어깨띠 따위는 두르지 마라."

노부나가는 칼에 매어둔 끈을 푸는 이케다 가쓰사부로를 꾸짖었다.

"그런 상대가 아니다. 고작 미노의 메뚜기 몇 마리에 지나지 않아."

노부나가의 무서운 기세에 모두 얼굴을 마주보았다. 그러나 칼자루만은 단단히 붙잡고 있었다.

'대관절 어떻게 방 안에 들어가려는 것일까?'

담을 넘어 창가에 있는 소나무에 올라가 침입하려는 심산일까, 아니면 지붕에서 처마를 타고 내려가……

상대는 엄선을 거친 사이토의 용사들이다. 만약 그쪽에서 먼저 눈치 채고 열대여섯 명이 한꺼번에 공격해 나오면 도대체 그들을 어떻게 감당하려는 것일까. 이쪽은 겨우 다섯 명에 불과하지 않은가……

"문을 열어라."

그러나 노부나가는 걸음을 늦추지 않고 재빨리 입구로 다가가 묵직한 목소리로 말했다.

# 꾸짖음의 술안주

노부나가의 목소리를 듣고 대문 옆의 쪽문이 열리면서 건장한 사나이가 고개를 내밀었다. 그 역시 문지기인 동시에 경호원이기도 했다.

"누구십니까?"

"어서 문을 열어."

다시 노부나가가 말했다.

"내 부하들이 유숙하면서 여자들과 술을 마시고 있을 거야. 내가 왔다고 일부러 말할 필요는 없다. 문을 열어라."

"예? 저어, 무사님들의 주인 되십니까?

"문이나 열어!"

"알겠습니다. 지금 곧……"

"주인도 마중 나올 것 없다. 곧바로 방으로 가서 나도 자리에 합석하겠다."

노부나가는 빙긋이 웃고 서둘러 문을 여는 사나이에게 말했다.

"어떠냐, 아직 쓸 만한 히메고젠이 남아 있느냐? 여기 있는 녀석들이 군침을 흘리고 있어."

"예. 그야 물론…… 헤헤헤헤, 쓰루야의 여자들보다는 우리가……"

"으음, 그래? 내가 돌아갈 때까지 문을 잠그지 마라, 수고했다."

네 사람은 그만 숨을 죽이고 서로 바라보았다.

과연 이 방법은 나무에 오르거나 지붕에서 처마를 타고 내려오는 것이 아니다.

당당히 발로 걸어서 들어가고 있다.

대문을 열어준 문지기가 얼른 앞장서서 현관문을 열고 빠른 말로 무어라 주인에게 속삭였다.

"원 이런, 어서 오십시오."

"수고가 많다!"

깜짝 놀라 달려나와 넙죽 엎드리는 주인에게 노부나가는 이 한마디만을 던지고는 유유히 계단으로 올라갔다.

방 안에서는 침입자가 들어왔다는 사실도 모르고 이누우에 고스케가 익살스런 모습으로 한바탕 춤을 추고 있었다.

고스케의 춤이 끝나고 모두가 무어라 지껄이는 가운데 이번에는 기녀 셋이 일어나 춤을 추기 시작했다.

이곳은 산구參宮 가도와 가마쿠라 가도의 분기점이기 때문에 히메고젠의 춤도 상당한 수준이어서 나그네의 울적함을 풀어주기에 충분한 모양이다.

"저 여자들을 보니 이나바야마 성 밑에 남겨두고 온 계집 생각이 나는군."

"무슨 소리를 하는 거야. 내일이면 스즈카 고개에서 목숨을 잃게 될지도 모르는데."

"재수 없는 소리는 하지 말게. 이렇게 쟁쟁한 무사들로 갖추어졌는데 그까짓 노부나가 하나쯤은 문제도 아니야."

"암, 그렇고말고. 아무튼 내일은 숙원을 달성할 수 있는 날이야. 자, 한 잔 더 마시세. 아, 저걸 좀 보게, 오른쪽 끝에 있는 여자의 몸짓을……"

여기까지 말했을 때 방문의 미닫이가 좌우로 홱 열렸다.

"아!"

작은 소리로 외친 사람은 정면에 있는 우메즈 겐시사이였고, 그 오른쪽에 있던 지카마쓰 다노모近松賴母와 오른쪽에 있던 히라노 미마사카平野美作는 깜짝 놀라 잔을 내려놓았다.

그러나 노부나가는 이때 벌써 성큼성큼 겐사이 옆을 지나 도코노마床の間° 앞에서 홱 하고 정면으로 방향을 돌렸다.

"하하하하……"

노부나가는 큰 소리로 웃었다.

"계속 춤을 추거라. 왜 그렇게 잠이 모자라는 너구리 같은 얼굴을 하고 있느냐? 그러면 흥이 깨지지 않느냐."

"그렇게 말하는 당…… 당신은 누구요?

히라노 미마사카가 물었다.

"잊었느냐, 오래 전에 도미타富田에 있는 절에서 만난 일이 있을 텐데?"

"도미타에서?"

"나는 너희들이 노리고 있는 노부나가야!"

"앗!"

순간 이들은 깜짝 놀라 칼을 찾았으나 칼걸이는 노부나가 뒤에 있다. 노부나가는 다시 한 번 떠나갈 듯한 소리로 웃고 별안간 겐시사이 옆에 있던 팔걸이를 당겨 그 위에 앉았다. 순간 두 자 일곱 치의 애도가 겐시사이에게 겨누어졌다.

"무얼 하고 있느냐, 술을 따르지 않고!"

"예."

과연 우메즈 겐시사이는 유명한 검객답게 당황하지는 않았다. 공손히 머리를 숙이고 나서 술병을 들자 노부나가는 오른손을 내밀어 잔을 집었다.

"미마사카, 흥을 돋워 춤을 추거라!"

좌중에는 고개도 들 수 없을 정도로 살기가 감돌았다.

히라노 미마사카는 지략이 종횡무진하다는 사이토 요시타쓰의 측근으로서 말하자면 이 자리에서는 일행의 인솔자였다. 그러나 지금은 부들부들 떨면서 대답을 하지 못했다.

언제 노부나가의 손에서 칼이 춤출지 몰라 전신의 털구멍이 모두 벌어질 것 같았다.

"미마사카는 안 되겠군, 못난 녀석. 좋아, 그렇다면 지카마쓰 다노모, 네가 추거라."

지카마쓰 다노모는 노부나가를 처음 본다. 그런데도 노부나가는 자신의 이름까지 알고 있다.

'어디서 어떻게 알았을까?'

이것만으로도 다노모의 마음은 동요하기에 충분했다.

"예. 그러나 저는……"

"재주가 없다는 말이냐? 풍류를 모르는군. 좋아, 그렇다면 고마키 겐타."

"예."

"너는 내 장인인 살무사의 목을 벤 자. 무언가 재주를 가졌을 테지. 해보거라."

장지문은 열려 있었으나 아직 노부나가의 부하들은 한 사람도 모습을 나타내지 않고 있다.

하늘에서 내려왔을까, 아니면 땅에서 솟았을까? 이쪽에서 노리던 상대가 엄중히 대문이 잠긴 여관으로 별안간 혼자 모습을 나타낸 것이다. 이렇게 되자 인간의 두뇌는 이상하게도 착란을 일으키고 정체된다.

이러한 착란과 정체는 예나 지금이나 그대로 공포와 허탈로 이어진다.

고마키 겐타도 '예'라고 대답은 했으나 그 전에 벌써 몸이 마비되어 있었다.

"너도 못 하겠느냐?

노부나가는 혀를 찼다.

"이누우에 고스케!"

고스케도 자기 이름이 불리는 순간 목이 움츠러들었다.

"그러고도 너는 닌자라 할 수 있느냐? 그래가지고 어떻게 자객의 역할을 할 수 있겠느냐? 천치 같은 놈!"

"예……"

"요시타쓰가 너 따위 놈에게도 녹봉을 주다니. 그리고 나가이, 마키무라, 가와무라. 너희들은 모두 무엇을 하고 있느냐? 모처럼 노부나가가 찾아왔는데 인사조차 하지 못하느냐?"

"……"

"좋아, 그렇다면 이 노부나가가 솜씨를 보여주겠다. 모두 들어오너라."

이윽고 네 사람의 종자가 우르르 방으로 몰려왔기 때문에 이들이 얼마나 놀랐는지는 충분히 짐작할 수 있다.

마에다 마타에몬이 성큼성큼 도코노마 앞으로 걸어가 노부나가 대신 칼걸이 앞에 서고, 나머지 세 사람은 출입구를 열어놓고 그 앞에 섰다.

여전히 똑바로 앉아 있는 사람은 겐시사이 한 사람뿐이고, 다른 사람들은 모두 어떻게 될지 몰라 창백해져 있다.

노부나가가 혼자인 줄 알았는데 네 사람이나 더 나타났으므로 넋을 잃은 상대는 이 집이 모두 빈틈없이 포위된 것으로 착각하고 있다.

그런 가운데 노부나가는 유유히 술잔을 기울였다.

"겐시사이, 부채를!"

"예, 여기 있습니다."

"좋아. 침착한 자는 그대뿐이군. 보거라, 덴가쿠 골짜기에서 이마가와 요시모토의 군사 5천을 대번에 궤멸시킨 노부나가의 춤 솜씨를……"

그러면서 낭랑한 목소리로 부른 노래는 자신이 즐기는 아쓰모리敦盛의 1절이었다.


인생 오십 년

천하에 비한다면

덧없는 꿈과 같은 것

한번 태어나서

죽지 않는 자 그 누구인가

한가운데서 춤을 추면서도 털끝만 한 빈틈도 없다.

춤을 추고 나자 부채를 겐시사이 앞으로 던지고 외쳤다.

"너희들은 내 목숨을 노리고 있으면서도 전혀 기백이 없으니 그러고서야 어찌 이 노부나가의 목을 베겠느냐! 오늘은 이대로 용서하겠으나, 앞으로 두 번 다시 이런 짓을 시도하면 즉시 목을 치겠다. 자, 그만 돌아가자. 괜찮아, 오늘은 용서해주자…… 언제라도 없앨 수 있는 자들이니까. 어서들 돌아가자."

나타날 때도 전광석화 같았으나 사라질 때도 마찬가지였다.

썰물이 빠지듯이 방을 나자가 '에잇!' 이누우에 고스케가 질풍처럼 칼걸이로 달려갔다.

"잠깐!"

겐시사이의 부채가 탁, 소리를 냈다. 겐시사이가 칼을 잡으려는 고스케의 손목을 때린 것이다.

"아니 왜 말리십니까?"

겐시사이는 조용히 고개를 흔들며 눈을 감았다. 입으로 말하기보다 그것이 훨씬 더 '맞설 수 없는 상대……'라고 느끼게 했다.

"아, 겨우 다섯 명이야. 유유히 대문을 나가고 있어."

누군가가 위에서 내려다보고 외쳤을 때 우메즈 겐시사이가 천천히 일어났다.

"선생님! 혼자 저들을 상대하시렵니까?"

그러나 겐시사이는 대답하지 않는다.

칼걸이에서 자기 칼을 들고 겐시사이 역시 방을 나섰다.

밖은 여전히 반은 흐리고 반은 개어 별도 그다지 보이지 않는 캄캄한 밤이었는데, 어둠 속으로 빨려 들어가듯이 사라진 겐시사이는 두 번 다시 여관으로 돌아오지 않았다.

노부나가에게 살해된 것은 아니다. 그는 크나큰 감동을 받고 자객의 무리에서 떠나 다른 인생을 찾았던 것이다.

# 방랑하는 쇼군

노부나가 일행은 무사히 스즈카 고개를 넘어 오우미 가도로 들어섰다.

미노의 자객은 여전히 일행의 뒤를 밟고 있었으나, 이번에는 여관에 투숙할 때마다 자신들이 습격을 당할까봐 싶어 무척 신경을 곤두세웠다.

자객이 자객을 경계하는 기묘한 여행이 되었지만, 그렇다고 노부나가 일행을 버리고 이나바 성으로 돌아간다면 주군의 명령을 어기는 것이 된다. 노부나가가 얼마나 무서운지를 절감했을 뿐만 아니라 우메즈 겐시사이마저 사라졌으므로 이쪽에서 공격할 용기가 최소한 여행하는 동안에는 없는 듯했다.

'교토에 도착하거든……'

그들은 안타까워 하며 자신들을 꾸짖고 있을 것이다.

노부나가는 교토에 들어가기 전에 일행을 둘로 나누었다. 마에다,

하치야, 이케다, 가나모리 등 네 사람과 말 두 필과 종자 네 사람은 자신의 뒤를 따르게 하였다.

"원숭이, 너는 고로쿠와 함께 짐을 가지고 먼저 난파에서 사카이로 들어가라."

이렇게 명한 것은 억새풀이 하얗게 자란 오사카 산逢坂山의 갈림길에서였다. 오른쪽으로 가면 야마시나山科를 지나 교토로 들어가고, 왼쪽으로 가면 우치宇治를 지나 센슈泉州에 이르게 된다.

"나는 약간의 노자만 있으면 충분하다. 너희들은 굳이 명하지 않아도 할 일을 알고 있을 것이다."

가을바람이 시원하게 불어오는 갈림길의 찻집에서 노부나가는 여전히 선문답禪問答과 같은 말을 했다.

도키치로는 일부러 고개를 갸웃하며 말했다.

"그러면 이 거금을 가지고 사카이에 들어가 닥치는 대로 미인이라도 사라는 말씀입니까?"

이미 노부나가의 속셈은 알고 있었으나 그래도 도키치로는 신중했다.

"미인에는 두 종류가 있습니다마는 어느 쪽이건 많은 돈을 써도 괜찮겠습니까?"

"뭣이, 미인에는 두 종류가 있다고?"

찻집에서 경단을 먹으며 하는 말이었는데, 이런 말이 나오자 일행은 모두 신경을 귀에 집중시켰다.

"두 종류라니 무엇과 무엇인지 말해보라."

"하나는 바다를 건너온 남만南蠻°의 미인입니다."

"탕, 하고 소리를 내는 미인 말이군."

그것이 철포鐵砲를 의미한다는 것쯤은 누구나 알 수 있었다.

"또 하나는 일본의 미인인데 이름은 미요시 나가요시三好長慶라고 합니다. 이 미인은 틀림없이 사카이에서 거드름을 떨고 있을 것입니다."

"원숭이!"

"예."

"너는 그 미인을 꽤나 높이 평가하고 있는 듯하구나."

"과연 그럴까요?

도키치로가 이번에는 신중하게 고개를 갸웃거렸다.

그는 노부나가가 거의 전 재산이나 다름없는 막대한 돈을 가져온 이유가 철포라는 신 무기를 사들이고, 한편으로는 현재 수도권 일대에 크게 뿌리내리고 있는 미요시 나가요시에게 뇌물을 바치기 위해서일 것이라 내다보고 있었다.

미요시 나가요시는 원래 간토關東 지방을 영유했던 호소카와細川 가문의 가신이었다. 나이는 노부나가보다 열한두 살 위이므로 이미 사십 줄에 접어들었을 것이다. 이러한 나가요시가 마침내 무력으로 주군을 몰아내고 야마시로山城, 셋쓰攝津, 가와치河內, 이즈미和泉와 이와지淡路, 아와阿波, 야마토大和 등 일곱 개 지역을 빼앗아 쇼군 휘하에 들어갔다.

이렇게 말하면 쇼군 아시카가 요시테루는 아주 훌륭한 가신을 가진 듯이 보이나, 실은 이 미요시 나가요시 때문에 허수아비나 다름없어져 압박을 받고 있었다.

물론 오닌應仁°의 난 이후 계속되는 센고쿠戰國 시대에 도의나 도덕을 찾는다는 것은 무리한 일이지만, 어쨌든 쇼군 요시테루의 지위는 참으로 미묘해져갔다.

쇼군의 아버지인 12대 쇼군 요시하루義晴는 수도에서 쫓겨나 오미의 아노穴太 산중에서 죽었다. 그리고 아들인 기쿠토마루菊童丸는 열한 살 때 요시테루로 이름을 바꾸고 13대 쇼군이 되었으나 자력으로 그 지위를 유지할 능력이 없었음은 말할 나위도 없다.

따라서 쇼군이 된 이듬해인 열두 살 때 그는 호소카와 하루모토晴元에 의해 교토에서 쫓겨났다가 열세 살 때에 돌아왔으나, 이번에는 호소카와 가문을 대신한 미요시 나가요시에게 오미의 사카모토坂本로 추방되었다.

미요시와 화목했던 시간은 열일곱 살 때인 덴분天文 21년(1552)으로, 겨우 교토로 돌아오기는 했으나 이듬해에 다시 쫓겨나는 비참한 신세가 되었다.

워낙 힘이 없으므로 어쩔 수 없는 일이었다. 그러다가 지금 교토로 돌아와 그나마 쇼군으로서의 체면을 유지하고 있는 것은 그 가증스런 미요시 나가요시가 '어떤 일이 생기더라도 내 말을 모두 따를 것이며, 이를 위반하지 않겠다고 약속하면 교토로 돌아와도 좋아'라는 조건에 굴복했기 때문이다.

말하자면 쇼군은 미요시 나가요시의 허수아비에 지나지 않는다.

도키치로는 이러한 사정을 알기 때문에 노부나가가 수도권의 실력자인 미요시 나가요시에게 접근하려 한다고 내다보았는데 아무래도 이것은 잘못된 생각인 듯싶다.

"꽤나 높이 평가하고 있다니, 어떤 점에서 그렇게 말씀하십니까?"

도키치로가 다시 한 번 물었다.

"원숭이!"

노부나가의 언성이 높아졌다.

"너는 이 노부나가를 잘못 알고 있어."

"황송합니다. 하지만 그 말씀은 뜻밖입니다."

"그럼, 내가 무엇을 하려는지 알고 있다는 말이냐?"

"그야 물론 미노 공략의 기초를 다지시려고……"

"바보 같은 놈!"

"예?"

"그럼, 너는 내가 미요시 나가요시와 손을 잡고 이나바야마의 괴물을 퇴치하라는 말이냐?"

"그러실 생각이 아니라는 말씀입니까?"

"점점 더 바보가 되어가는군. 잘 들어라! 이 노부나가가 미노를 수중에 넣으려는 이유는 조금이라도 더 교토에 접근하기 위해서다. 이일에 방해가 되기 때문에 이나바야마의 괴물을 퇴치할 수밖에 없어진 거야. 앞뒤를 혼동하면 용서치 않겠다."

"알겠습니다. 그러니까 교토에 접근하기 위해서는 어떠한 장해물이라도 제거하겠다는 것이 대장님이 하실 일이란 말씀이군요."

"시끄럽다! 이 노부가가가 가는 길은 처음부터 외길이었어. 오와리의 멍청이로 끝나느냐, 천하를 손에 넣느냐…… 천하를 손에 넣으려 함은 만민을 편안케 하고 천황의 걱정을 없애기 위해서다. 이것말고는 아무런 다른 뜻도 없어. 그렇지 않으냐, 고로쿠?"

"그렇습니다."

고로쿠가 큰 소리로 대답하고 머리를 숙이자 도키치로는 탁, 하고 이마를 쳤다.

"아차, 제가 엉뚱한 말씀을 드렸습니다. 이 원숭이가 그만 머리가 몽롱해져서…… 실은 알고 있었습니다. 잘 알고 있었지만…… 그럼, 미인은 하나로 정하기로 하지요. 그러나 필요하다면 미요시 나가요시가 기꺼이 사카이 땅에서 주군을 맞이하도록…… 그 정도로 약은 써놓겠습니다."

"좋아, 알았거든 어서 떠나라. 그리고 사카이에서 미인을 사들이는 사람은 오다 가즈사노스케라는 것을 널리 알리도록. 조금도 숨길 필요 없다."

"그 점은 저도 알고 있습니다."

도키치로는 꾸벅 고개를 숙였다.

"여러분, 사카이에서 다시 만납시다. 그럼, 먼저 실례."

그는 하치스카 고로쿠를 재촉하여 왼쪽 길로 내려가기 시작했다.

계절은 마침 한가을이어서 덥지도 춥지도 않고, 하늘에는 하얀 조각구름이 그린 듯이 떠 있다.

"자, 우리도 그만 출발하자. 모두 잘 보거라. 여기서부터는 야마시로 땅이다. 왕성王城의 땅을 보아라. 하늘을 보고 사람을 보아라. 그러면 저절로 용기가 치솟을 것이다."

노부나가의 말이 끝나자 가나모리 고로하치가 찻집 주인에게 동전 몇 푼을 건넸다.

# 교토로 가는 길

거의 모든 사람이 처음 보는 교토의 풍물이고 처음으로 밟는 교토
의 땅이었다.

사방을 둘러싼 산들도, 저쪽 숲과 이쪽 숲에 지붕을 드러내고 있는
사원도 모두 노인들로부터 이야기를 들은 유서 깊은 내력이 담겨 있
다.

그런 만큼 한편으로는 감개무량했으나 다른 한편으로는 몹시 기대
에 어긋나는 면이 없지 않았다.

처마를 맞대고 있는 상점들은 그래도 괜찮은 편이었으나, 거리의
중앙 군데군데에 발조차 들여놓을 수 없는 큰 구덩이가 뚫리고 그 자
리에 잡초가 무성히 자라고 있었다. 얼른 보아도 싸움으로 황폐해진
누군가의 저택 터임을 짐작할 수 있었고, 수도를 버리고 어디로 낙향
한 사람의 폐옥廢屋의 터인 듯한 것도 있었다.

단지 그것만이라면 노부나가도 아버지나 히라테 마사히데로부터

자주 이야기를 들었기 때문에 별로 놀라지 않았을 테지만, 거리 한가운데의 집터에 이르자 코를 막아야 할 정도로 풍기는 악취에는 당황할 수밖에 없었다.

버려진 쓰레기 냄새가 아니었다. 분명히 시체가 썩는 악취였다.

아마도 도적에게 살해되었거나 전염병으로 죽은 자를 그대로 내버린 것이 분명하다. 가만히 들여다보니 어느 구덩이에서나 백골이 뒹굴고 있었다.

"정말 지독하군."

"옳은 말이야. 여기에 비하면 기요스 쪽이 훨씬 더 좋아."

"대관절 궁성은 어떻게 되었을까?"

"돌아가신 노부히데 공이 오셨을 때는 담장이 허물어져 도적과 불량배들이 마음대로 궁성에 드나들더라고 하셨는데……"

"그러고 보니 작고하신 히라테 님이 언제나 눈물을 흘리며 하시던 말이 생각나는군."

"아, 궁성 정문 앞에서 창녀가 소매를 끌어당기더라는 이야기 말인가?"

"그 창녀가 누군가 했더니 서너 명밖에 남아 있지 않던 궁녀 중의 하나였다는 말을 하시며 주르르 눈물을 흘리셨어."

따라오는 일행이 주고받는 이야기를 노부나가는 들었는지 못 들었는지 입을 꼭 다문 채 걷고 있었다.

맨 먼저 궁성 둘레를 묵묵히 절반쯤 돌았다.

아버지인 노부히데가 돈 4천 관을 헌납하여 수리하게 한 담도 여기저기 허물어지고 사방에 잡초가 어지럽게 자라고 있었다.

그렇다면 안에 있는 건물도 크게 기울어졌을 것이다. 아니, 그보다도 궁성을 둘러싸고 있는 공경公卿들의 저택이 마치 이가 빠진 듯이 폐허로 변해 있음은 어째서일까?

어쩌면 공경들의 영지도 무사들이 짓밟는 바람에 밥줄이 끊겨 어딘가 살아갈 길을 찾아 떠나버렸는지도 모른다.

일행의 대화는 여전히 계속되었다.

"이건 듣던 것보다도 더 황폐하군."

"이 지경이니 도적들의 소굴이 될 수밖에."

"저런, 여우가 뛰어나왔어. 담을 넘어 궁성 뒤로 달아나는군."

"궁성이 여우의 굴로 변했으니 천하가 어지러워질 수밖에 없지."

"아니, 천하가 어지러워졌기 때문에 이렇게 된 거야. 조정의 흥망은 그대로 민초民草의 생활에 반영되기에, 이것이 일본의 모습이라고 돌아가신 주군이 종종 말씀하셨어."

"대장님은 잠자코 걸어가시기만 하는군."

"아마도 어떻게 해야 이 땅을 부흥시킬 수 있을지 생각하고 계실 거야."

"쉿, 대장님이 울고 계셔. 주르르 눈물이…… 저것 보게, 왼쪽 뺨으로……"

"아아, 이제 알겠어."

"무얼 알겠다는 말인가?"

"나는 대장님의 진정한 뜻을 비로소 알게 되었어."

이렇게 말한 사람은 이케다 가쓰사부로였다.

"오와리의 멍청이로 끝날 것인가 천하를 손에 넣을 것인가…… 으음, 바로 그것이었군."

"그러니까 천하를 손에 넣는다는 의미는…… 왕실도 백성도 번영하게 만들겠다는 뜻이란 말이지?"

"그것만이 아니야!"

가쓰사부로는 나직하게 대답하고 고개를 힘껏 저었다.

"주군이 다음에 하실 일을 잘 알겠다는 말일세. 지금까지는 가문을 단결시켜 이마가와의 침입을 막는 데 전력을 다하셨어."

"그건 나도 알고 있네."

마에다 마타자에몬도 어느 틈에 가쓰사부로의 옆얼굴을 빤히 바라보고 있다.

"지금까지의 목표는 모두 가문의 단결에 있었으니까."

"그러나 이마가와 요시모토는 이미 세상에 없지 않은가. 여기서 주군이 자신의 안전만 꾀하려는 분이라면 틀림없이 서부 미카와로 손을 뻗치거나 이세로 진출하여 주위를 굳게 지키려 하셨겠지. 그러나 이런 일에는 개의치 않으시고 여행을 하시게 된 거야. 주군의 다음 목표는 이 궁성이 있는 교토의 땅에 한 걸음이라도 더 접근하기 위해 전력을 기울이는 데 있음이 분명해!"

"그 이야기라면 이미 오사카 산의 갈림길에서 주군이 분명히 말씀하셨지 않은가?"

"무슨 소리를 하고 있나, 마타자에몬. 대장이 말씀하셨더라도 우리가 몰랐다면 말씀하시지 않은 것과 같아. 대장의 뜻을 이제 확실하게 알았다는 말일세…… 자세히 보게 마타자에몬! 이번에는 주군의 오른쪽 뺨에서도 눈물이 흐르고 있네. 입술을 꼭 깨물고 담을 노려보면서 울고 계셔…… 참으로 다행이야! 교토로 모시고 오면서 비로소 대장님의 심중을 분명히 알았어."

이 말을 듣자 마에다 마타자에몬도 더 이상 대꾸하지 않았다.

대꾸를 하지 않는 대신 마타자에몬도 노부나가가 울고 있다는 것을 확인하고 나직이 신음했다.

"알겠네, 나도 알았어! 주군의 참뜻을 비로소 알았어. 그래, 이것이 바로 주군이 말씀하신 뜻이었어."

오와리의 멍청이가 하려던 첫 단계의 일은 끝났다. 여기서 노부나가는 주저 없이 다음 단계의 일에 뛰어들려 한다. 다름이 아니라 '황실을 받들고 일본의 통일을 이룩한다'는 일이다.

구마노 참배도 이 일을 방해하는 자의 정체를 자기 눈으로 정확히 확인하기 위한 작업이었다. 아마도 이 여행이 끝나면 노부나가는 앞을 가로막는 어떠한 장해라도 극복하고 교토로의 길로 돌진할 것이다.

왕성의 땅으로 수행해 온 사람들은 비로소 노부나가의 뜻을 마음에 깊이 새기게 되었다.

# 폐허의 접대

노부나가는 궁성의 둘레를 반 바퀴쯤 돌고는 그 길로 황폐해진 니시다이구西大宮 거리에서 무라사키노紫野로 향했다. 그리고 다이토쿠 사大德寺 부근에 있는 큰 덤불 안으로 들어갔다.

그렇다, 여기에도 흙담이 있던 흔적이 존재하고 좁은 길이 하나 뚫려 있기는 하나 지금은 문자 그대로 덤불이었다.

"이곳에는 시체 썩는 냄새가 나지 않는군요."

하치야 효고가 말했다.

"주군, 대관절 이런 덤불에서 무엇을 하시렵니까?"

"덤불이 아니야."

노부나가가 불쾌하다는 듯이 대답했다.

"이곳은 아버지를 대신해서 히라테 노인이 자주 찾아온 야마시나 도키쓰구 경山科言繼卿의 저택이야. 우리 숙소는 이곳으로 정하겠다."

"아니, 여기가 그 야마시나 경의? 혹시 잘못 아신 것은 아닙니까, 길을 잘못 찾아와……"

"잠자코 따라오기나 해. 나는 지금 아무 말도 하고 싶지 않다."

벌써 날은 저물어가고 있다.

묘하게도 하늘이 어둡고 바람이 찼다. 비는 내릴 것 같지 않았으나 왠지 걸음걸이가 불안전했다.

"아, 저기 있군!"

가나모리 고로하치가 별안간 소리 지른 이유는 덤불뿐인 숲 속에 저택인 듯한 건물이 보이기 시작했기 때문이다.

"원 이런, 저런 데서도 사람이 살고 있을까? 형편없이 낡은 저택이야, 저것은."

"쉿."

마에다 마타자에몬이 고로하치를 제지하고 먼저 앞으로 달려갔다.

처마가 기울어지고 지붕이 벗겨진 모습은 형용사로 표현하기에는 부족했다. '용케도 쓰러지지 않았구나' 하는 생각이 들 만큼 현관의 천장이 뻥 뚫리고 그 주위에 억새풀이 자라고 있었다.

"계십니까?"

마에다 마타자에몬은 안을 들여다보며 큰 소리로 불렀다. 안은 조용하기만 하고 불빛 하나 없이 캄캄했다.

"계십니까? 아무도 안 계십니까?"

그러자 얼마 후 발소리가 났다.

"누구십니까?"

소리는 났으나 사람의 모습은 보이지 않았다.

"오와리에서 오다 가즈사노스케 노부나가의 주종 아홉 사람이 찾아왔다고 야마시나 경에게 전해주십시오."

그러자 갑자기 안에서 서너 명이 움직이는 소리가 느껴지고 이윽
고 하급 무사 한 사람이 현관에 모습을 나타냈다.

예순에 가까운 노인이었는데 그 목소리도 몸에도 활기가 없었다.

"어서 오십시오. 주인께서는 서신을 보시고 계속 기다리고 계셨습
니다. 자, 객실로 드시지요."

"예. 그럼, 네 사람만 나를 따라오너라. 나머지 네 사람은 말을 돌
보며 따로 행랑채에 머물도록. 그리고 효고, 그대는 말에 실은 짐을
가져오너라."

노부나가는 이렇게 지시하고 늙은 무사를 따라 현관 마루에 올라
섰다. 그 순간 삐걱 소리가 나며 마루의 판자 하나가 부러졌다.

"조심하십시오."

노인은 별로 놀라는 기색도 없이 그대로 어둑어둑한 복도로 향했
다.

"발을 조심하라. 힘을 주어 밟으면 안 돼."

노부나가가 서슴없이 말했다.

"잘못하면 발이 부러진다."

그러나 노인은 웃지도 않고 그렇다고 불쾌히 여기지도 않는다. 그
대로 객실이라는 방으로 안내하였다.

"잠시만 기다려주십시오."

이 무렵부터 노부나가는 밝은 얼굴로 되돌아왔다.

"이거 재미있군. 보거라, 지붕 곳곳에 불이 밝혀져 있다."

"불이 밝혀진 것이 아니라 구멍이 뚫렸기 때문입니다."

"그건 무식한 소리야. 풍류를 모른다고 비웃음을 당하고 싶으냐?
여기 누워 달을 쳐다볼 수 있도록 일부러 구멍을 뚫었다고 생각하거
라."

"그야 물론 달이나 별을 쳐다볼 때는 좋으나 비가 오면 큰일입니다."

"비더러 내리지 말하고 하면 된다. 아니, 각다귀가 있군."

노부나가의 말에 이어 하치야가 찰싹 뺨을 때리며 말했다.

"원 이런, 이래가지고는 도저히 잠을 잘 수 없겠다."

"엄살부리지 마라. 벌이 모기에게 지면 어떻게 되겠느냐?"

하치야란 성은 한자로 벌을 뜻하기 때문에 이렇게 말한 것이다.

이때 다시 어디선가 아까 그 늙은 무사의 목소리가 들렸다. 야마시나 경이 이리 나온다는 것을 알리는 소리였다. 누군가가 피식 웃었으나 생각해보면 얼마나 슬픈 일인지 모른다.

이것이 체면만은 유지하려 하면서도 밥줄이 끊어진 공경의 생활 그 자체다.

"오, 가즈사노스케 님, 원로에 수고가 많으셨습니다. 훌륭하게 성장하셨군요. 돌아가신 단조노추彈正ノ忠(노부히데의 관직명) 님과 꼭 닮으셨습니다."

"야마시나 경은 이런 어둠에서도 눈이 밝으시군요."

노부나가는 고개를 갸웃했다.

"그야 익숙하기 때문에."

"허어, 저는 야마시나 경의 모습이 잘 보이지 않습니다. 어쨌든 참으로 풍류가 있는 저택이군요."

"허허허……"

야마시나 경은 기죽은 기색도 없이 웃었다.

"앞서 오와리에 갔을 때 아버님이나 히라테 님에게 많은 이야기를 들었지만, 가즈사노스케 님은 정말 재미있는 기질을 가지셨군요. 참, 서신을 받고 바쿠후에 상경하신다는 연락을 취해놓았습니다."

"감사합니다."

"쇼군도 크게 기뻐하며 기다리고 계시리라 믿습니다. 덴가쿠 골짜기에서 이마가와 지부다유를 토벌하신 용명勇名은 이곳 교토에도 널리 알려져 있으므로."

"하치야!"

노부나가가 효고를 불렀다.

"어두워서 이야기하기가 불편하다. 이 집의 등불이 꺼지기 전에 그대가 가져온 초에 불을 켜도록 하라."

"허허허."

다시 야마시나 경이 웃었다.

"주저 않고 말씀하시는군요. 기다리신다 해도 우리 집에는 불이 켜지지 않습니다. 기름이 떨어졌기 때문에. 허허허……"

"그렇지 않을까 싶어 준비해 왔습니다. 우리 일행은 모두 아홉인데 뭐 요기할 것이 없겠습니까?"

"글쎄요, 있을지도 모릅니다. 사람을 불러 물어보겠습니다."

그러면서 천천히 손뼉을 치자 곧바로 아까 그 늙은 무사가 고양이처럼 조용히 들어왔다.

"부르셨습니까?"

"손님에게 무언가 대접할 준비를……"

"예…… 예."

"준비할 수 있겠나?"

이때 불쏘시개에 반짝 불이 켜지자 노부나가는 깜짝 놀랐다.

지금 초에 불을 켜기 위해 '반짝' 하는 불빛에 비쳐진 야마시나 경과 그를 쳐다보며 난처해하는 무사의 눈에는 눈물이 고여 있었다.

'웃으면서 울고 있었구나……'

"하치야!"

노부나가가 말했다.

"불을 켜고 나서 준비해온 선물을 이리 가져오너라. 나는 잊어버리기를 잘하므로 그대들이 챙겨서 가져오도록."

이 말을 듣고 늙은 무사가 당황하며 말했다.

"저어, 곧 준비하도록 지시하겠습니다."

"그래, 그렇게 하게."

노부나가는 황금과 은과 동전이 든 주머니 세 자루를 얼른 받아들고 늙은 무사 앞에 나란히 놓았다.

"약소하나마 이 가즈사노스케가 드리는 선물입니다. 나는 야마시나 경과 긴히 할 이야기가 있으니 이것을 어서 안으로 가져가도록 하십시오."

"원, 이렇게 고마울 수가……"

"쇼군은 검술에 심취해 계시다는 말을 들었습니다마는 묘한 일에 집념을 가지셨군요."

야마시나 경의 말을 가로막고 얼른 화제를 돌렸다.

"그렇습니다. 묘하다면 묘하다고 할 수 있으나, 자신의 무력함이 골수에 사무쳤기 때문이겠지요."

불이 켜지자 야마시나 경의 표정이 확실하게 보였다. 애처롭다기보다도 한량없이 시들어 모든 것을 체념한 듯한 고요함이 고목의 연륜처럼 얼굴에 새겨져 있었다. 길다란 눈초리가 한층 더 가련해 보였다.

"바쿠후의 주인이면서도 정부는커녕 자기 몸 하나도 마음대로 하지 못합니다. 그래서 처음에는 쓰카하라 보쿠덴이라는 검객에게 검술을 배우고 그 뒤에는 고이즈미 노부쓰나上泉信綱인가 하는 사람에게 비법을 전수 받았지요. 지금은 천하무적의 실력이라고 합니다."

"으음. 천하무적의 검이 미요시 나가요시에게는 꼼짝도 못하는군요."

"바로 그 점입니다. 검은 어디까지나 검, 한 사람의 힘으로는 시대의 흐름에 대적하지 못합니다. 다만 요즘 교토에 도적이 줄어든 이유가 쇼군의 검술 때문이 아닌가 하고……"

"그렇다면 전혀 무의미한 것은 아니군요."

"시민을 위해서는 그렇지요. 그러나……"

야마시나 경은 낮을 찌푸리며 말을 이었다.

"강해지셨다는 사실이 도리어 그분의 불행을 자초하지 않을까 싶어 걱정스럽습니다."

노부나가는 고개를 크게 끄덕이고 다시 화제를 바꾸었다.

"쇼군은 이틀 뒤에 뵐 생각입니다마는, 요즘 궁중의 사정은?"

"굳이 말할 필요도 없이……"

"그러면, 역시……"

"영지를 유린당해 궁중도 이 집과 마찬가지로 황폐해졌지요."

"그렇다면 이 가즈사노스케가 도울 수 있는 가장 큰 일은 무엇일까요?"

"그것은 황태자의 책봉을 위한 식전의 비용, 자금이 여의치 못해 지금까지 연기되고 있습니다."

"으음."

"그러나 이 비용이 조달된다고 해도……"

"조달된다고 해도?"

"이후의 생활이 막막하기만 합니다."

노부나가는 눈이 휘둥그레져 저도 모르게 부하들을 돌아보았다.

그 말을 들었느냐는 눈길이었으나, 이런 말을 어찌 듣지 않을 수 있다는 말인가. 모두 주먹을 불끈 쥐고 몸을 앞으로 내밀었다.

"결국 이 난세를 종식시킬 만한 분이 나오지 않으면 이야기가 되지 않습니다. 백성들이 도탄에 빠져 있는 한 궁중에서도 똑같은 고통이 계속됩니다. 백성들이 부유해지면 궁중도 넉넉해지고, 궁중이 황폐해지면 백성들도 고통을 받습니다. 어느 시대에나 백성과 궁중은 일체이므로 고락을 같이하는 곳이 일본이라는 나라입니다."

노부나가는 어느 틈에 천장을 노려보며 입을 꼭 깨물고 있었다.

바람이 점점 더 강해지는 모양이다.

폐허와 다름없는 객실 주위에서 나무들이 무섭게 울부짖고 있었다.

"알겠소이다!"

노부나가가 말했다.

무엇을 알겠다는 것인지 아무도 모른다. 아마도 닥치는 대로 철포를 사들여 이 신무기를 동원하여 일본을 통일하겠다는 각오로 한 말일 것이다.

시들대로 시든 좀전의 그 늙은 무사가 밥상을 들고 들어왔다.

"식사를 준비해 왔습니다."

바람이 지붕을 뚫고 들어오기 때문에 촛대의 불빛이 노인의 모습을 가련하게 흔들어놓고 있었다.

# 말린 정어리 두 마리

노부나가의 아버지 노부히데와 사부였던 히라테 마사히데의 근왕 정신은 젊은 날의 야마시나 도키쓰구 경에게 계발된 것이라 해도 좋았다.

그러므로 아버지도 마사히데도 없는 지금 야마시나 경을 대하는 노부나가의 감회는 각별했다.

지금도 야마시나 경은 조정에 대한 이야기를 할 때마다 늘 울먹이곤 한다. 아마도 이 노령의 공경은 황태자도 책봉하지 못하고 있는 조정의 안타까움을 자신의 슬픔으로 받아들이는 모양이다.

노부나가가 가져온 선물로 마련한 식사가 나오자 노부나가는 야마시나 경과 같이 수저를 들었다.

"어서 드십시오, 차린 것은 없습니다마는."

야마시나 경은 미안한 기색도 보이지 않고 말했다.

"바깥에 계신 분들에게도 대접하라."

이 말에 누군가가 피식 웃었다.

그러고 보면 밥만은 새로 지어 김이 나고 있었으나 반찬은 우엉처럼 가느다란 단무지와 쑥갓무침, 바싹 마른 송사리와도 같은 말린 정어리 두 마리뿐이었다.

평소 많이 먹는 데 익숙해 있는 젊은 무사들로서는 한입이면 먹어 치울 수 있다. 그런데 이 말린 정어리를 보자 야마시나 경은 눈을 가늘게 뜨고 곁에 있는 늙은 무사에게 말했다.

"허어, 진귀한 건어물이로군. 맛있겠어. 요즘에는 주상도 이런 진귀한 생선을 맛보지 못하실 거야. 내일 입궐할 때 진상하려고 하니 따로 준비해두었겠지?"

"예. 물론……"

그 말을 듣고 있던 마에다 마타자에몬이 별안간 크게 헛기침을 했다. 군중의 궁핍이 이 정도인 줄도 모르고 밥상을 보고 피식 웃었던 사람은 아마 마타자에몬이었던 것 같다.

"야마시나 경."

밥 한 그릇을 비우고 나서 노부나가는 다시 야마시나 경에게 말을 걸었다.

"예, 말씀하시지요."

"가까운 장래에 이 가즈사노스케가 황태자 책립의 비용을 헌납하겠습니다."

"참으로 고마우신 말씀입니다."

"그리고 제가 미노를 손에 넣게 되면 이제껏 무사들이 빼앗은 조정의 영지와 공경들의 장원莊園도 반드시 다시 돌려드릴 터이니 그렇게 알고 계십시오."

"무, 무어라고 하셨습니까, 가즈사노스케 님? 빼앗겼던 그 땅을……"

"그렇지 않으면 무의미하다는 말씀은 야마시나 경도 하셨습니다. 이 일은 제가 태어날 때부터 뼈에 새기고 있던 뜻이므로 기회가 닿으면 주상께 그 말씀을 드려주십시오."

순간 야마시나 경은 얼른 밥그릇을 내려놓았다.

그리고 자세를 바로 하여 노부나가에게 고개를 숙이고 나서 무슨 말을 하려고 두어 번 입을 움직였으나 끝내 말은 나오지 않았다.

앞서 야마시나 경이 오와리에 갔을 때 노부나가는 아직 열 살된 소년으로 장난이 심한 개구쟁이였으나, 지금은 나라를 생각하는 훌륭한 무장으로 성장했다. 더구나 그 무용은 천하를 호령하던 이마가와 지부다유 요시모토의 야심을 분쇄했을 정도로 대단했다.

"아아, 사람은 오래 살 필요가 있군요, 가즈사노스케 님."

"오래 걸리지 않을 테지만 조금만 더 참아주십시오."

"암, 기다려야지요, 기다리고말고요. 이제 일본에도 아침이 찾아온 듯한 기분이 듭니다. 히라테 님도 아버님도 지하에서 기뻐하고 계실 것입니다."

공교롭게도 이 무렵부터 지붕에 뚫린 구멍 위의 하늘이 캄캄해지고 뚝뚝 비가 떨어지기 시작했다.

그러나 이미 누구도 비가 샌다거나 각다귀가 들끓는다거나 또는 식사가 형편없다고 불평하지 않았다.

같이 따라온 일행은 모두 새삼스럽게 노부나가의 결연한 의지와 대망을 깨닫고 숙연해졌다.

객실에서 나와 별실로 옮긴 일행은 이름뿐인 이부자리를 펴고 누웠다.

"여기서 돌아가면 싸움터는 미노가 될 것일세."

"알고 있네. 드디어 천하 평정을 위한 서막. 비가 새는 일 따위는 아무것도 아니지."

"물론이야. 빗속에서 야습할 생각을 하면 도리어 과분하여 눈물이 날 지경이야."

"대장님 얼굴에만은 삿갓을 덮어드려야 해. 그러면 조금은 쉽게 잠이 드실 거야."

아닌 게 아니라 별실에도 빗소리가 강해짐에 따라 군데군데 빗방울이 떨어지고 있었다.

그러나 이 사람들에게는 감개무량한 교토의 첫날밤…… 이윽고 노부나가가 뱃심 좋게 코고는 소리가 들렸다.

# 방울 소리

"그만 일어나거라! 날이 개었다. 어서 일어나 이부자리를 말려
라."

이튿날 아침 맨 먼저 노부나가는 자기 이부자리를 직접 뜰에 가지
고 나왔다.

어젯밤에 내리던 비는 깨끗이 걷히고 맑게 갠 하늘에 아침 해가 붉
게 떠올라 있다.

"주군, 제가 하겠습니다! 직접 그런 일을 하시면 이 집 사람들이
깜짝 놀랄 것입니다."

"뭐, 이 집 사람들이 놀라다니 그게 무슨 소리냐. 가쓰사부로. 이
노부나가는 원래 세상 사람들을 놀라게 하기 위해서 태어났어. 어서
각자 자기 이부자리를 말려라. 그리고 교토에서 밤에 오줌을 누는 것
은 하늘에서 떨어지는 물이라 생각하거라."

"원 이런, 저것 보게. 안채에서 이 집 여자들이 눈이 휘둥그레져서

이쪽을 바라보고 있지 않은가."

"그럴 테지. 오와리의 태수가 직접 이부자리를……"

"말린다고 그만두실 주군이 아니야. 무슨 생각을 하시기 때문일 테지. 자, 어서 서두르세!"

이부자리를 말린다고는 해도 빨랫줄을 맬 필요도 없고 바지랑대가 필요한 것도 아니었다. 뜰에도 역시 가슴 높이만큼 자란 가느다란 조릿대와 가을 풀이 멋대로 자라고 있었기 때문이다.

뜰만이 아니라 여기서 바라보는 안채의 모습 또한 여간 황폐해진 것이 아니었다. 당연히 오륙십 명의 가신과 하인이 있어야 할 저택인데도 아마 대여섯 명밖에 살고 있지 않은 모양이다.

저쪽에서 흘끗 모습을 나타낸 두 여인이 마치 귀신인 양 파랗게 보였다.

"마타자에몬, 모두 일어났으므로 안채로 가서 조반을 부탁하고 오너라. 나는 오늘 예정을 변경했어."

"예정을 변경하셨다니요?"

"먼저 산조三條 다리를 거쳐 기요미즈 사清水寺를 구경하려고 했는데 구경은 나중으로 미뤘어."

"그럼, 어디로 가시렵니까?"

"쇼군의 고쇼御所°야. 고쇼에 가서 쇼군의 사람됨을 살펴야겠어. 재기할 수 있는 분인지 어떤지."

"그러나 어제 말씀하시기를 고쇼 방문은 모레라고 하셨으므로 야마시나 경이 그 뜻을 전했을 텐데요?"

마타자에몬이 고지식하게 말하자 노부나가는 입을 크게 벌리고 웃었다.

"못난 것, 너마저 이 노부나가의 계략에 말려들었구나. 내가 모레

가겠다고 한 것은 아직까지도 우리 뒤를 밟고 있는 미노의 졸개들을 따돌리기 위해서였어. 덕택에 놈들도 오늘 하루는 한가롭게 기요미즈 사에서 참배를 할 수 있겠지. 자, 어서 가서 조반이나 재촉하거라."

"과연 그런 깊은 뜻이 계셨군요."

마에다 마타자에몬은 크게 감탄하고 약간 얼굴을 붉히면서 안채의 부엌으로 걸음을 옮겼다. 얼굴을 붉힐 만했다. 적어도 오와리의 태수나 되는 사람이 먼저 조반을 재촉하러 사람을 보내다니 이 집 사람들도 미처 생각지 못했을 것이다.

더구나 그 방약무인한 기행은 이것으로 끝나지 않았다.

"오늘은 모두 칼에 바퀴를 달고 다니도록 해라."

어제와 비슷한 반찬으로 식사를 끝내고 노부가가 말했다.

"모처럼 교토에 왔으니 하다못해 시민의 눈이라도 즐겁게 해주어야 할 것 아니냐."

"주군! 바퀴를 달고 또 그런 기묘한 복장으로 고쇼에 배알하시려는 겁니까?"

하치야 효고가 당치 않다는 표정으로 반문했다.

"뭣이? 하치야, 너는 용서받을 수 없는 말을 했어."

"그러나 오늘만은 그런 기묘한 복장으로 걸어다닐 필요가 없다고 생각합니다. 미노의 자객들도 아마 기요미즈 사에 가서 기다릴 것이라고 주군도 말씀하시지 않았습니까?"

"나는 복장에 대해 말하는 것이 아니야. 하치야!"

"예."

"너는 고쇼御所에 배알한다고 말했지?"

"예, 분명히 그랬습니다."

"고쇼에 누가 사는지 알고 있느냐, 너는?"

"예. 아시카가 13대 쇼군 요시테루 공입니다."

"닥쳐! 이 노부나가는 요시테루의 가신이 아니야. 배알하는 것이 아니라 어떤 인물인지 시험하려는 것이다. 내일 가겠다고 해놓고 오늘 찾아간다…… 여기에 훌륭히 대응할 수 있는지 아닌지를. 싸움에는 오늘내일의 구별이 없어. 잠깐 시험해보려고 가는 것뿐인데 배알이니 뭐니 하는 소리는 하지 마라."

"예. 황송합니다."

"서둘러라. 같은 아침이라도 이를수록 좋다. 정신을 차리고 있는 눈인지 아직 잠에서 덜 깬 얼굴인지, 일본을 위해 이 노부나가가 확인하려는 것이다."

이 말을 듣고는 이미 누구도 칼에 바퀴를 다는 일에 대해 불평할 수 없었다.

그러나저러나 노부나가의 기행에 익숙해진 사람들까지 기요스 성을 나올 때의 예행연습을 보고 킬킬거리고 웃던 그 기묘한 모습으로 또다시 교토의 거리를 걸어야 한다고 생각하니 모두 착잡한 기분이었다.

"준비는 되었겠지. 그럼, 수레를 현관까지 들고 나가 거기서부터 달고 끌도록 해라. 고로하치, 네 칼집에 감은 홍백색 헝겊이 풀릴 것 같다. 떨어지지 않도록 단단히 감아라."

가나모리 고로하치는 체념한 듯이 대답했다.

"알겠습니다."

"마타자에몬, 너는 좀더 칼을 앞에 차거라. 그래야 훨씬 더 눈에 띌 것이다."

"이렇게 말씀입니까?"

"그래. 이제야 어릿광대들이 사용하는 빨간 인형과 비슷해졌다. 눈에 잘 띈다, 됐어."

눈에 잘 띌 수밖에 없었다. 어른 네 사람이 모두 고와카마이幸若舞°의 무대 의상과도 같은 화려한 가타기누를 입은 데다 칼을 홍백색 헝겊으로 감고 그 끝에 방울이 달린 장난감 수레를 끌고 있으니……

"출발하십니다!"

마타자에몬이 큰 소리로 말하자 몇 사람 안 되는 이 집 사람들이 모두 현관으로 달려나와 앗, 하고 외쳤다.

기인이라는 말은 듣고 있었으나 설마 이렇게 괴상한 차림으로 외출할 줄은 생각지도 못했다.

"수레를 끌어라!"

노부나가가 큰 소리로 명했다. 그리고 모두들 멍하니 입을 벌리고 바라보는 가운데 그는 방울을 울리면서 수레를 끌고 당당하게 주위를 노려보며 걸어나갔다.

# 검성劍聖 쇼군

고쇼에서 무도에 열중해 있는 쇼군 요시테루가, 오늘도 아침 일과로 삼는 칼 휘두르기 5백 번을 끝내고 벌거벗은 윗몸에 옷을 걸치고 있는 중이었다.

여기만은 과연 미요시 나가요시가 비호하고 있는 곳이라 궁궐이나 공경의 저택처럼 황폐한 모습은 아니었다.

객실 오른쪽에 마련된 도장은 아직 나무 향기가 새롭고, 쇼군의 좌우에 자리하고 있는 잇시키 아와지노카미―色淡路守, 우에노 효부노쇼유上野兵部少輔와 고이요노카미高伊豫守 등 측근의 다이묘를 비롯하여 고쇼인 하타케야마 구로畠山九郎, 오다테 이와치요大館岩千代와 셋쓰 이토마루攝津糸丸 등이 모두 화려하게 차려입고 쇼군의 능숙한 검술에 감탄하고 있었다.

물론 아시카가 바쿠후의 전성기에는 미치지 못했으나 아무튼 쇼군다운 체면과 위엄만은 유지하였다.

"놀라울 따름입니다."

잇시키 아와지노카미가 쇼군 앞에 머리를 조아렸다.

"과연 쓰카하라 보쿠덴 塚原卜傳과 고이즈미 이세노카미上泉伊勢守가 입을 모아 당대 최고의 검객이라고 칭찬한 검술, 그것을 직접 뵙고 넋을 잃었습니다."

이때 쇼군은 노부나가보다 두 살 아래인 스물다섯 살로, 당시 이 나이면 한창 때였다.

"아니, 아직 수련이 부족해. 검법의 길은 평생을 수련해도 터득할 수 없는 깊고도 오묘한 길인 듯하다."

요시테루는 땀을 닦으면서 말했다.

"다만 이렇게 전심전력으로 몰입하다보면 갖가지 상념을 잊어버릴 수 있다. 그러나 세상에서는 쇼군으로서 어울리지 않는 일을 한다는 소문이 나돌고 있다면서?"

"그렇지 않습니다. 모두 쇼군 님의 기량을 칭찬하고 있습니다. 쇼군 님이 사카모토에서 돌아오신 뒤부터는 교토에 도적이 줄었다며 기뻐하고 있습니다."

"으음. 그런데 이번에 상경한 오다 가즈사노스케는 어떤 인물인가?"

"지금 시중에 그에 대한 소문이 자자합니다. 어쨌든 이마가와 지부다유와 같은 강자를 토벌한 정도의 무장, 반드시 쇼군 님의 힘이 되어드릴 것이라 생각합니다."

"나도 그렇게 되기를 바라고 있네. 누가 무어라 해도 나에게는 지금 훌륭한 가신이……"

말하다 말고 잠시 머뭇거렸다.

"아니, 그대들을 탓하는 것은 아니야. 그대들만으로는 미요시 일

당의 횡포를 막을 수 없다는 의미일세."

"그 점은 저희들도 잘 알고 있습니다마는."

"이따금 상경하여 나를 찾아오는 자가 있기는 하나 그 자들은 내게 충성을 바치기 위해서가 아니야. 모두 자신의 야망을 위해서일 뿐이지. 오다 가즈사노스케는 아직 젊다는 말을 들었어. 내 힘이 되어주었으면 좋겠는데……"

"드릴 말씀이 있습니다."

이런 말을 하고 있을 때, 황급히 도장으로 뛰어들어 요시테루 앞에 엎드린 사람은 측근인 유키 슈젠노쇼結城主膳正였다.

"슈젠, 무슨 일인가?"

"지금 고쇼의 정문 앞에 이상하게 차려입은 괴한 네 명이 나타나 안을 기웃거린다는 보고가 있기에 제가 나가 보았더니 정문 앞에 수많은 군중들이 몰려와 있었습니다."

"네 명의 괴한? 그런데 어째서 사람들이 몰려왔다는 말인가?"

"이 괴한들의 모습이 하도 기묘하기 때문입니다. 북쪽에서 교토로 들어온 자들이라고 하는데, 모두 가타기누는 입고 있었습니다마는 홍백색 헝겊을 칼에 감고 또 그 칼끝에 작은 바퀴를 달고는 유유히 대로를 활보하여 이리 끌고 왔다고 합니다. 그러므로 웬놈들이냐 이상하다, 미쳐버린 어릿광대가 아니냐고 하여 점점 구경꾼들이 늘어나고 있다고 합니다."

"그럼, 그 괴한들이 누구에게 위해라도 가했느냐?"

"그런 것이 아니라……"

유키 슈젠노쇼는 이맛살을 찌푸리며 말을 이었다.

"고쇼의 정문에서 기다리고 있다가 제가 나가자, 쇼군의 부하냐고 오만하게 물었습니다."

"당연한 질문이 아니겠느냐. 탓할 일이 아니야."

"예, 그 정도라면 상관없습니다. 그런데 다음에는, 부하라면 쇼군에게 안내하라는 것이 아니겠습니까."

"그것도 잘못은 아니야."

"예, 하지만…… 그 다음이 또 있습니다."

"무어라고 하더냐? 그대답지 않게 왜 이렇게 당황하느냐, 슈젠?"

"황송합니다. 그 자가 말한 대로 말씀드리겠습니다. 그 자가 말하기를, 쇼군과는 내일 만나기로 했으나 내일은 비가 올 것 같아 오늘로 앞당겼다, 대관절 교토 거리는 어쩌다가 이다지도 황폐해지고 시체 썩는 냄새가 코를 찌르느냐, 쇼군은 도대체 무얼 하고 있느냐…… 그 자가 말한 대로 말씀드립니다…… 칼이나 휘두르며 연습할 것이 아니라 우선 교토의 길부터 정리하고 시체 썩는 냄새를 제거하라. 이렇게 말하는 나는 '가즈사다, 가즈사다'라고 말했습니다."

"뭐, 가즈사라고?"

"가즈사라는 관명官名만으로는 안내할 수 없다, 요즘에는 관명을 사칭하는 자가 많아 허락도 없이 태수太守 운운하는 경우가 허다하다, 정확한 관명과 성명을 대라고 말하자 그는 큰 소리로 일갈하였습니다. 천치 같은 놈아! 누가 그런 혼란을 자초했느냐, 모두 쇼군이 무력하기 때문이라고 생각지 않느냐! 가즈사라고만 해도 쇼군은 알 것이다, 안내할 수 없다면 못하겠다고 분명히 말하라…… 라고."

쇼군 요시테루는 여기까지 듣자 미소를 떠올렸다.

"하하하, 그대는 무척 화가 나는 모양이군. 아마도 그 일갈로 시민들은 그대를 비웃었을 테지. 좋아, 알겠네. 그는 오다 가즈사노스케가 분명해. 안내하여 접견실에서 잠시 기다리라고 하라."

이렇게 말하고 여위기는 했으나 일본에서 제일가는 검객인 아시카가 요시테루는 벌떡 일어나 자못 우습다는 듯이 큰 소리로 웃었다.

"으음, 가즈사 녀석은 나에게까지 기습을 가하는군. 그러나 나는 지부다유가 아니야. 그리고 여기는 덴가쿠 골짜기가 아니라 교토 한가운데야. 재미있는 녀석이로군, 하하하하……"

# 용호의 대결

한쪽은 담력과 지략 그리고 진퇴進退가 모두 상상을 초월하는 혁명아 노부나가. 다른 한쪽은 겉으로 보기에는 허약한 듯하지만 야마시로, 셋쓰, 가와치와 이즈미, 아와지, 아와와 야마토 등 일곱 개 지역의 태수인 미요시 나가요시와 그 가신인 마쓰나가 단조 히사히데가 '고집불통' 이라 부르는 검성劍聖이었다.

그런 만큼 '납시오!' 라는 소리가 들리고 요시테루가 한 단 높은 상좌에 와서 앉을 때까지 접견실의 공기는 살기 이상의 긴장이 감돌았다.

양쪽에 자리잡은 잇시키 아와지노카미, 잇시키 마타사부로 아키나리又三郎秋成, 고 이요노카미와 히코베 우타노카미彦部雅樂頭, 다카키 우콘노다유高木右近大夫, 신도 미마사카進藤美作, 그리고 신도 야마시로노카미山城守와 마쓰나가 도노모노스케主殿助 등은 모두 고집불통인 쇼군의 면모를 너무도 잘 알고 있는 사람들이었다.

어쨌든 혹독하게 훈련시키는 데에는 고금을 통해 그 유례가 없다는 쓰카라 보쿠덴이 사정없이 길들였는데도 단 한차례도 비명을 지르지 않은 요시테루였다.

바로 이러한 요시테루가 유키 슈젠노쇼의 말을 듣고 자기는 이마가와 요시모토가 아니라고 웃으면서 나온 것이다.

그리고 여기 있는 사람 모두가 처음 보는 오다 가즈사노스케 노부나가에게서도 소름끼치는 분위기가 감돌았다.

이 두 사람의 눈길이 허공에서 탁 마주쳤을 때 사람들은 그만 저도 모르게 오싹한 한기를 느꼈다.

3초, 5초, 7초, 양쪽 모두 입을 열지 않고 시선도 돌리지 않는다. 처음부터 쌍방이 서로 상대의 기력을 시험하고자 칼을 겨루고 대치하는 느낌이었다.

"그대가 오다 가즈사인가?"

노부나가가 미동도 하지 않고 요시테루를 응시하고 있기 때문에 요시테루가 먼저 말을 걸었다.

"상경한다는 말을 들었기에 기다리고 있었다. 이리 가까이 오라."

"문전을 시끄럽게 만들었소이다."

"아, 그것 말인데, 칼에 바퀴를 달고 왔다면서?"

"그렇소. 교토는 치안이 어지럽다고 하기에 도적을 막으려고 그렇게 했소."

"가즈사는 도적이 무서운가?"

"쇼군은 자기가 강하면 백성들도 강한 줄 아시오?"

여기서 두 사람은 다시 침묵했다. 분명히 이것은 진검으로 승부하는 것 이상이었다.

한쪽에서는 상대를 세상 일에 어두운 애송이로 보았을 터이고, 다른 한쪽에서는 상대를 고작 오와리의 다이묘에 불과한 시골뜨기로 생각했음이 분명하다.

그리고 무엇보다도 비슷한 나이라는 점이 두 사람의 투지를 더욱 부추기는 듯했다.

"하하하하……"

별안간 요시테루가 웃기 시작했다. 그가 웃을 때는 분노가 가슴에서 폭발할 때라는 것을 알고 있기 때문에 사람들은 또다시 온몸이 굳어졌다.

"왓핫핫하……"

이번에는 노부나가가 웃었다. 호탕하기 짝이 없는 그 웃음소리가 천장에 부딪쳤다가 되돌아왔다.

"하하하하……"

"왓핫핫하……"

사람들은 그만 숨을 죽였다.

'무엇 때문에 두 사람은 서로 웃는 것일까?'

웃음과 웃음의 대결이 도대체 어떤 의미를 갖고 있으며 또 어떤 결과를 가져올 것인가.

"하하하하, 재미있군, 가즈사."

"왓핫핫하, 그렇군요."

"가즈사."

"왜 그러시오?"

"나는 그대가 마음에 들었어! 그대는 이 요시테루에게 무언가 하고 싶은 말이 있을 테지. 사양할 것 없어. 여기 있는 자들은 모두 나와는 일심동체, 허심탄회하게 말하도록."

요시테루가 이렇게 말하자 노부나가도 빙긋 웃고 고개를 끄덕였다.

'평범한 그릇이 아니다……'

이렇게 생각했다는 것이 그의 미소에서 느껴졌다.

그러나 사람들은 아직도 긴장한 채로 있었다. 그들은 이 용과 호랑이의 마음을 전혀 읽을 수 없었기 때문이다.

"쇼군은 일대일의 검술로는 이 노부나가보다 강한 분이라는 것을 알았소."

"그러나 군사를 거느린 싸움이라면 그대가 훨씬 강하리라는 것을 나도 알았네."

"그렇다면 더 이상 말할 필요 없소. 우리 오와리에는 쇼군에게 자랑할 만한 점이 세 가지 있소이다."

"허어, 그 하나는?"

"도적이 없다는 것, 아니 적어졌다는 것이오. 그러므로 문을 잠그지 않고도 잘 수 있다는 점이오."

"으음, 두번째는?"

"도로가 잘 정비되고 검문을 위한 관문이 하나도 없소."

"그럼, 세번째는?"

요시테루는 재촉하듯 약간 몸을 앞으로 내밀었다.

"길거리에서 시체 썩은 냄새가 나지 않소."

노부나가는 내뱉듯이 말하고 가슴을 젖혔다.

"으음, 그럼 나도 그대에게 자랑할 점을 말해볼까?"

"굳이 들을 필요도 없죠. 지나칠 만큼 잘 알고 있으니까."

노부나가는 여기서 또 빙긋이 웃으며 말했다.

"이 노부나가는 쇼군의 신상이 걱정됩니다."

"아니, 이 요시테루의 신상이?"

"그렇소이다."

배석한 사람들은 귀에 신경을 집중시킨 채 숨을 죽이고 두 사람의 대화를 지켜보고 있다. 이해가 되기도 하고 그렇지 않은 점도 있었으나, 아무튼 두 사람이 여전히 기력을 다해 맞선다는 것만은 잘 알 수 있었다.

"내가 들을 테니 말해보라, 가즈사."

"이 노부나가가 만약 쇼군으로 태어났더라면 두 가지 일만은 벌써 깨끗이 처리했을 것이오. 첫째는 이 수도에서 시체의 냄새를 없애는 일, 또 하나는 궁전의 황폐화를 방치하지 않는 일이오. 이 두 가지가 해결되지 않는 한 쇼군의 자리는 위태로울 수밖에 없소."

요시테루는 이 말을 듣자 비로소 안도했다는 듯이 어깨로 숨을 쉬었다.

'어쩌면 이렇게도 당당하게 말하다니.'

이러한 놀라움 속에서도 요시테루는 격한 감정을 억제할 수 있을 정도의 도량은 가지고 있었다.

"으음, 그 두 가지 모두 나로서는 감당하기 어려운 일인데, 그렇다면 나는 위태로워질 것이라는 말인가?"

"그렇소이다. 이 말은 바꾸어 말하면 쇼군이기는 하나 쇼군의 구실을 못하고 있다는 증거, 무력하게 자리만 지키고 앉아 검도로써 세상을 잊으려 하는 것뿐이외다.

"말을 다했는가, 가즈사?"

"허심탄회하게…… 라고 한 분은 바로 쇼군이 아닙니까. 말에 가식이 있으면 쇼군의 호의를 저버리는 일이 됩니다. 쇼군은 이제 칼을 버리셔야 합니다."

"뭣이? 나의 유일한 즐거움을 버리라는 말인가, 가즈사?"

"버리지 않으면 머지않아 하극상의 검난劍難을 만날 것이외다."

"내가 검난을?"

"그렇소이다."

노부나가는 천천히 고개를 끄덕였다.

아마 이 무렵부터 노부나가는 공격, 요시테루는 방어라는 식으로 양자간에 기백의 차이가 나타나기 시작했다.

노부나가의 표정이 차차 연민으로 바뀌어가고 있음이 그 사실을 잘 말해주었다.

"가령 이 노부나가가 쇼군의 지위와 권력을 노리고 있다면 우선은 쇼군을 비호할 것이오."

요시테루는 참다못해 시선을 돌렸다. 지금 그에게 있어서는 비호라는 말처럼 가장 처량하고 가장 뼈아픈 것은 다시 없었다.

"그리고 쇼군이 어리석다면 그냥 비호를 계속하면서 실권만은 항상 이 노부나가가 손에 쥐고 있을 것이오. 이렇게 될 경우 쇼군은 허울 좋은 허수아비일 뿐이오."

"……"

"그러나 쇼군이 어리석지 않음을 알게 되면 생각이 달라질 수밖에 없소. 점점 더 검술이 향상되어, 만일에라도 이 사람의 야심을 간파하고 주벌의 검을 휘두를 우려가 있다고 여겨지면 이 노부나가는 당장 사카이로 달려갈 것이오."

사카이라는 말에 사람들은 저도 모르게 서로 얼굴을 마주보았다. 그것은 쇼군 요시테루의 비호자인 동시에 감시자이기도 한 미요시 나가요시가 현재 사카이에 살고 있기 때문이다.

요시테루는 시선을 돌린 채 아무 대답도 하지 않았으나, 아마 그 역시 마음의 귀를 기울이고 있었을 것이다.

"거기서 총포 4백 자루만 입수하면 이미 쇼군의 검술 따위는 어린

아이 장난에 불과하게 됩니다. 이 고쇼를 에워싸고 토담 위에서 4백
자루의 총포가 불을 뿜게 되면, 쇼군의 검술도 생명도 지위도 단숨에
사라져버릴 것이오. 이 노부나가라면 그렇게 하겠소."

"가즈사!"

"아시겠소? 이것이 가즈사가 가져온 선물의 하나, 또 하나의 선물
을 피력한 뒤 물러가리다."

"뭣이, 또 하나의 선물?"

"그렇소. 이것은 구미에 당기는 일일 테니 나중에 천천히 맛보도
록 하시오. 이 가즈사는 벌써 사람을 보내 사카이에서 철포를 구입하
는 중이오. 그러므로 당분간…… 하하하하…… 사카이에서는 철포
를 사들일 수 없을 것이오. 이것이 두번째 선물. 쇼군이 기꺼이 받으
시면 언젠가 다시 만납시다. 그럼……"

"아."

노부나가가 벌떡 일어나는 순간처럼 요시테루의 얼굴이 창백해 보
인 적은 없었다. 이런 대담만으로 돌려보낼 생각은 없고, 상을 차려
오게 하여 천천히 잔을 나누면서 자기편으로 끌어들일 속셈이었다.

"누군가 가즈사를……"

요시테루가 말했다.

"돌려보내지 마라, 가즈사를……"

"예."

이 말에 대답하며 네 사람이 동시에 얼른 일어났다.

요시테루가 직접 칼을 들고 가르쳐 검술의 비법을 전수한 하타케
야마 구로와 오다테 이와치요, 그리고 아리마 겐지로有馬源次郎, 히
코베 우타노카미의 동생 마고시로孫四郎가 그들이었다.

이들은 요시테루의 말을 노부나가를 살려 돌려보내지 말라는 뜻으

로 착각했다.

네 사람은 접견실에서 나와 미리 약속이라도 한 듯이 일제히 가타기누를 벗어던지고 칼을 든 채 화살처럼 복도로 달려나갔다.

혹시 그들은 노부나가가 철포를 사들였다고 한 말을 요시테루를 치기 위한 것이라고 잘못 생각했는지도 모른다.

"주군의 명령이다."

"실수가 있어서는 안 된다."

칼을 맡기고 왔던 노부나가가 뒤에서 고함이 들려왔다.

"섯거라."

"명령이다!"

일제히 칼을 빼들고 덤볐다.

# 상통하는 마음

"이 못난 놈들아!"

노부나가의 호령은 10리 사방에까지 울려 퍼진다.

맨 먼저 덤벼든 하타케야마 구로의 전광석화와 같은 공격을 노부나가는 피한 것이 아니라 한 걸음 앞으로 나가 몸으로 받았다. 이 방어 방법이야말로 노부가가가 아니면 할 수 없는, 활로活路를 여는 특유의 비법이었다. 상대는 검성이라 일컫는 요시테루에게 직접 가르침을 받은 사천왕四天王의 한 사람. 만일에 노부나가가 한 걸음 물러서거나 좌우로 피했다면 번개 같은 칼끝은 틀림없이 노부나가의 피부를 뚫고 살에 파고들었을 것이다.

그러나 노부나가는 이 칼의 기점基点을 향해 온몸으로 힘껏 부딪쳤다.

"아……"

칼은 헛되이 허공을 가르고, 3간 정도나 날아간 하타케야마 구로의 몸은 그대로 복도에 나가떨어졌다.

그리고 이 순간 집이 떠나갈 듯이 노부나가가 일갈했던 것이다. 멀리 대기실에서 기다리고 있던 노부나가의 가신들도 물론 이 소리를 들었다.

"이크, 큰일났다!"

분명 벌떡 일어났을 것이고, 복도 끝 접견실에서 나오려던 요시테루의 귀에도 들리지 않았을 리 없다.

"조심해라, 적은 강하다!"

"무례하다, 오다 가즈사 놈아……"

하타케야마 구로가 나가떨어진 모습을 보고 계속해서 대들려던 히코베 마고히로와 오다테 이와치요가 한 걸음 물러서서 공격 자세를 취했을 때,

"무슨 짓이냐!"

이번 목소리는 공격하려던 자들의 뒤에서 들렸다. 이것 역시 보통 큰 소리가 아니다. 노부나가의 호령이 우레와 같다면 이 소리는 총탄이 허공을 가르는 듯한 날카로운 소리와 비슷하다.

"무슨 짓이냐, 기다려라!"

"앗, 쇼군님이시다."

멈칫하는 동안 요시테루가 급히 달려왔다.

"너희들은 어쩌면 이토록 어리석단 말이냐. 내가 가즈사를 돌려보내지 말라고 한 것은 한잔 나누고 헤어질 뜻이었음을 깨닫지 못했느냐. 그 준비는 이미 지시해놓았다. 무례를 사과하고 정중히 안내하거라."

우선 근시들을 꾸짖고 나서 요시테루는 노부나가를 향해 목례를 했다.

"용서하시오, 가즈사 님. 또 한 번 웃음을 살 실수를 하고 말았소. 이 모든 일은 나의 덕이 부족한 탓이오."

"핫핫핫하. 더구나 위험할 뻔했군요."

노부나가도 비로소 쏘는 듯한 맹호의 눈을 부드럽게 바꾸고 목례를 교환했다.

"이 일이 오다 가즈사였기에 쇼군의 마음을 이해할 수 있었지만, 만약 미요시 나가요시의 무리였다면 어떻게 되었겠소? 일부러 4백 자루의 총포를 자신에게 돌리게 하는 원인이 되었을 것이오."

요시테루에게 있어 이처럼 마음에 와 닿는 직언은 없었다. 그 자신은 검술에 몰두함으로써 불만을 잊으려 하였으나 가신들은 그 반대로 커가고 있다. 검술에 자신이 있기 때문에 도리어 적을 찾게 되어 상대를 공포에 몰아넣는 것이다.

"사과하리다, 가즈사……"

요시테루는 솔직하게 말했다.

"그대의 선물이 마음에 들었소."

"핫핫핫하, 그렇게 말씀하시는 이상 노부나가도 이대로 물러갈 수는 없군요."

"다시 돌아와 한잔 받아주겠소?"

"값비싼 술이기는 하지만……"

노부나가는 조용히 하카마袴°의 주름을 펴고,

"쇼군의 솔직한 뜻 앞에는 거절하기가 어렵군요."

"그럼, 가즈사……"

"다시 돌아가 잔을 받도록 하지요."

이렇게 대답하고 요시테루를 따라 다시 방으로 들어가면서, 그 자리에 얼굴을 붉히고 엎드려 있는 하타케야마 구로에게 말했다.

"이 가즈사의 부하에게 그대가 가서 사정을 설명하라. 아까 그 소리를 듣고 흥분하기라도 하면 4백 자루의 총포가 재빨리 들이닥칠지도 모르니까."

# 칼집의 명인, 신자에몬

여기는 사카이의 중심가로부터 약간 북쪽으로 떨어진 유야湯屋 거리에 있는 나야 쇼자에몬納屋庄左衛門이 새로 지은 집이다.

안뜰에는 지금 일본에서는 좀처럼 찾아보기 힘든 빈랑수檳榔樹와 용설란 그리고 소철이 돌과 잔디와 흰 모래로 꾸민 특이한 정원에 심어져 있었다. 또 정원수 밑에서는 하얀 꿩을 닮은 거대한 새 두 마리가 유유히 걸어다니고 있다.

"나는 저 새가 봉황인 줄만 알았는데 공작이란 말이지?"

문 하나만이 유리로 된 별채에서 이따금 유리에 이마를 대고 밖을 내다보며 묻는 사람은 노부나가에게서 먼저 사카이에 가서 가능한 한 많은 철포를 구입하라는 명을 받은 기노시타 도키치로였다.

"예. 바로 저것이 공작입니다. 공작에도 여러 가지 종류가 있지요. 저것은 희기 때문에 백공작 그리고 일곱 가지 무지개 빛깔을 그대로 깃털에 지니고 있는 것이 무지개공작입니다. 이놈은 머리에서 꼬리까지 길이가 서른 자나 되지요."

"뭣이, 서른 자?"

"예. 절대로 허풍이 아닙니다. 정말입니다."

"알다가도 모를 일이로군. 서른 자나 되는 공작이 있다니 아무래도 과장하는 것 같아."

도키치로가 짐짓 시치미를 떼고 물었다.

"도키치로 님이야말로 과장이 지나칩니다. 다섯 자도 안 되는 키인데도 도(도는 10과 음이 같음)라는 이름을 쓰시니 말입니다."

상대는 나게즈킨投頭巾을 비스듬하게 젖혀 쓰며 말했다.

"허허허, 능청맞다는 말은 바로 그대를 두고 하는 소리인 듯하군. 그럼, 서른 자라는 공작의 길이는 반으로 줄여 열 다섯 자라고 생각하면 되겠군."

"아니, 솔직히 말하면 열 다섯 자도 안 될지 모릅니다. 새 이름 역시 구자쿠(일본어로 공작을 구자쿠라고 하며 아홉 자라는 말과 음이 같음)니까요."

"정말 엉터리로군. 나는 이제 자네 말을 믿지 않겠어. 그대가 만든 칼집도 사지 않겠어."

"그건 잔인한 일입니다. 그렇게 되면 이 사카이에서 명성을 떨치고 있는 칼집 세공의 명인 소로리 신자에몬新左衛門을 단순한 안내인으로 만든 것이 됩니다."

"하지만 자네는 거짓말이 너무 심해. 자네는 칼집 세공의 명인이어서 소로리 소로리(술술이라는 일본어) 소리도 없이 칼이 빠지는 칼집을 만든다고 해서 소로리 신자에몬이라 부른다면서?"

"바로 그렇습니다마는……"

"그 신자에몬이 유곽에 안내하겠다고 하고는 거짓말, 총포상에 데려가겠다고 하고는 이번에도 거짓말, 긴자銀座에 가면 은전이 물 흐르듯이 만들어진다고 하기에 하카마를 쳐들고 따라갔어. 그런데 조제常是가 만드는 은전이라고는 우리 마을의 참새가 풍년에 배불리 먹고 설사가 나서 눈 똥의 10분의 1도 안 되는 양이었어. 그러니 믿음이 갈 리가 없지. 술술 잘 빠지는 자네의 칼집이란 것도 내가 보기에는 적의 칼에 맞아 죽어서 삼도내에 갔을 때쯤이나 빠질 듯하군. 그런 소로리가 만든 칼집을 내가 왜 산다는 말인가."

"으음."

소로리 신자에몬은 자못 감탄했다는 듯한 표정을 지었다.

"말솜씨가 대단하십니다. 좀더 지혜가 있었다면 그 이야기가 더욱 재미있었을 텐데요. 그러나 지혜가 없는 사람이 억지로 하는 말에는 독이 있어 안 됩니다. 어떻습니까, 기노시타 님. 이쯤에서 해독의 묘약을 꺼내심이?"

"뭐, 해독의 묘약?"

"예, 저는 기노시타 님의 독기 때문에 머리가 어지럽습니다."

"무슨 소리를 하는 거야. 그것은 도리어 내가 할 말이야. 그리고 이 기노시타 도키치로는 약장수가 아니야."

"그럼, 이 신자에몬을 모른 체하시겠습니까? 인정도 없는 분이군요. 좋습니다, 저도 여기서 실례하렵니다."

"잠깐, 신자에몬."

"붙드는 것을 보니 해독제를 내놓으실 모양이군요."

"그래, 내놓겠어. 이것은 해독의 묘약일 뿐만 아니라 세상의 모든 일에 대해 지껄이고 싶어지는 묘약이야. 그러므로 이 약을 복용한 뒤 있는 소리 없는 소리 모두 털어놓도록 하게. 물론 대부분이 거짓말이기는 하겠지만."

이렇게 말하고 도키치로는 품속에서 오륙십 돈은 됨 직한 금을 꺼내 신자에몬 앞에 놓았다.

칼집 만드는 장인인 신자에몬은 소로리라는 별명을 가진 사카이의 명물이다.

"허어."

신자에몬은 그 황금을 손에 들고 바라보았다.

"이것은 과연 훌륭한 해독약이군요. 그런데 이 약을 한입에 삼키려면…… 아아, 알겠어! 이것은 기노시타 님의 약이 아니군요?"

"어째서 그렇게 생각하나?"

"그야 뻔하죠. 자기 것이 아니라고 이렇게 마구 선심을 쓰면 안 됩니다. 나는 사카이 거리를 자세히 안내하기는 했으나 이렇게 많은 해독약을 먹게 될 줄은 몰랐어요. 이 약을 다른 약으로 바꿔주시오. 3분의 1 정도면 충분하니까요."

"핫핫핫하……"

도키치로는 유쾌한 듯 큰 소리로 웃었다.

"소로리, 자네는 또 거짓말을 했군."

"거짓말이라니, 저는 아직 태어난 이후……"

"태어난 이후 한 번도 진실은 말하지 않았겠지. 잘 알고 있어, 내 눈은 장님 눈이 아니야. 자네는 이 사카이의 첩자야. 물건을 사러 이 고장에 찾아오는 상인들의 인물 됨됨이와 가진 돈, 구입하는 품목이나 무기의 용도 등을 조사하면 천하의 움직임도 잘 알 수 있고 이 고장의 자위책自衛策도 세우면 큰 돈벌이가 될 것이므로 첩자를 고용해서 헛소리를 하는 체하며 정보를 수집하는 거야. 어때, 내 말이 틀렸나, 이 지혜가 모자라는 사나이의 예상이?"

도키치로는 짓궂게 실눈을 뜨고 히죽 웃었다.

"아, 이거 정말 놀랐습니다!"

소로리 신자에몬은 설레설레 고개를 흔들고 황금을 이마에 갖다댔
다.

"이것을 고맙게 여겨 품속에 넣고 싶지만……"

"또 한 가지 마음에 걸리는 것이 있다는 말일 테지?"

"바로 그것입니다. 기노시타 님은 허풍쟁이이므로 앞으로 천하를
손에 넣으면 이 신자에몬을 측근에 두고 말동무로 삼겠다고 하실 테
지만, 사카이 사람들은 의심하는 눈으로 보고 있어요. 별로 부자같이
보이지 않는데도 너무 많은 돈을 가지고 있다, 혹시 어느 집 금고를
몽땅 들고 나온 사람이 아닌가 하고. 그리고 함께 온 무사의 인상 또
한 너무 험상궂어 아무리 보아도 산적의 두목 같아요…… 이것은 내
가 하는 말이 아니라 말하기 좋아하는 사카이의 참새들이 조잘거리
는 소리입니다."

산적의 두목이라고 한 것은 지금 에비스지마戎島 부근에 머물고
있는 하치스카 고로쿠를 가리키는 말이었다.

"염려할 것 없네."

도키치로가 말했다.

"나도 지껄이기를 좋아하니까 모두 털어놓겠네. 나는 자네를 데리
고 어느 상점을 찾아가도 모두 철포가 매진되었다는 말만 들었어. 그
래서 화가 치밀기에 주인의 이름도 말하지 않았는데, 실은 말이지,
나는 오와리의 영주 오다 가즈사노스케의 주방을 책임지고 있는 사
람일세."

"뭐라고요! 이마가와 요시모토를 토벌한 오다 노부나가의?"

"대장의 이름만은 알고 있었군."

"이거 큰일났군. 엉뚱한 사람과 알게 되어서. 그럼, 댁이 오와리의

그 멍청이 밑에서 일하는 부하라는 말인가요?"

"멍청이란 것까지 알고 있다니 재미있군. 사카이에서는 그 멍청이가 어떻게 이마가와 요시모토를 토벌했을 것이라고 생각하나?"

"재수가 좋다는 말이 있죠. 이마가와 요시모토는 운이 나빴던 것뿐이라며 모두 동정하고 있지요."

"소로리!"

"아니, 왜 그렇게 무서운 눈으로 노려보시는 겁니까?"

"내가 노부나가 님의 부하라고 했더니 악담을 늘어놓는군."

"아, 이거 실례했습니다."

"다른 사람이라면 용서하지 않았을 거야. 그러나 자네는 쓸모가 있어. 내가 천하를 손에 넣으면 말동무로 삼겠다고 약속한 사이이므로 이번만은 용서하겠어. 자, 어서 그 해독약을 품안에 넣게."

그러자 소로리 신자에몬은 지금까지와는 달리 진지한 표정으로 고개를 갸웃하고 도키치로를 바라보았다.

도키치로의 말대로 신자에몬은 사카이 거리에서 표면적으로는 칼집을 만드는 기술자이고 또 유곽에서부터 스미요시住吉 신사의 안내에 이르기까지 잡다한 일을 하고 있으나, 실은 웬만한 무사나 주닌十人°도 함부로 대하지 못하는 두둑한 뱃심과 재능과 학문을 지니고 있어 이 거리의 세력가나 다름없었다.

와카和歌와 하이쿠俳句°에 조예가 깊고 다도茶道와 좌선에도 일가견이 있다. 그림을 그리고 도자기도 굽는가 하면 이마요今樣°도 부르고 우타이謠°와 교겐狂言°에도 손을 대고 있다.

이러한 재능을 능청스런 행동 뒤에 숨기고 있다가 여러 지방의 다이묘들이 물건을 구입하러 오면 이들을 안내하면서 상대의 됨됨이를 저울질하는 짓궂은 존재였다.

그런데 이러한 신자에몬의 정체를 도키치로는 진작에 간파한 모양이다. 이것이 신자에몬으로서는 여간 떨떠름하지 않았다.

신자에몬은 잠시 동안 진지한 표정으로 상대를 바라보다가 이윽고 황금을 공손히 품속에 넣었다.

"이제야 안 모양이군, 신자에몬."

"아니, 뇌물에 손을 든 것이지요. 가난하다는 것은 괴로운 일이거든요."

"또 거짓말을 하는군. 자네의 창고에는 금과 은이 가득할 거야."

"금은과 이 해독약은 다릅니다. 과연 이 해독약은 잘 듣는 약이군요. 벌써 말이 하고 싶어 입이 근질근질합니다. 우선 무슨 말부터 할까요?"

"내가 철포를 사러 가는 곳마다 없다고 하는데 그 이유부터 말하게."

"아, 그 이유라면 간단합니다. 이곳에 저택을 가지고 있는 미요시 나가요시가 당분간은 철포를 외부에 팔지 말라고 명했기 때문이죠."

"뭐, 미요시 나가요시가? 무엇 때문일까, 자기가 모두 필요해서인가?"

"원 이런."

신자에몬은 다시 남을 깔보는 듯한 어릿광대의 표정으로 돌아왔다.

"머지않아 천하를 손에 넣겠다는 분이 어째서 간이 배지 않은 배추 같은 말씀을 하는지 모르겠군요. 자기가 사지도 않을 물건이라면 팔지 말라고 할 리가 없지요. 전부 다 사도 모자란다고 생각했기에 팔지 말라는 포고를 내린 거예요. 그리고 포고를 내린 건 철포를 사용할 데가 있기 때문이지요."

"아, 내가 잘못 물었군. 내가 궁금한 것은 그 총포의 용도네."

"이왕 입을 연 김에 모두 말해드리죠. 그 용도는 두 가지예요."

"하나는 쇼군 요시테루를 해치우려는 준비를 위해서일 테지."

"궁할 때는 취미도 쓸모가 있다는 속담이 있지만, 풍류가 몸을 망치다는 속담도 있죠."

"쇼군은 지나칠 정도로 검술에 몰두해 있다, 만약 강한 자들을 측근에 모아놓고 주종主從의 의리를 지키라고 한다면 큰일이다, 그래서 이쪽에서 쇼군의 고쇼를 습격하려 해도 상대는 검술의 달인이므로 용이치 않다, 따라서 이쪽에서는 총포로……"

"잠깐!"

소로리 신자에몬은 다시 진지한 표정으로 돌아왔다.

"과연 오와리의 멍청이를 섬기는 분답군요. 그렇게 손바닥을 들여다보듯이 알고 있으니 나는 더 말할 것이 없어요."

"소로리!"

"왜 그러십니까?"

"이야기는 지금부터야. 도망치면 용서하지 않겠어. 자네는 조금전에 용도가 두 가지라고 했어."

"예, 그런데요?"

"나머지 하나는 내게 말하지 않았어. 그것을 말한 뒤 어떻게 하면 총포를 살 수 있을지 그 방법을 말하지 않으면……"

"죽일 생각인가요, 기노시타 님?"

"핫핫하, 천만의 말씀! 자네 같은 어릿광대는 살려두어야 도움이 되니까. 세상에는 똑똑하고 근엄한 자들이 너무 많기 때문에 재미가 없어. 오와리의 큰 멍청이와 나 그리고 자네, 이렇게 어릿광대들이 손을 잡는다면 모두가 웃을 테니 이것만으로도 세상은 밝아질 거야."

그러자 신자에몬은 다시 표정을 누그러뜨리고 크게 한숨을 쉬었다.

"아무래도 나는 못된 사람을 만난 것 같아요!"

"또 그런 소리를 하느냐, 이 허풍쟁이야!"

"예, 말하지요, 말하고말고요. 세상에는 바보만큼 무서운 것도 없다는 속담이 있죠."

"그래, 바보는 천하의 보배야."

"또 하나는 미요시가 미노의 살무사의 아들 요시타쓰에게 부탁을 받았기 때문이죠."

"뭣이, 미노의 사이토 요시타쓰에게?"

"그래요. 요시타쓰는 이웃에 있는 누군가를 노리고 있죠. 그래서 많은 철포가 필요한 거예요. 한편 미요시 나가요시는 일단 은혜를 베풀다가 기회를 보아 자신이 오미로 쳐들어갈 생각을 갖고 있거든요. 그럴 속셈으로 철포를 팔지 말라는 포고를 내렸기 때문에 아무리 도키치로 님이 몸이 달아 사려고 해도 팔 수가 없죠. 아, 피곤하군, 내가 너무 지껄였나봐요."

"무엇이 어째!"

신자에몬의 말을 듣는 동안 도키치로의 눈은 점점 더 빛나고, 신자에몬이 말을 끝냈을 때는 얼굴의 근육이 꿈틀꿈틀 떨리기 시작했다.

당연한 일이었다. 그 거친 성격의 노부나가가 곧 사카이에 나타날 텐데도 도키치로는 아직 철포 한 자루도 손에 넣지 못했다.

"원숭이! 이 거리를 불태워라."

울분이 폭발한다면 이 정도의 명령은 쉽사리 내릴 노부나가였다. 그 분노한 얼굴이 뇌리에 떠오른다. 더구나 지금 사카이에 있는 총포는 노부나가를 공격하기 위해 미노에 팔려갈 약속이 되어 있다고 하지 않는가.

"소로리!"

도키치로는 또다시 무서운 소리로 신자에몬을 불렀다.

# 아란의 피리

"왜요?"

신자에몬은 능청스런 표정을 지었다.

"너무 큰 소리로 말하면 이 집 아가씨가 깜짝 놀랄 텐데요."

그러면서 정원 한 모서리를 가리키면서 피식 웃었다.

"아가씨 따위는 상관없어. 나는……"

"철포가 문제라는 말이군요. 한 자루도 사지 못했으니까. 그러나 이 사카이에 저택을 가지고 있는 미요시 나가요시는 야마시로, 야마토, 셋쓰, 가와치, 이즈미, 아와지, 아와 영지의 태수라는 것을 알아야 해요."

이러한 사람의 명령을 함부로 어길 수 있겠느냐는 의미일 것이다.

신자에몬은 자기 뒤통수를 가볍게 때렸다.

"그보다도 저 아가씨를 좀 보세요. 지금 비둘기를 허공에 날리고 있는 중이거든요."

아닌 게 아니라 열여덟 살이 된 이 집의 딸 아란阿蘭이 정원 저쪽에 보이는 큰 소철 그늘의 새장에서 비둘기를 꺼내 그 다리에 무언가를 감아주고 있다.

"이 소로리가 기노시타 님을 이 집에 안내한 것은 아란 아가씨의 요청 때문이죠. 그 점도 감안하여…… 아, 첫번째 비둘기를 날려보냈군요. 저것은 기노시타 님을 환영하기 위해서랍니다."

"뭐, 나를 환영하기 위해서라고?"

"그래요. 두번째 비둘기가 날아가는군요. 아 세번째도……"

과연 유리창을 통해 내다보니 이 집의 딸이 잇따라 비둘기를 하늘로 날려보내고 있다.

날아간 비둘기는 별로 멀리 가지 않고 이 집 상공에서 열십자를 그리며 서로 어우러지고 있다.

그러자 뜻밖에도 하늘에서 묘한 가락의 피리 소리가 들려온다.

"아니, 저 소리는? 으음, 비둘기 다리에 묶어놓은 피리에서 나는 소리로군."

도키치로는 커다란 귀에 손을 대면서 저도 모르게 신자에몬을 바라보았다. 신자에몬은 시치미를 뗀 얼굴로 밖을 내다보았다.

네 마리, 다섯 마리, 여섯 마리…… 그녀가 계속 비둘기를 놓아주자 이번에는 피리 소리에 방울소리가 섞인 미묘한 가락이 하늘에서 집을 감쌌다.

여기에는 그만 도키치로도 놀라지 않을 수 없었던 모양이다.

"아, 흰공작까지 피리 소리에 귀를 기울이는군. 도대체 어떻게 된 것인가, 소로리?"

"어떻게 된 것이라니요. 아란 아가씨가 기노시타 님을 즐겁게 해드리려고 자기 장기인 극락주極樂奏를 시작한 거예요."

"극락주라니?"

"극락에서는 늘 이런 음악이 허공에서 들려온다는군요."

신자에몬은 이렇게 대답하고 별안간 목소리를 낮추었다.

"아란 아가씨를 이리 부르기로 하죠. 그녀는 이 집의 무남독녀, 멋지게 설득해보세요."

"뭣이, 설득?"

"왜 놀라는 겁니까? 이 집의 나야 님은 사카이의 자치단체인 주닌의 쟁쟁한 인물이랍니다."

이 말을 듣고 도키치로의 눈이 빛났다. 소로리 신자에몬이 무슨 생각을 하고 있는지 당장에는 알 수 없었기 때문이다.

집 주인인 나야 쇼자에몬이 일본에서 하나밖에 없는 자유도시인 사카이의 주닌에서 활약하고 있다는 것은 도키치로도 잘 알고 있었다. 주닌은 사카이의 정치를 책임지고 있는 최고 기관으로 여기 속한 사람들은 한 나라의 각료와도 같은 존재다.

그러나 이러한 사람의 무남독녀인 아란을 설득하라니 대관절 무슨 뜻일까? 아란을 설득하는 일과 철포 구입이 아무 관계도 없다면 소로리 신자에몬이 일부러 그런 묘한 말을 할 리 없다.

도키치로가 아란을 알게 된 것은 에비스지마의 선착장에서였다. 무로마치室町° 시대 중기부터 한 번도 불이 꺼지지 않았다는 등댓불을 바라보고 있을 때, 이 부근을 산책하다 술에 취한 선원에게 폭행을 당하려던 아란을 구해주었던 것이다.

도키치로가 하는 일이라 구해주는 방법도 특이했다.

"정부情夫로구나, 움직이지 마라!"

느닷없이 달려나와 그 사나이를 떼밀고 소리쳤다.

"뭐, 뭐, 정부라고?"

깜짝 놀라는 상대 앞에서 도키치로는 쑥 칼을 빼어들고는 그 사나이가 아닌 아란에게 들이댔다.

"이런 데서 남편의 얼굴을 더럽히다니 용서할 수 없다. 각오는 되었느냐!"

이렇게 되면 대부분의 상대는 영문을 몰라 깜짝 놀란다. 이 사나이 역시 혼비백산하여 달아났는데, 그때 아란은 얼굴이 빨개져 있었다.

'그렇다면 약간은 나에게 호감을 가졌던 것이 아닐까?'

물론 그때도 소로리 신자에몬은 안내인으로 도키치로와 같이 있었는데, 이 집에 오면 어느 정도 총포가 있을지 모른다며 넉살 좋게 말하기에 아란을 보내고 나서 이 집에 왔던 것이다.

그러나 철포는 없었고 다만 딸의 은인이므로 이렇게 이틀째 쇼자에몬의 집에 머물고 있다.

"소로리."

"저의 깊은 뜻을 아시겠습니까?"

"말하자면 사카이에 총포가 있기는 하다, 그러므로 아란을 유혹하여 쇼자에몬을 설득하게 만들라는 뜻인가?"

"그런 일을 하면서까지 손에 넣을 필요는 없다는 말입니까?"

"아니, 총포는 필요해. 무슨 짓을 해서라도 총포는 손에 넣어야 하는 거야."

"그렇다면 이리 부르기로 하죠. 부르기는 하겠으나 그 다음 일은 기노시타 님의 수완에 달렸어요."

"그러니까 총포가 있기는 있다는 말이지?"

"암요, 8백이나 1천 자루쯤은 있을 겁니다."

"자네 말에는 거짓말이 섞였을 테니 줄잡아 4,5백 자루는 있겠군. 좋아, 이리 부르게."

"알겠어요."

두 사람의 대화는 지나칠 만큼 손발이 잘 맞는다.

"이봐요 아란, 아란 아가씨. 아가씨가 자랑하는 그 극락주가 손님 마음에 꼭 드신 모양입니다. 고맙다는 인사를 드리겠다고 하니 이리 오세요."

소로리 신자에몬은 얼른 유리문을 열고 손에 입을 대고 큰 소리로 말했다.

"예, 곧 가겠어요."

아란은 날기에 지쳤을 비둘기를 위해 여기저기 콩을 뿌리고는 그 대로 정원을 가로질러 이쪽을 향해 달려왔다.

부유한 집안에서 귀엽게 자란 한창 나이의 아란. 이 도시에서만은 센고쿠戰國의 바람도 피해간다는 혜택받은 환경에서 자란 처녀라서 그런지 웬만한 다이묘의 딸보다 훨씬 더 싹싹하고 명랑했다.

"아저씨, 허공의 피리가 마음에 드셨나요?"

나막신을 벗고 올라오는 아란의 흰 종아리를 보고 도키치로는 움 찔하며 온몸이 굳어졌다.

# 거짓말 겨루기

남자끼리라면 뱃심이나 입담에서 결코 누구에게도 지지 않는 도키치로였으나 상대가 여자라면 문제가 약간 달라진다.

그러나 닥치는 대로 총포를 모두 사들이라는 명령을 받고 막대한 돈을 가지고 먼저 떠나왔던 도키치로가 아닌가. 한 자루도 구입하지 못하면 차라리 죽는 편이 나을 정도여서 도키치로는 그야말로 결사적이었다.

"그 허공의 음악, 정말 마음에 들었어요."

"약주를 가져올까요?"

가가加賀의 비단옷을 입은 아란은 옷소매를 무릎에 가지런히 모으며 고개를 갸웃했다.

"술은 필요치 않아요. 술은 필요 없으나, 이 기노시타 도키치로가 긴히 상의할 일이 있어요."

"어머, 그게 무엇인가요?"

"아가씨는 내가 출세하기를 바랍니까?"

"그야 물론, 하지만 틀림없이 출세하실 거예요."

"눈이 높군요."

옆에서 소로리 신자에몬이 애써 웃음을 참고 있다.

"나는 지금 가장 중요한 것은 일본의 전란을 가라앉히는 일이라고 생각합니다."

"저도 같은 생각이에요."

"그렇다면 이야기가 통하는군. 솔직히 말해서 미요시 나가요시 일당에게는 일본을 평정할 힘이 없어요."

"저도 그렇다고 생각해요. 그분은 현재 부하로 있는 마쓰나가 히사히데 같은 사람에게 제거될 것이라고."

"아니, 아가씨도 그렇게 생각한다는 말이오, 그 이유는?"

도키치로는 이 말에 깜짝 놀라 물었다.

"호호호, 마쓰나가 님은 항상 미요시 님에게 구입하는 총포의 수를 속이고 있어요. 백 자루를 사고는 쉰 자루밖에 사지 못했다고 하거나, 여든 자루를 사고는 서른 자루밖에 없다고 하면서 나머지는 자기가 어디로 숨기고 있어요. 이것은 마쓰나가 님에게 모반할 의사가 있다는 증거…… 사카이에서 살다보면 무장의 속셈을 훤히 들여다볼 수 있어요."

아란은 전혀 꾸밈이 없고 장난스럽기까지 한 표정을 지으며 대답했다.

"놀랍소, 아란 아가씨."

"예?"

"과연 내 아내가 될 만해요. 그야말로 천하제일의 아내가 될 것이오."

순간 아란은 깜짝 놀랐다. 그러나 도키치로는 보기 좋게 설득했다고 생각했는지 좁은 어깨를 잔뜩 펴면서 말했다.

"소로리와도 약속했죠. 내가 천하를 평정하거든 말동무의 한 사람으로 측근에 두겠다고. 그러나 천하를 손에 넣는 데도 순서가 있기 마련이거든요."

"그야 당연한 일이죠. 사람은 누구나 태어났을 때는 젖먹이니까요."

"옳은 말이오. 바로 그것이오!"

아란이 이번에는 목을 움츠리고 생긋 웃다 말고 얼른 진지한 얼굴로 돌아왔다.

"그런데, 상의하실 일이란?"

"다름이 아니라 현재까지 나는 아직 어느 영주의 부하에 지나지 않아요. 순서가 있으니까."

"따라서 출세는 이제부터라는 말이군요."

"그렇소. 때문에 어려울 때 도와줄 아내가 필요하단 말입니다. 그런 이치를 생각하고 나를 위해 힘이 되어주지 않겠소?"

"예, 그야 제가 할 수 있는 일이라면."

"암, 할 수 있는 일이죠. 미요시처럼 앞날이 뻔한 자에게 철포를 건넨다면 천하는 어지러워질 뿐입니다. 이 도키치로가 사도록 도와주시오. 천하를 평정하는 데 철포를 반드시 활용해 보일 테니까."

여기까지 말하자 아란이 별안간 눈을 빛내며 한 걸음 다가앉았다.

"도키치로 님."

"예."

"그렇다면 좋은 생각이 있어요."

"좋은 생각?"

262

"아버지에게는 이렇게 말하세요. 이것은 극비에 속하는 일이라고……"

"극비에 속하는 일?"

"예. 혹시 이 사카이에 공격해 들어올지 모르는 자가 있으므로 정신을 차려야 한다고 말이에요."

아란은 일부러 사방을 둘러보고 몸을 더욱 도키치로 앞으로 숙이면서 말했다.

"그게 사실이오, 아란?"

"이것이 바로 계략이에요. 철포가 미요시 님의 손에 들어가지 않고 도키치로 님의 손에 들어가기만 하면 되는 것 아닌가요?"

"바로 그렇소. 그렇다면 이 집에 총포가 있군요."

"아뇨."

아란은 고개를 내저었다.

"우리 집에는 없어요. 하지만 사카이에 천 자루는 틀림없이 있어요."

"역시 있군, 있었어!"

"그러므로 도키치로 님이 아버지를 교묘히 협박하기만 하면 아버지의 주선으로 철포가 도키치로 님의 손에 들어가게 될 거예요."

"으음, 그러니까 철포가 미요시의 손에 들어가면 그대로 사카이를 공격할 무기로 변할 것이라고 설득하면 된다는 말이죠?"

"그래요!"

아란은 큰 소리로 말하고 무릎을 쳤다.

"그렇게 하면 돼요. 제가 아버지를 모셔올 테니 곧 시험해보세요. 이 정도의 거짓말도 못한다면 천하를 손에 넣을 가망이 없죠. 그렇지 않은가요, 신자에몬 님?"

"나는 거짓말을 한 기억이 없는데. 거짓말쟁이 축에 끼기는 싫은걸."

신자에몬은 딴전을 부렸다.

"무슨 소리를 하는 거예요, 거짓말쟁이의 원조는 바로 신자에몬님이면서도…… 아, 모두 거짓말이란 말이죠? 과연 다시 봐야겠군요! 그럼, 아버지를 모셔오겠어요."

아란은 이렇게 말하고 재미있어 못 견디겠다는 듯이 얼른 일어나복도로 달려갔다.

"으음."

도키치로는 한숨을 쉬었다.

"사카이란 고장은 무서운 곳이로군. 처녀까지 거짓말의 사범이 되고 있다니."

"쉿, 이 집 주인이 옵니다. 거짓말이란 소리는 입 밖에도 내면 안 됩니다."

하늘에서는 여전히 비둘기가 연주하는 극락주 소리가 들려왔다.

# 철포 부대

"그런데, 주인어른."

도키치로는 나야 쇼자에몬을 향해 점잖게 입을 열었다.

"소로리 신자에몬 님, 아니 여기 계신 따님의 이야기를 들어보니 주인께서는 아무것도 모르시는 듯합니다. 머지않아 이 사카이에 큰 일이 일어날 것인데도 말입니다."

"손님, 무서운 말씀을 하시는군요. 대관절 무슨 일이 일어난다는 것입니까?"

"그럼, 주닌의 일을 보시는 주인께서 모르신다는 말씀입니까?"

"두 사람도 이야기를 들었나?"

마흔일고여덟 쯤 되어 보이는 살이 찌고 원만한 인상의 이 주인은 고개를 갸웃하면서 신자에몬과 딸을 돌아보고 물었다.

"예. 아니, 손님은 아버님에게 말씀드리겠다면서 중도에서 입을 다무셨습니다."

"허어, 점점 더 마음에 걸리는군. 기노시타 님, 도대체 어떤 일입니까?"

"전혀 모르고 계시다니 뜻밖입니다. 등잔 밑이 어둡다는 말이 사실인 것 같습니다."

"등잔 밑이?"

"그렇습니다. 주인 어른은 미요시 나가요시와 그 가신인 마쓰나가 히사히데의 사이가 원만하다고 보십니까?"

"그야 별로 원만한 사이는 아닙니다만. 원래 미요시 님은 주군의 영지를 횡령한 사람, 그러므로 내가 그 뒤를 잇는다 해도 나쁠 것이 없다…… 라고 마쓰나가 님이 어느 다인茶人에게 말한 적이 있다는 소문이 났을 정도이기 때문에……"

"바로 그것입니다."

도키치로는 저도 모르게 무릎을 쳤다.

"바로 그것이라니요?"

"그것이 그것이란 말입니다! 거기까지 아시면서 그 다음을 모르시다니 안타깝습니다."

옆에 있던 아란이 피식 웃다 말고 얼른 입술을 깨물었다.

거짓말의 재료를 도키치로에게 제공으니 그는 이것으로 충분히 아버지를 속일 수 있으리라 생각했기 때문이다.

"주인어른, 그런데 말씀입니다. 마쓰나가의 야심을 최근에 미요시가 깨달았습니다."

도키치로는 더욱 근엄하게 말했다.

"으음……"

"그래서 마쓰나가 단조의 속셈을 알아보았더니, 마쓰나가 단조는 미요시를 해치우기 위해서는 미요시의 세력을 사카이에서 몰아내는 일이 급선무라 생각하고 있는 듯합니다."

"마쓰나가 님이 그런 생각을…… 하기야 요즘 이 항구의 운상금運上金(세금)은 대부분이 미요시 님의 수중에 들어가니까요."

"바로 그것입니다! 그러므로 마쓰나가 단조는 미요시 나가요시를 이 땅에서 몰아내고 자신이 항구를 점령하겠다, 즉 주닌을 제거하고 자기 심복을 배치하여 군자금을 마련하는 근거로 삼겠다는 생각을 하게 된 것입니다."

"무서운 일을 생각하는 사람이군요. 이 사카이는 2백 년 가까이 쇼군의 특별 조치로 자치적으로 운영해온 교역장交易場인데도."

도키치로는 몇 번이나 고개를 힘껏 끄덕였다.

"예, 제가 지금부터 하는 말이 중요합니다. 마쓰나가 단조가 이런 엄청난 일을 꾸민다는 것을 알았기 때문에 미요시 나가요시도 팔짱을 끼고 생각했지요. 그 결과 이런 결론을 내렸습니다. 마쓰나가 단조가 나를 노리는 이유도 따지고보면 사카이의 상인들이 자유롭게 활동하기 때문이다. 그러므로 여기서 선수를 쳐서 사카이를 모두 장악하겠다, 그러면 마쓰나가의 야망도 자연히 사라질 것이다…… 라고."

"그, 그, 그것이 정말이오?"

"왜 거짓말을 하겠습니까. 저는 소로리와 다릅니다. 그런데, 이 사카이에는 자위대가 있겠지요?"

"물론 있기는 합니다. 그러나 겨우 백 명 남짓한 로닌으로 구성된 아주 미력한 것입니다."

"그래도 미요시 쪽에서는 그렇게 생각하지 않습니다. 아무튼 십사오 만이나 되는 주민이 거주하는 사카이니까요. 그래서 철포를 사들이는 것입니다. 철포를 모두 자신이 확보하고 거사한다…… 이렇게 하면 일조이석이 되니까."

"저어, 기노시타 님, 용어가 잘못됐습니다."

점잖게 말하는 도키치로 옆에서 신자에몬이 입을 열었다.

"그것은 일조이석이 아니라 일석이조입니다."

"알고 있어. 나도 그렇게 말했는데 자네가 잘못 들은 거야. 즉 일조이석이 아니라…… 일석이조인 이유는, 그 철포를 독점하면 사카이가 약해지고 또 한편으로는 마쓰나가에 대해 무기 면에서 우위를 점할 수 있기 때문이지요. 그런 계략에서 철포를 다른 사람에게 팔지 못하도록 포고를 내린 것입니다. 주인어른, 이 점을 분명히 마음에 새기지 않으면 자기가 판 철포 때문에 자기 목숨을 잃게 되는 결과를 초래할지도 모릅니다."

"과연 그럴 수 있겠군요."

"주인어른, 제가 이런 중요한 일을 털어놓은 것은 다른 이유에서가 아닙니다. 저도 꼭 철포가 필요하기 때문입니다."

"허어?"

"허어…… 가 아니라 '좋아!' 라고 대답하셔야 합니다. 대가는 충분히 지불하겠습니다. 저는 이 도시에 철포가 몇 자루나 있는지 정확히 조사해놓았습니다. 제게 팔지 않으면 그 숫자를 미요시 님에게 알리러 갈 생각입니다. 그것이 싫다면 제게 파십시오. 저는 그 철포를 가지고 오와리에 돌아가 마쓰나가와 미요시의 기세를 꺾기 위해 교토로 진군하는 일에 쓰려고 합니다. 어떻습니까, 어느 쪽이 유리할 것인지 잘 생각하셔서 일각 후에 대답해주십시오. 철포 천 자루를 제게 팔 것인지 아닌지를."

두 사람의 담판을 보고, 그 책략을 도키치로에게 일러준 아란은 몸을 아버지 쪽으로 기울이면서 새우처럼 허리를 구부리며 웃음을 참고 있었다.

이미 승부는 결정되었다.

나야 쇼자에몬은 허둥지둥 밖으로 나갔다가 이윽고 4백 자루의 철포를 도키치로 앞에 수북히 쌓아놓았다.

사실은 천 자루 정도가 있다. 그러나 미요시 나가요시에게도 전혀 없다는 말은 할 수 없고, 사건이 벌어지면 사카이의 자위自衛를 위해서도 철포가 필요하다. 그러므로 자기로서는 4백 자루가 팔 수 있는 최대한의 숫자라는 것이 나야 쇼자에몬의 설명이었다.

이 말을 듣고 도키치로도 더 이상 무리한 요구는 할 수 없었다.

이 철포 4백 자루가 도키치로의 숙소에 옮겨진 시간은 이날 저녁 술시戌時(오후 8시경)쯤이었다.

"손님, 손님도 거짓말하시는 데는 신자에몬 님에게 뒤지지 않습니다."

아란이 목을 움츠리고 하는 말에 도키치로는 가슴을 떡 펴면서 고개를 끄덕였다.

"과연 나의 아내! 그대의 도움으로 나는 체면이 섰소. 천하를 손에 넣는 즉시 맞이하러 오겠소. 그때까지 부디 무사하기를 바라겠소."

"예, 신자에몬 님과 부부가 되어 그날을 기다리겠어요."

아란은 얌전히 두 손을 무릎에 얹고 조용히 말했다.

아란과 신자에몬은 이 거리에서 모르는 사람이 없는 연인 사이였다. 그러나 도키치로는 철포를 손에 넣은 기쁨으로 지금 아란이 무슨 말을 하는지 듣지 못했다.

"좋아, 좋아. 나는 그때까지 절대로 여자를 가까이하지 않겠어. 암, 가까이하지 않고말고. 그러므로 안심하고 있어도 돼, 아란."

도키치로는 산더미처럼 쌓인 철포를 보고 한껏 기분이 좋았다.

그 무렵 노부나가는 교토와 오사카 구경을 끝내고 사카이를 향해 말을 달리고 있었다.

노부나가가 성에 없다는 소식을 듣고 미노의 사이토 요시타쓰가 속속 접경에 군사를 집결시키고 있다…… 이러한 정보가 성을 지키고 있던 오다 기요마사로부터 오사카에 전해졌기 때문이다.

# 악연惡緣의 성

이곳은 미노에 있는 이나바아먀 성의 성주 요시타쓰의 거실이다.

이나바야마 성은 말할 나위도 없이 요시타쓰가 아버지인 도산道三을 급습하여 탈취한 악연의 성이다.

아니, 요시타쓰의 악업惡業은 아버지를 죽인 데에만 있지 않다. 노히메의 어머니 아케치明智 부인도, 그 어머니에게서 태어난 두 아우와 아케치 일족도 모두 자기 원수라고 믿고 모조리 죽였다.

그러한 요시타쓰가 오늘은 묘한 표정으로 의사인 겐쓰玄通와 마주 앉았다.

"겐쓰!"

"예…… 예."

"그러니까 내 몸이 정말 썩어가고 있다는 말이지?"

"예, 틀림없는 나병…… 더구나 병세가 계속 진행되고 있습니다."

"만약 진단을 잘못 내렸다면 어떻게 하겠는가. 나는 일부러 문둥병에 걸렸다고 세상에 소문을 퍼뜨렸어. 그래서 내 손으로 피부에 상처를 내고 얼굴을 붕대로 감아 가신들까지 속여 왔어. 이것은 모두 원수인 도산을 제거하여 도키土岐 가문을 부흥시키고 교토에 올라가 쇼군을 받들어 큰 뜻을 펴려는 깊은 생각을 가졌기 때문이었어."

"그 점은 저도 잘 알고 있습니다. 이전에는 분명히 병을 가장하셨습니다. 그러나 지금은 병에 걸리신 것이 확실합니다. 무엇보다도 오른쪽 다리의 종양, 제가 굵은 침으로 찔렀는데도 주군이 깨닫지 못하셨다는 것이 그 증거입니다."

"뭣이, 오른쪽 다리를 그대가 굵은 침으로 찔렀다고?"

요시타쓰는 당황하며 가부좌를 틀고 앉은 자기 오른쪽 다리를 만져보았다.

"으음, 과연 감각이 없군."

"황송합니다마는 목의 종양도 마찬가지입니다."

"여기도? 그럴 리가 없어. 이것은 단순한 종기에 지나지 않아. 조금 전까지 쑤시고 아팠는데……"

그러고는 요시타쓰는 목에서 가만히 손을 떼었다.

얼굴도 입술도 보랏빛으로 변하고, 여섯 자 다섯 치의 거구가 부들부들 떨기 시작했다.

"감각이 없어."

이 얼마나 얄궂은 일인가. 요시타쓰는 아버지인 도산과 같이 살면 그를 죽일 음모를 꾸미기 어렵기 때문에 겐쓰와 짜고 문둥병에 걸렸다고 꾀병을 부렸다.

물론 여기에는 이유가 있다. 도산은 이 세상의 일에 대해서는 어떤 것이라도 눈썹 하나 까딱하지 않는, 문자 그대로 뱃심이 두둑하고 냉정한 실무사였으나 왠지 모르게 문둥병만은 몹시 두려워했다.

"…… 그 병은 정말 무섭다. 뼈와 살이 계속 썩어들어가고, 그러면서도 삶에 대한 집착이 점점 강해져 망집妄執의 화신이 된다."

문득 입 밖에 낸 그 말을 떠올리고, 요시타쓰는 아버지가 가장 싫어하는 문둥병을 가장하고 이나바야마 성에서 사기야마 성鷺山城으로 옮겨 아버지를 살해함으로써 목적을 달성했다.

그런데 이 꾀병이 어느 틈에 정말로 병이 되었다.

"믿지 못하겠어! 도키 가문의 혈통에는 어머니 쪽에도 이런 병을 앓았다는 말은 듣지 못했어. 겐쓰, 다시 한 번 진찰해보라."

"황송합니다마는 그 점에 대해서는 저도 많은 생각을 하고 연구를 거듭해보았습니다."

"그랬더니 우리 가문이나 어머니 쪽에 그런 병에 걸렸던 사람이 있다는 말이냐?"

"주군, 나병은 유전만이 아닙니다."

"뭐, 뭣이?"

"전염도 되는 병입니다."

"전염?"

"예. 저도 주군을 모시고 갔습니다마는, 주군은 뉴도 도산 님이 보통 분이 아니므로 혹시 깨닫게 될지도 모른다고 하시면서, 오카야마岡山 숲의 오두막에 사는 진짜 나병을 앓는 노인을 몰래 찾아가 그 동정을 살피시곤 했습니다. 그리고 직접 노인에게 먹을 것도 주시고 노인의 지팡이를 짚고 걷는 연습도 하셨습니다. 그때 감염되시지 않았을까 하고 추측할 수밖에 없습니다."

"아, 그러고보니……"

요시타쓰는 거구를 팔걸이에 부딪치듯이 하면서 머리를 감싸 안았다. 어떻게 하면 아버지를 속이고 또 어떻게 하면 죽일 수 있을지 생각을 거듭하던 요시타쓰는 어느 날 일부러 문둥병 환자를 찾아갔던 일이 있었다.

"겐쓰!"

"예, 예."

"불러오너라, 히네노 빗추노카미日根野備中守를 불러라!"

"황송합니다마는 왜 그러십니까? 얼마 동안 정양靜養하시기를 주군의 전의典醫로서 부탁드립니다."

"그럴 수는 없어. 나는 지금 오와리에 군사를 동원하려고 한다. 노부나가는 틀림없이 자객들이 사카이에서 해치울 것이다. 그 보고가 들어오는 즉시 오와리를 공격하겠어. 그러기 위해 만반의 준비를 갖추고 기다리는 중이야…… 불러오너라, 당장."

"그럼, 되도록 무리하지 마십시오. 지금도 저는 주군의 병세가 더 악화되지 않도록 여러 가지 묘약을 알아보는 중입니다."

"알겠어, 부탁한다."

"부디 몸을 조심하십시오."

겐쓰가 이렇게 말하고 물러나려 할 때 부르러 보내려던 당사자인 빗추노카미가 허둥지둥 방으로 달려왔다.

"지금 사카이에서 히라노 미마사카 님이 돌아왔습니다."

"뭣이, 미마사카가 돌아왔어? 좋아, 이리 불러라. 그대에게도 할 말이 있으나 먼저 미마사카를 만나야겠다. 어서 오라고 해라!"

히라노 미마사카는 말할 나위도 없이 요시타쓰가 노부나가 암살을 위해 파견한 자객의 우두머리. 순간 요시타쓰는 병든 것도 잊어버리고 눈을 빛내면서 몸을 앞으로 내밀었다.

# 노부나가의 귀성歸城

"미마사카, 수고가 많았다. 노부나가를 어디서 죽였느냐? 우리 쪽 부상자는 없었느냐? 우메즈 겐시사이는 어떻게 되었느냐?"

요시타쓰의 잇따른 질문에 히라노 미마사카는 주뼛주뼛 고개를 들었다.

"우메즈 겐시사이 님은 도중에 모습을 감췄습니다마는 아직 돌아오지 않았습니까?"

"뭐, 도중에 모습을 감췄다고? 겐시사이가 아직 안 돌아왔다……"

"그래서…… 그래서 납득이 안 가는 점이 있습니다."

"설마 겐시사이가 노부나가에게 죽지는 않았겠지?"

"바로 그 점입니다."

"그 점이라니 무슨 소리냐? 그런 대답은 듣고 싶지 않다. 다른 소리는 관두고 노부나가를 죽였는지 아닌지를 먼저 말하라."

"저어, 실은 스즈카 고개 바로 앞에 있는 여관에서……"

"죽였다는 말이로구나, 그 천하의 멍청이 놈을."

"그게 아니라, 우메즈 겐시사이 님이 별안간 자취를 감췄습니다."

"무슨 소리야, 그게?"

"노부나가는 도저히 우리의 손이 미칠 수 있는 인물이 아니다, 과연 돌아가신 도산 님의 눈은 정확했다, 노부나가야말로 일본에서 제일가는 인물이라면서 모습을 감추었습니다."

"미마사카!"

"예, 예."

"그대는, 그대는 노부나가를 살려두고 돌아오지는 않았겠지?"

"주군은 그렇다고 생각하십니까?"

"점점 더 묘한 소리를 하는군. 노부나가는 어떻게 되었느냐? 나는 노부나가에 대한 것을 묻고 있어."

"그런데……"

미마사카는 금세 울음을 터뜨릴 것 같은 표정으로 말을 이었다.

"노부나가는 지금쯤 기요스 성에 돌아와 전투준비를 하고 있을 것입니다."

요시타쓰의 손에서 미마사카를 향해 찻잔과 찻잔 받침이 날아갔다.

"미마사카!"

"예."

"노부나가가 무사히 기요스로 돌아갔기 때문에 그대도 어슬렁어슬렁 이나바야마로 돌아왔다는 말이냐?"

"주군께 말씀드리겠습니다. 그것은 노부나가를 모르시기 때문에 하시는 말씀입니다…… 물론 이 미마사카는 보고를 드린 뒤 깨끗이 자결할 각오입니다. 그러나 제가 경험한 바를 일단 주군께 말씀드리는 것이 가신된 도리라 생각하여 괴로움을 참고 이 자리에 나왔습니다."

"듣기 싫다! 죽이지 못하고 돌아오다니, 못난 놈! 어서 물러가라!"

"주군!"

이번에는 미마사가 혈색을 바꾸고 얼굴을 들었다.

"이렇듯 격앙하시고 무리한 분부를 내리실 것 같아 우메즈 님이 자취를 감췄다고는 생각지 않으십니까?"

"뭐…… 뭣이!"

"이것은 충직한 가신을 주군이 일부러 버리시는 것과 같은 일, 우선 마음을 진정시키십시오."

"이, 이…… 이놈이 해야 할 일도 못하고 돌아와 내게 대드느냐!"

"충고를 드리는 것입니다. 말씀을 드리지 않으면 머지않아 노부나가로 인해 돌이킬 수 없는 사태에 직면하게 될 것입니다. 주군, 노부나가는 주군이 생각하시는 것처럼 멍청이가 아닙니다. 기략이 무진하고 그 담력과 검술 등 삼박자를 모두 갖춘 보기 드문 걸물입니다."

"빗추!"

요시타쓰는 분노로 전신을 부들부들 떨면서 안절부절못하고 옆에 대령하고 있는 히네노 빗추노카미를 돌아보았다.

"칼을 가져오너라. 용서할 수 없다! 도산을 제거하여 도키 가문 재건의 기초를 쌓은 이 요시타쓰 앞에서 노부나가 때문에 돌이킬 수 없는 사태에 직면하게 된다는 등 발칙한 소리를 지껄이다니…… 용서할 수 없다! 절대로 용서하지 못하겠다!"

그러자 이번에는 빗추가 황망하게 두 손을 짚었다.

"우선 고정하십시오. 이렇게 된 이상 저도 주군에게 드려야 할 말씀이 있습니다."

"칼을 가져오라고 했지 않았느냐!"

"예, 제 말씀을 들으신 뒤라면 명하신 대로 미마사카 님만이 아니라 이 빗추를 참하셔도 전혀 마다하지 않겠습니다."

"뭣이, 그대마저 그런 소리를……"

"예. 우선 고정하십시오."

아무래도 두 사람은 요시타쓰 앞에 나오기 전에 미리 상의를 한 모양이다.

# 누가 아버지인가

요시타쓰는 와들와들 떨면서 가까스로 분노를 억제했다.

"그러면 지금 주군의 말씀도 계셨으므로 제가 먼저 말씀드리겠습니다. 미마사카 님, 그래도 되겠습니까?"

"좋습니다. 그 뒤에 저는 주군이 진노하실 것을 각오하고 노부나가의 군비에 대해 보고하겠습니다."

"그럼, 제가 먼저……"

히네노 빗추노카미는 히라노 미마사카에게 목례를 하고 나서 요시타쓰 앞으로 한 걸음 다가앉았다.

"진작에 말씀드리려고 했으나 기회를 얻지 못했습니다. 부디 놀라시지는 마십시오. 주군은 결코 도키 가문의 혈통이 아니십니다."

"무…… 무슨 소리를 하는 게야? 그럴 리가 없어. 나의 생모 미요시노三芳野는 도키 요리나리賴芸의 애첩으로 있으면서 나를 임신했어."

"황송합니다마는, 그 점에 대해서는 저도 마음에 걸리는 바가 있어 미요시노 님의 생전에 살짝 여쭈어본 적이 있습니다."

빗추는 거북함을 무릅쓰고 말하기 시작했다.

"배 안에 있는 아기의 아버지는 오직 어머니만이 안다고 합니다…… 미요시노 님은 주군이 도산 님의 씨가 분명하다고 하셨습니다. 그러므로 부자가 화목하도록 도와달라는 말씀을 하셨습니다."

"닥쳐, 닥치지 못할까! 그럴 리가 없다. 나는 도산에게 직접 들었어. 너는 옛 주군인 도키 요리나리의 씨, 그 아이를 내가 양자로 키웠다고. 그런데 대체 무슨 속셈이 있기에 새삼스럽게 그런 소리를 하느냐?"

"황송합니다마는 저도 도산 님으로부터 여러 가지 사정을 들어 잘 알고 있습니다."

요시타쓰가 다그쳤으나 빗추는 침착하게 말을 계속했다.

"도산 님은 이렇게 말씀하셨습니다. 나는 원래 미천한 신분, 그러므로 겨우 미노의 땅을 차지했으나 도키의 유신들이 좀처럼 심복하지 않는다. 그래서 미요시노의 뱃속에 있는 아이를 도키의 씨라고 거짓말을 했다. 그런데 세상은 참으로 이상한 것이어서 요시타쓰까지 이 말을 믿게 되자 이번에는 요시타쓰에게 도키의 자손이므로 도산을 쓰러뜨리라고 선동하는 자가 나타났다. 세상이란 웃기는 것이다…… 라고."

요시타쓰는 드디어 눈을 똑바로 뜨고 빗추를 바라보기 시작했다.

그럴 것이었다. 빗추가 어머니뿐 아니라 아버지에게도 자신의 비밀을 들었다고 하니……

요시타쓰가 도산으로부터 들은 이야기로는 도키 요리나리를 죽인 도산이 애첩인 미요시노도 빼앗았다고 했다.

그러나 이미 그때 미요시노는 요리나리의 씨인 요시타쓰를 임신하고 있었기 때문에 그대로 도산의 양자로 키웠다는 것이다.

그런데 지금 빗추는 이것이야말로 도산이 도키의 가신들을 자기에게 복종시키기 위해 꾸민 거짓말이라고 한다.

하기는 요시타쓰도 어머니가 요리나리의 애첩으로 있을 때부터 도산과 밀통했다는 소문을 흘끗 들은 일이 있었다.

'대관절 어느 것이 진실일까?'

"제 말씀을 가슴에 간직하고 곰곰이 생각해보시면 곧 납득을 하시리라 생각합니다."

빗추는 다시 말을 이었다.

"도산 님은 명석하신 분이기 때문에 주군의 반심을 일찍부터 깨닫고 계셨습니다. 그러나 언젠가 기회를 보아 부자가 마음을 터놓고 대화를 하면 모든 오해가 풀릴 줄 믿고 굳이 주군을 제거하려 하지는 않았습니다. 살무사라고까지 불린 분이 친자식이 아니라면 어찌 주군을 그대로 살려두셨겠습니까. 이것이 무엇보다도 확실한 증거입니다."

"할 말은 그것뿐이냐?"

와들와들 떨면서 말하는 요시타쓰의 목소리는 약간 갈라져 있었다.

"그 말이 사실이라면 나는 아버지인 도키 요리나리의 원수를 갚은 것이 아니라 친아비를 죽인 극악무도한 악인이로구나."

"모든 일은 엄청난 오해에서 비롯된 것입니다. 그런 일을 어째서 진작 주군에게 직접 말씀드리지 않았느냐고 제가 여쭈었더니, 도산 님은 이렇게 대답하신 적이 있습니다. '내가 굳이 말하지 않아도 요시타쓰의 문갑 안에 써서 남긴 글이 있으므로 언젠가는 요시타쓰의 눈에 띄겠지……' 라고."

"뭐, 내 문갑 안에?"

"예, 보신 일이 없으십니까?"

"좋아, 그 이야기는 그만하고……"

요시타쓰는 괴로운 듯 말을 중단시켰다.

"그러나 빗추, 이제 와서 그런 소리를 하여 나를 괴롭히는 그대들의 목적이 뭐냐? 목적이 없다면 새삼스럽게 이런 말은 하지 않았을 거야."

"물론 목적이 있습니다."

이렇게 대답한 사람은 지금까지 묵묵히 눈을 감고 있던 히라노 미마사카였다.

"혈통 문제에 납득이 가신다면 노부나가에 대한 생각을 바꾸시기 바랍니다."

"뭐, 노부나가에 대한 생각을 바꾸라고?"

"예, 노부나가는 평범한 인물이 아닙니다. 덴가쿠 골짜기에서 요시모토를 죽인 것은 요행이 아니라 실력, 실력도 예사 실력이 아니라 그가 가진 이상한 힘 때문입니다."

여기서 미마사카는 여관에서 역습을 받은 일과 교토에서의 이상한 행동 등을 소상하게 말하고 노부나가를 제거할 틈이 전혀 없었다는 점을 설명했다.

"게다가 사카이에서는 품절되었다는 남만의 철포를 4백 자루나 입수하고, 교토에서는 쇼군과 무릎을 맞대고 대화를 나누었습니다. 혈통에 대해 납득이 되셨다면, 노부나가는 혈육이신 노히메 님의 남편이고 또 주군은 노부나가의 매제로서 이중으로 인연이 맺어졌으므로 여기서 허심탄회하게 손을 잡으시고 함께 발전을 도모하심이 상책이라 생각합니다."

"사자를 보내시겠다면 언제라도 이 빗추가 가겠습니다."

미마사카의 말에 이어 다시 빗추가 말했다.

요시타쓰의 얼굴에도 이미 분노의 빛이 사라지고 없었다. 그러나 이것은 당장 대답할 수 있는 성격의 문제가 아니었다.

요시타쓰로서는 천지가 한꺼번에 뒤집힐 정도의 충격이었다.

꾀병이던 문둥병이 사실로 변했다. 친아버지의 원수로 여겨 학살한 도산은 친아버지였고, 당장이라도 군사를 출동시켜 오와리를 손에 넣으려고 했었는데 도리어 이 상태라면 노부나가 쪽에서 먼저 공격해 올 것이라고 한다.

"알았으니 물러가라…… 나도 잘 생각해보겠다."

잠시 후 요시타쓰는 자기 방을 가만히 둘러보고 나서 팔걸이에 얼굴을 묻고 돌처럼 움직이지 않았다.

# 유령의 방

원래 요시타쓰는 측근에 근시나 고쇼를 두지 않았다. 그것은 자기가 문둥병에 걸렸다고 보여야 하기 때문이었다. 혹시라도 꾀병임이 드러나면 큰일이므로,

"이런 몹쓸 병에 걸린 사람 곁에 있으면 불쾌할 것이다. 용건이 생기면 여기 있는 판자를 두드릴 테니 이때 외에는 접근하지 마라."

이렇게 하면 심복들과 밀담을 나누기에 유리하기 때문이기도 했다. 그러고는 아무 상처도 없는 머리와 두 손, 두 다리에 붕대를 감아주는 고즈에小壽江와 시카노鹿野 등 두 시녀 외에 아무도 가까이 오지 못하게 했다.

이처럼 철저히 비밀을 지켰기 때문에 외아들인 다쓰오마루辰王丸(다쓰오키龍興)의 생모도 노부나가의 이복 여동생인 오와리 부인도 남편이 정말 병에 걸린 줄 알고 있었다.

두 시녀에게는 각각 손을 대고 있었다. 한 사람만 사랑하면 혹시

질투 끝에 비밀을 누설하지 않을까 싶어 이런 데까지 세밀하게 신경을 썼다.

히네노 빗추와 히라노 미마사카가 물러가자 요시타쓰는 고즈에를 불러 육각형으로 된 등에 불을 켜게 했다.

"다른 분부는 없으신지요?"

열일곱 살 때부터 가까이했던 고즈에도 지금은 스물 셋이 되었다. 곧바로 뻗은 버드나무를 연상케 하는 맑은 목소리의 여자였다.

"혹시 추우시면 화로를 하나 더 가져오겠습니다."

"춥지는 않아."

요시타쓰는 잔뜩 천장을 노려본 채로 대답했다.

"그대는 이 문 밖의 복도에서 이따금 유령을 본다고 했지?"

"예. 하지만 그것은 지난 여름의 일이었어요. 그런 무서운 말씀은 하지 마세요."

"그대가 무섭다고 하기에 늘 그럴 리가 없다고 했지만 실은 나도 종종 유령을 보았어."

"어머, 그런 농담의 말씀을……"

"농담이 아니야. 지금도 그대 뒤에 허연 그림자 둘이 서 있어."

"앗!"

고즈에는 요시타쓰에게 안겼다.

"들리지 않나, 유령이 흐느끼는 소리가?"

요시타쓰는 붕대를 감은 손으로 그녀를 가만히 껴안았다.

"그, 그…… 그것이 정말입니까, 유령이?"

"거짓말이 아니야. 오늘 밤의 유령은 동생인 기헤이지喜平次와 이성의 센조다이千疊臺에서 학살된 오카쓰야."

"어머, 오카쓰 님은 도산 님의 애첩이었지 않은가요?"

"그래."

요시타쓰가 침통한 목소리로 말했다.

"오카쓰는 말이지, 지금의 그대처럼 내가 종종 껴안던 여자였어."

"아니, 그 오카쓰 님을?"

"응. 미노에서 제일가는 절색이라 불렸던 만큼 그 이름에 걸맞게 빈틈없는 여자였어."

"주군, 주군이 아버님의 애첩을 품으셨다는 말씀입니까?"

"아니, 내가 손을 대었던 여자를 아버지에게 첩자로 들여보냈던 거야. 아버지가 아니라 원수로 생각했기 때문에……"

"생각했기 때문에?"

"과거만이 아니라 지금도 그렇게 생각하고 있어! 도산은 내 친아버지인 도키 요리나리의 원수야."

얼른 이렇게 말하고 요시타쓰는 고즈에의 어깨에 얼굴을 묻고 울기 시작했다.

"어머, 왜 그러세요?"

"고즈에, 그대의 귀에는 안 들리나?

"예, 아무것도……"

"오카쓰가 울면서 말하고 있어. 자기가 사랑하던 여자를 아버지의 첩으로 들여보내는 남자의 마음이 원망스럽다고…… 아니, 그뿐이 아니야. 나의 친아버지는 도산이라고도."

"주군!"

"고즈에, 술을 가져와! 술 말이야, 술이 필요해."

그러나 고즈에는 일어나려 하지 않았다. 평소와 다른 요시타쓰의 태도에 겁을 먹었기 때문일 것이다. 그녀는 서른 관이 넘는 거구에 얼굴을 꼭 대고,

"시카노도 불러주세요. 저 혼자서는 너무 무서워요."

"시카노! 시카노……"

"어머, 주군의 음성이 변했어요. 혹시 감기라도?"

"감기가 아니야. 고즈에, 나는 몹쓸 병에 걸렸어."

"예, 예, 그것은 잘 알고 있습니다."

"아니, 정말 걸린 거야. 거짓말이 아니란 것을 알았어."

"또 농담을…… 알고 있어요. 아, 시카노가 왔어요."

고즈에는 겨우 요시타쓰 곁을 떠나면서 말했다.

"시카노 님, 주군이 술을 찾으십니다. 우리 둘이 상을 차리기로 해요."

"둘이 갈 것까지 없어. 시카노에게는 다른 볼일이 있어."

"그럼, 혼자서……"

"어서 나가, 어서 가서 술을 가져와."

요시타쓰는 고즈에를 재촉했다. 그리고 고즈에가 겁을 먹고 나가자 그 자리에 머리를 조아리고 있는 시카노에게 말했다.

"지난해 말 고난도小納戸°에게 맡긴 문갑이 있었지?"

"예, 자개로 가을 풀을 새겨 넣은 오래 된 문갑 말씀이군요."

"그래. 그 문갑을 그대로 가져와. 안에 든 것은 꺼내지 말고."

"알겠습니다."

시카노는 고즈에보다 좀더 건강해 보이는 얼굴을 가진 미인이었다. 그러나 등불 밑에서 바라보니 그가 종종 손을 대었던 노히메의 어머니 아케치 부인의 얼굴로 보였다.

그래서 최근에는 이 여자보다도 고즈에 쪽으로 요시타쓰의 총애가 기울어지고 있었다.

혼자 남자 요시타쓰는 다시 팔걸이에 얹은 팔에 턱을 괴고 물끄러미 천장을 쳐다보았다.

미웠다! 왜 이렇게 미운지 어쨌든 노부나가가 미워 견딜 수 없었다. 아버지 도산을 도미타의 집에서 꼼짝 못하게 만든 것도 미웠고, 나가라 강에 출진한 것도 이마가와 요시모토를 죽인 것도 미웠다. 게다가 자기가 보낸 자객마저 희롱하고 도리어 그들의 넋까지도 빼앗아버렸다.

'용서할 수 없다! 내 눈에 흙이 들어가기 전에는 노부나가와는 절대로 손을 잡지 않을 테다.'

"그러면 어떻게 하겠다는 말이냐, 요시타쓰?"

요시타쓰는 자기 자신에게 말을 걸었다.

"네 몸은 이렇게 쉬고 있는 동안에도 계속 썩어 무너져가고 있지 않느냐."

"썩기 전에 노부나가만은 반드시 없애야 한다!"

"그것이 가능하겠느냐. 노부나가는 드디어 신무기를 마련하고 그쪽에서 먼저 미노를 엿보기 시작하지 않았느냐."

"그러므로 몸이 썩기 전에 쳐야 한다! 치지 않고는 견딜 수 없다, 그 건방진 멍청이를……"

"주군. 술을 가져왔습니다."

깨닫고보니 언제 들어왔는지 고즈에가 겁먹은.표정으로 술병을 내밀고 있었다.

"문갑은 여기 놓을까요?"

시카노도 왼쪽에 와 있었다. 요시타쓰는 한 손에 술잔을 들고 시선은 문갑을 향했다. 장식으로 박은 자개 몇 개가 떨어져나가 무늬가 그대로 시체처럼 보였다.

서른다섯 살인 요시타쓰는 단숨에 잔을 비우고 별안간 큰 소리로 웃기 시작했다.

"고즈에, 시카노!"

"예…… 예"

"두 사람 모두 내 품에 안기거라. 나는 아직 늙지 않았어."

두 사람은 깜짝 놀라 서로 얼굴을 마주보았으나 거절하지 못하고 양쪽에서 안겼다.

"오, 감각이 있어!"

"무어라 하셨습니까?"

"느낌이 있다고 말했어. 이것은 시카노의 부드러운 젖가슴이야! 그리고 이것은 고즈에의 동그스레한 엉덩이. 머리 냄새도 코를 자극하고 있어."

"어머…… 어째 그러십니까, 주군?"

"노부나가 따위에게 질 수는 없다. 좋아, 오늘 밤에는 그대들 두 사람을 한꺼번에 사랑하겠어. 온몸에 넘쳐흐르는 정력이 어떤 것인지 보여주겠어! 시카노."

"예…… 예."

"고즈에!"

"예, 왜 그렇게 무서운 눈을 하십니까?"

"나는 강해! 내 몸에는 아직 젊음이 꿈틀거리고 있어. 이것을 보라, 이것을 만져 보라. 이 가슴, 이 가슴의 근육을! 하하하…… 나는 지지 않는다, 질 수가 없다. 하하하."

이렇게 말하고 요시타쓰는 두 팔에 힘을 주고 미친 듯이 교대로 입을 맞추었다.

# 비약의 효험

조금 전에 즈이루 사瑞龍寺의 종이 아홉 점(자정)을 알렸다. 주위
는 조용하기만 하여 쥐가 바스락거리는 소리조차 들리지 않는다. 비
도 그치고 바람도 가라앉았다. 고즈에도 시카노도 요시타쓰의 거친
애무에 지쳐 옆방으로 건너가기가 바쁘게 죽은 듯이 잠든 모양이다.

요시타쓰는 조용히 하얀 이불을 젖히고 일어나 우선 베갯머리에
있던 냉수를 마셨다. 그리고 감각이 마비되어 가는 손발과 목덜미를
만져보고는 무섭게 빛나는 눈으로 도코노마에 놓인 문갑을 바라보았
다.

아까 시카노가 고난도로부터 가져온 자개가 수놓인 낡은 문갑.

이 문갑을 요시타쓰는 작년까지 애용하였으나 자개가 두세 군데
떨어졌기 때문에 그대로 고난도에게 맡겼던 것이다.

'빗추는 분명히 말했다…… 문갑 안에 요시타쓰의 출생에 관한 비
밀을 쓴 도산의 글이 있다고……'

요시타쓰는 문갑 안에 있는 것을 조사해보지 않고는 견딜 수 없어 가만히 일어났다.

아무튼 일은 너무 중대했다. 자기가 도키의 씨라고 믿고 도산을 저주해온 요시타쓰였다. 친아버지의 원수를 갚겠다는 목표에 모든 노력을 기울여 사사건건 도산과 맞섰던 요시타쓰였다.

남이라고 생각했기 때문에 자기 첩을 첩자로 삼아 도산의 소실로 들여보내고, 도산이 총애하는 여자를 보면 일부러 손을 뻗쳐 빼앗았다.

'그런데 빗추는 그 도산이 바로 친아버지라고 한다……'

그러고 보니 확실히 짚히는 데가 없지 않았다.

요시타쓰가 보아도 도산의 두뇌는 결코 평범하지 않았다. 열한 살 세 때부터 에이잔叡山에서 불도를 닦던 그가 무슨 생각을 했는지 하산하여 기름 장수가 되고, 다시 창槍의 달인이 되었으며 철포를 연구했다. 그리고 군학軍學, 천문, 무예, 의술, 경학經學 등을 모두 섭렵하고는 일본에서 제일가는 극악인極惡人이라 자처하면서 마침내 자기 주군의 손에서 오와리를 탈취한 인물이다.

이러한 도산도 요시타쓰에게만은 분명히 너그러운 면이 있었다. 히네노 빗추의 말처럼 도산 정도나 되는 요물이 요시타쓰의 반심을 모르고 있었다고는 생각되지 않는다. 그런데도 도산은 어쨌든 자기 쪽에서는 요시타쓰의 숨통을 막는 일은 하지 않았다.

만약 요시타쓰가 정말 도키 요리나리의 자식이었다면 살무사라 불리던 도산인 만큼 아무런 주저도 없이 어렸을 때 이미 제거하지 않았을까?

"그렇다면 나는…… 나는 혹시?"

이러한 갈등이 요시타쓰로 하여금 낡은 문갑을 뒤져보지 않을 수 없게 만들었던 것이다.

"도산이 친아버지…… 그럴 수는 없다."

이렇게 생각하면서도 한편으로는 5년 전에 자기가 죽인 도산에 대한 그리움이 느껴졌다.

"껙다리, 네 병세는 요즘 좀 어떠냐?"

"이제는 좀 지혜가 돌기 시작했느냐?"

도산은 입만 열면 참을 수 없을 만큼 요시타쓰를 매도하였다. 하지만 그 밑바닥에는 일본에서 제일가는 악당이라고 자칭할 정도로 오만하고 패기에 찬 사나이의 애정이 깔려 있었다고 하지 않을 수 없다.

죽이지 않은 것이 무엇보다도 확실한 증거가 아니냐고 빗추는 말했는데, 사실 죽이려고 했다면 그럴 기회는 얼마든지 있었을 것이다……

요시타쓰는 조용히 문갑을 들고 이부자리로 돌아왔다. 무서운 생각이 들었다.

'무엇이 나올 것인가?'

계속 자기가 사용했으면서도 요시타쓰는 이 문갑의 밑바닥까지 세밀히 조사해 본 일이 없었다. 고작 못 쓰게 된 문서 부스러기 정도일 것이라고 생각했기 때문이다.

뚜껑을 열었다. 그런 다음 낯익은 종이 조각과 헝겊을 치웠더니 그 안에 서너 개의 작은 황금 알갱이가 남아 있다.

"아무것도 없다…… 쓸데없는 종이쪽지뿐이다."

그러나 문갑을 홱 뒤집는 순간 '아니?' 하고 요시타쓰는 고개를 갸웃했다. 문갑 바닥에 검은 종이가 붙어 있고 그 부분이 약간 볼록하다.

"아, 있다!"

깜짝 놀라 그 종이를 찢었다. 안에서 나온 것은 빨간 비단으로 된 작은 주머니였다.

요시타쓰는 떨리는 손으로 비단 주머니를 열었다. 이번에는 포장지…… 그 표면에 쓰인 글자를 등불 가까이 대어보고 요시타쓰는 그만 크게 한숨을 쉬었다.

어김없는 도산의 필적, 품격과 기백이 넘치는 필적이었다.

"나의 아들 요시타쓰를 위해 도산이 처방한 나병의 비약."

글자는 단지 그것뿐이었다. 당황하며 포장지를 펼쳤더니 이번에는 약 다섯 돈쯤 되는 환약이 나왔다.

요시타쓰는 그 약을 보자 갑자기 가슴이 미어지고 눈물이 쏟아졌다.

"나의 아들 요시타쓰를 위해……"

이 얼마나 오만하고 독설가다운, 간결하기 짝이 없는 애정의 표현이란 말인가. 글로는 오직 한 줄. 그러나 의약에 대해서도 정통하여 도리어 의사들을 가르치기까지 하던 도산이 문둥병의 비약을 만들어 여기에 넣어두었다니……

'그 극악인에게도 자식에 대한 사랑은 있었구나.'

이런 생각을 하자 요시타쓰는 자기가 아버지를 죽였다는 사실도 잊어버리고 저도 모르게 약봉지를 꼭 껴안았다.

도산이 아들의 병이 꾀병인 줄도 모르고 남의 눈을 피해가며 몰래 약을 빚고 있는 모습을 상상하자 눈물이 오열로 변했다.

'나는 속이고 있었는데…… 교묘히 속였다고 손뼉을 치면서 계속 괴롭히고 있었는데……'

환약을 등불에 비춰보니 거무스레한 표면에 마치 자개 그 자체인 양 붉고 푸른 색깔이 신비롭게 배합되어 빛났다. 아마도 수백 가지 약초와 약물을 섞어 빚었을 것이다.

"나의 의술과 약학은 천하제일이야. 고칠 수 없는 병은 없다. 다만 한 가지 만들 수 없는 약이 있다. 바로 멍청이를 고치는 약이야."

이렇게 독설을 늘어놓던 도산의 목소리가 생생하게 귀에 되살아났다.

"고칠 수 없는 병은 없다."

그 자신만만한 도산이 자기 아들에게 주기 위해 몰래 빚은 비약, 더구나 꾀병일 때는 모르고 있다가 진짜임을 알게 되어 절망에 빠졌을 때 그것이 우연히 나타나다니⋯⋯

'우연이 아니다. 이것은 신비로운 애정의 작용임에 틀림없다.'

이런 생각을 하자 요시타쓰의 눈에는 다시 의기양양한 노부나가의 얼굴이 뚜렷하게 떠올랐다.

'으음, 노부나가 놈⋯⋯ 그렇다, 비약이 지금 나타난 것은 이 약으로 치료하고 노부나가와 싸우라는 암시임에 틀림없다. 낙심하면 안 된다. 여기 비약이 있다. 이것으로 건강을 되찾고 노부나가와 싸우라는⋯⋯'

그리고 보니 이 목소리가 바로 뒤의 허공에서 들리는 듯한 기분이 든다. 요시타쓰는 가만히 뒤를 돌아보고,

"앗! 도산이다."

저도 모르게 외치면서 무릎을 세웠다. 장지문에 그려진 설경雪景을 배경으로 하여 유령이 서 있다. 때로는 그것이 기헤이지이기도 하고 오카쓰이기도 하며 아케치 부인이기도 했으나 오늘 밤에는 분명히 도산이었다.

"도산!"

요시타쓰는 부들부들 떨며 두 손을 허우적거렸다.

"도산이라 부르면 안 되지…… 그래, 아버지라고 해야 돼. 아버지였어."

유령이 흐늘흐늘 오른쪽으로 움직여 다다미에 빨려 들어갔다. 빨려 들어간 곳에 아까 그 물그릇이 연한 청자빛으로 빛나고 있다.

요시타쓰는 손을 내밀어 정신없이 물그릇을 집어들었다. 그리고 한 모금 입에 물고 얼른 약을 던져 넣었다. 혓바닥에 쓴맛이 번지고 동시에 입 안이 타는 듯하면서 약은 그대로 목구멍으로 넘어갔다.

"이제 됐어. 이것으로 문둥병은 낫는다. 병만 나으면 노부나가 따위는……"

요시타쓰는 소리내어 웃기 시작했다.

그 순간 위도 목구멍도, 머리와 다리도, 또 배도 갑자기 불덩어리가 되었다.

"아니, 이것은……"

얼굴도 눈도, 귀도 코도 불꽃을 튀기면서 불타는 것 같았다.

"으음."

요시타쓰는 옷자락이 흩어진 채로 서서 두 손으로 허공을 움켜잡았다. 눈이 보이지 않았다. 숨이 막혔다. 등불도 장지문도, 이부자리도 문갑도 시야에서 사라지고 시뻘건 불의 수레가 전신을 감싸나갔다.

"괴, 괴…… 괴롭다!"

요시타쓰가 짜내는 듯한 소리로 외치자 무언가가 울컥 입에서 쏟아져 나왔다.

피였다. 새빨간 피가 하얀 이부자리 위에 꽃잎처럼 흩어졌다.

"괴…… 괴…… 괴롭다!"

이 소리에 꿈을 깬 고즈에와 시카노가 흐트러진 모습 그대로 일어나 달려왔다.

"주군! 왜 그러십니까?"

"주군……"

그러나 이때 두 눈이 짓밟힌 게눈처럼 튀어나오고 가슴이 피로 물든 요시타쓰는 허공을 꽉 붙잡은 채 베어진 거목같이 바닥에 쓰러졌다.

# 괴사怪死의 밤

"주군!"

"아니, 웬일이십니까?"

요시타쓰는 어떤 경우에도 침소에 사람을 부르지 않는 습관이 있었다.

그런 만큼 두 여자는 좌우에서 요시타쓰를 붙들다가 한꺼번에 '으악!' 하고 찢어지는 듯한 비명을 지르고 뒤로 물러났다.

토해낸 핏덩어리나 허공을 움켜쥐고 숨이 끊어진 처참한 모습뿐이라면 이렇게 큰 비명은 지르지 않았을 것이다. 그러나 한 뼘이나 튀어나온 눈알이 다다미 위에서 마치 살아 있는 다른 생물의 것처럼 힐끗힐끗 움직이며 두 사람을 보고 있었던 것이다.

'요시타쓰의 육체는 이미 죽었는데 눈만 아직 징그럽게 살아 있다.'

그러나 이 공포는 그대로 믿기 어렵다. 아니, 믿기 어려운 일이 잇따라 발생했다고 고즈에와 시카노는 나중에 증언하였다.

"왓왓핫핫하……"

두 사람이 비명을 지르며 뒤로 물러서는 순간 얼빠진 웃음소리가 방 안 가득히 울려 퍼졌다. 그것도 이미 죽었을 요시타쓰의 입에서. 검붉은 피로 얼룩진 보랏빛 입술에서 하얀 이가 드러나 웃을 때마다 반짝반짝 빛났다고 한다.

"왓핫핫하. 이제야 알겠느냐, 천치 같은 놈아. 이것이 극악인 도산의 보복이다. 네가 반드시 먹을 줄로 알고 남겨놓은 독약, 하하하. 역시 먹었군, 천치 녀석이……"

죽은 요시타쓰의 입에서 도산의 저주하는 말이 나왔던 것이다. 두 사람 모두 이 말을 듣고 기절했다…… 이것은 비명을 듣고 달려온 숙직자에게 기절했다가 깨어난 고즈에가 한 말이라고 한다.

숙직자의 도움으로 두 사람이 정신을 차렸을 때, 요시타쓰의 시체는 이미 새로 편 하얀 침구에 북향을 하고 뉘어지고 그 얼굴은 흰 천으로 덮여 있었다.

머리맡에는 집에 돌아가 있던 히네노 빗추와 급보를 받고 달려온 요시타쓰의 아들 다쓰오키龍興가 망연한 표정으로 대령해 있었다.

한편 숙직자는 어느 틈에 물러가고 유해 주위에는 호출을 받고 달려온 전의인 겐쓰 그리고 아직 혈색이 돌아오지 않은 고즈에와 시카노가 있을 뿐이었다.

모든 것이 거짓말 같았다. 조금 전까지만 해도 어떻게 하면 노부나가를 없앨 수 있을 것인가 하고 거구를 흔들며 머리를 쥐어짜고 있던 요시타쓰가 서른다섯을 일기로 이 세상을 떠났다. 그것도 자기가 죽인 아버지가 만든 저주의 독약 때문에……

"도산 님은 참으로 무서운 분이었군요."

침묵을 견디다 못해 겐쓰가 말하자 열여덟 살인 다쓰오키가 비로소 입을 열었다.

"겐쓰, 그런 말을 다른 데서 하면 안 돼."

"예, 예."

"아버지는 역시 도키의 씨였다…… 이것만으로 족한 거야."

젊은 다쓰오키의 눈은 그 무렵부터 겨우 생기를 되찾기 시작했다. 아버지보다는 체구가 작았으나 그래도 옆에 있는 빗추나 겐쓰보다는 훨씬 컸다.

이러한 다쓰오키가 사카야키月代°를 하고 촛대의 불빛이 흔들리는 장지문 옆에서 무섭게 천장을 노려보는 모습은 할아버지인 도산의 어릴 때 모습과 똑같았다.

도산도 에이잔에서 불도에 전념하고 있을 때부터 소문이 자자하던 미남이었다.

"고즈에!"

다쓰오키는 별안간 잔뜩 움츠리고 있는 아버지의 시녀를 불렀다.

"분명히 아버지는 문갑에서 꺼낸 약을 먹었다는 말이지?"

"예…… 예."

"약을 꺼내는 것을 직접 보았나?"

"예, 예. 아니, 그 겉 포장지가 남아 있는 것을 보고 드신 줄 알았습니다."

"그래, 알겠어."

다쓰오키는 작은 소리로 말하고 크게 손뼉을 쳤다.

일단 물러가 있던 숙직자인 젊은 무사를 부르기 위해서였다.

"부르셨습니까?"

"산노스케三之助, 고즈에를 구한 것은 그대였나?"

"예, 이 미키三木 산노스케가 구했습니다마는."

"그때 고즈에는 기절해 있었다면서?"

"그렇습니다. 그래서 정신이 들도록 간호했습니다."

"정신이 들자 곧바로 말하더냐, 아버지가 독약을 먹었다고?"

"예, 무섭다고 와들와들 몸을 떨면서……"

"알았다, 물러가라."

그러면서 다쓰오키는 품속에서 도산이 썼다는 그 포장지를 꺼내 옆에 있는 촛불 가까이 가져갔다.

이 겉 포장지를 고즈에가 볼 틈이 없었음을 다쓰오키는 확인했던 것이다.

순식간에 종이쪽지에 불이 붙었다.

"아니, 무엇 때문에 그 종이를?"

깜짝 놀라 빗추가 묻는 동시에 종이쪽지가 타올랐다.

"얏!"

다쓰오키는 한쪽 무릎을 세우고 칼을 빼어 휘둘렀다.

칼이 번쩍, 하고 오른쪽에서 왼쪽으로 번뜩였다. 다쓰오키의 동작을 바라보던 고즈에의 목이 다다미에 굴러 떨어지고 선혈이 사방으로 튀었다.

"아버지는 병사야. 아직 상喪을 발표하지 마라."

다쓰오키는 빗추에게 피 묻은 칼을 닦게 하면서 내뱉듯이 말했다.

"이 여자는 내가 도산의 손자라는 사실을 잊고 있었어. 멍청한 계집이야."

아마도 다쓰오키는 고즈에를 도산이 처방한 약을 독약으로 바꿔친 오다 쪽의 첩자로 보았던 모양이다.

"악!"

다시 비명이 들리고 이번에는 고즈에의 친구인 시카노가 다다미 위에 쓰러졌다.

# 떠오르는 별, 흐르는 별

노부나가는 노히메가 미노에 잠입시켰던 여자를 데려왔는데도 그쪽에는 눈길도 보내지 않고 계속 젓가락만 움직이고 있었다.

계절은 5월.

노부나가에게는 매사냥과 멀리 말 달리기에 아주 좋은 신록의 계절이어서, 무척 배가 고팠던지 계속해서 일고여덟 공기나 밥을 먹었으나 아직 젓가락을 놓으려 하지 않는다.

"주군."

"왜 그래?"

"아직 제 말이 안 들리십니까?"

"듣고 있어. 그대가 영리한 체하고 그 여자를 일부러 이나바야마稻葉山의 꺽다리에게 첩자로 들여보냈다는 말일 테지."

"아신다면 이 여자에게 한마디 하셔야 하지 않겠어요?"

"그래…… 수고가 많았다. 그러나 첩자를 보내는 것은 서로가 마찬가지야. 그쪽에서도 나에 대해 훤히 꿰뚫고 있어. 내가 여행을 떠나자 곧바로 자객을 보내 뒤를 밟게 했으니까."

"그러면 이 여자도 수상하다는 말씀인가요?"

"아무래도 상관없어. 나는 이미 미노에 대한 공격을 시작했으니까. 그쪽에서 돌아왔다면 상을 주고 쉬라고 해."

"주군!"

"시끄럽군. 알았다고 했잖아."

"그럼 요시타쓰가 죽은 것도 아십니까?"

"뭣이, 그 꺽다리가 죽었어?"

노부나가는 비로소 젓가락질을 멈추고 노히메 옆에 두 손을 짚고 있는 여자를 바라보았다.

나이는 스물 두서넛쯤 된 아주 얌전해 보이는 여자였다. 노히메가 좋아하는 둥근 얼굴에 맑고 지성적인 눈동자를 가지고 있었다.

"대관절 그것은 언제의 일인가?"

"봄이었다고 합니다."

이미 해가 저물어 마루 너머로 보이는 하늘은 빨갛게 물들었다.

노부나가는 불을 토하는 듯한 눈으로 밥그릇을 탁 내려놓았다.

노부나가는 상대의 기세를 꺾기 위해 지난 13일에 일단 미노를 공격했으나 큰 싸움은 피하고 얼른 철수한 적이 있었다.

이쪽의 준비가 부족하다는 사실을 알면 요시타쓰는 당장 침입해 올 것이 분명하다…… 이렇게 생각하기에 충분한 움직임을 미노 쪽에서 보였기 때문이었다.

"그, 그 말이 사실인가, 오노?"

"왜 거짓말을 하겠어요. 시카노는 요시타쓰의 마지막 순간을 직접 목격했어요. 그리고 하마터면 죽을 뻔했으나 겨우 도망쳐 왔어요. 그렇지, 시카노?"

"예, 그렇습니다. 마님이 말씀하신 그대로입니다."

노부나가는 다시 젓가락을 움직이기 시작했다.

미노는 노히메의 고향이다. 따라서 노히메가 자신이 모르는 여자를 몰래 이나바야마 성에 잠입시켰다 해도 전혀 이상할 것 없다. 그러나 때가 때인 만큼 바로 당사자인 그 요시타쓰가 갑자기 죽었다는 것은 지나치게 공교로운 일이 아닐 수 없다.

'껀다리도 요즘에는 제법 책략이 능숙해졌어. 섣불리 믿어서는 안 된다.'

노부나가가 이렇게 생각하는 데에는 물론 큰 이유가 있었다.

노부나가가 여행에서 돌아오자 요시타쓰는 자신이 생각했던 것보다 훨씬 더 교묘한 외교 수단으로 오와리를 봉쇄할 준비를 착착 진행하고 있었다.

그 하나는 노부나가와 영지를 접하고 있는 기소 강木曾川 하류의 나가시마長島 혼간 사本願寺와의 제휴였다.

나가시마 혼간 사는 이시야마石山 혼간 사에 속한 사찰이며, 중부 일본에 있어서 진종眞宗의 본거지로 무시할 수 없는 병력을 가지고 있다. 더구나 구와나 사부로 유키요시桑名三郎行吉와 이세伊勢의 기타바타케北畠 가문과 친교를 맺고 있는 사이였다.

따라서 노부나가가 미노에서 싸움을 벌이면 서남쪽에서 이들의 책동이 시작될 것 같았고, 북동쪽의 다케다武田와도 은밀히 연락을 취하고 있는 듯했다.

오미近江의 신흥 세력인 아사이淺井 가문과 연대하기 위해 적자嫡子인 다쓰오키는 아사이 가문의 딸을 아내로 맞아들였고, 노부나가가 덴가쿠 골짜기에서 승리한 것을 경계하여 일찍이 볼 수 없었을 정도로 내부적인 결속도 공고히 다져 놓고 있었다.

세키關 성에는 나가이 하야토노쇼長井隼人正.

가지다加治田 성에는 사토 기이노카미佐藤紀伊守.

우누마鵜沼 성에는 오자와 마사시게大澤正重.

사루바미猿啄 성에는 기시 가게유岸勘解由.

가루미輕海 성에는 나가이 가이노카미長井甲斐守.

사기야마鷺山 성에는 히네노 빗추노카미日根野備中守.

모리베森部 성에는 히네노 시모쓰케노카미下野守.

이밖에도 미노의 삼인방이라 불리는 후쿠스 미노노카미 福壽美濃
守, 우지이에 몬도노쇼氏家主水正와 안도 이가노카미安藤伊賀守가
착실하게 서부를 지키고 있었다.

'쉽게 무찌를 수는 없겠다.'

내심으로 고민하고 있을 때 별안간 요시타쓰가 죽었다고 하지 않
는가……

이것은 도저히 액면 그대로 믿을 수 없다. 전에도 중병을 가장하고
노히메의 친동생 두 사람을 사기야마 성으로 불러 그 자리에서 죽인
요시타쓰였다.

'수상하다, 혹시 이 여자는 요시타쓰의 첩자인지도 모른다.'

이렇게 생각한 노부나가는 빈정거리는 웃음을 띠고 비로소 여자
쪽으로 향했다.

"으음, 그렇다면 미노를 내가 차지한 것이나 다름없군. 언제 공격
해도 괜찮겠어."

"황송합니다마는 그렇지 않다고 생각합니다."

시카노는 고개를 들고 분명한 어조로 대답했다.

"뭐, 껄따리가 죽었는데도 말이냐?"

"예. 요시타쓰 님의 독살을 이곳 주군의 음모라 판단하여, 그 때문에 가문의 결속이 더욱 굳어지고 있습니다."

"아니, 그렇다면 꺽다리의 죽음은 병사가 아니었다는 말인가, 오노?"

노히메는 여자의 말을 그대로 믿고 있는 듯 말했다.

"시카노, 그날 밤의 상황을 자세히 주군에게 말씀드려라."

"예…… 예."

여자는 겁에 질린 듯 가만히 주위를 둘러보고 몸을 떨면서 말하기 시작했다.

시카노의 말로는 시카노와 둘이서 요시타쓰를 섬기던 고즈에가 실은 도산이 살아 있을 때 들여보낸 첩자였다고 한다.

그러나 이것은 결코 요시타쓰를 독살하기 위해서가 아니라 그 반대였다고 시카노는 말했다.

"언젠가는 그 어리석은 녀석도 눈을 뜨게 될 것이다. 아니, 눈을 뜨지 않아도 상관없어. 네가 요시타쓰의 문갑에 이 약을 넣어두거라. 녀석은 아비인 나를 속이려고 문둥병을 가장하고 있다. 그러나 나중에 정말 그 병에 걸릴지도 모른다. 녀석이 일부러 문둥병에 걸린 자에게 접근하여 그 동작을 배워 흉내내고 있기 때문이다. 문둥병이 전염병인 줄도 모르고 접근하고 있어. 그러므로 만약 병에 걸리지 않거든 그대로 내버려둬. 하지만 발병했을 때는 이 약이 눈에 띄도록 하란 말이다. 녀석이 이 약을 보게 되면 아무리 비뚤어진 놈이라도 아비의 마음을 알고 틀림없이 먹으려 할 것이다. 이 약은 극약이므로 절대로 한꺼번에 먹지 않게 하고, 일곱 번으로 나누어 하루 건너 14일 동안 먹게 하라. 그때는 네가 내 명령으로 왔다고 말해도 좋아. 그때는 이 극악무도한 도산도 놈의 손에 죽은 뒤겠지만, 이것이 자식에게 살해당한 아비의 애정이었다고 말해주거라."

그러면서 도산은 특유의 싸늘한 미소를 지으며 이렇게 속삭이듯 말했다고 한다.

"이름이 시카노라고 했지?"

노부나가는 아직도 상대를 믿지 못하고 있었다.

"그럼, 껑다리는 그 극약을 한꺼번에 먹고 죽었다는 말이냐?"

"예, 고즈에가 정말 병에 걸린 것이 아닌가 생각하고 있을 때 뜻밖에도……"

"하하하, 그런데, 고즈에라는 여자가 어째서 그런 중요한 이야기를 네게 했을까?"

"예. 저어, 그것은……"

"어서 말하거라. 얼굴빛이 변하는구나."

"그것은 저어……"

"살무사라 불릴 정도의 도산이 자신이 죽은 뒤의 일을 부탁했다면, 그 고즈에라는 여자도 여장부 중의 여장부일 것이다. 그런데도 어째서 이런 비밀을 네게 밝혔느냐는 말이다."

"그것도 말씀드려야 할까요?"

시카노는 더욱 당황하였다.

"아니, 말하기 싫거든 하지 않아도 좋다."

노부나가는 조용히 일어나면서 다시 한 번 웃었다.

"껑다리가 유령이라도 좋아. 아무튼 나는 미노에 쳐들어가 요시타쓰를 죽일 것이야."

이렇게 말하면서 그대로 노히메의 방을 나갔다.

# 행운의 활용

노히메가 시카노의 자살을 알린 시간은 그 이튿날 아침이었다.

"주군!"

노부나가가 이날 밤을 바깥 침소에서 자고 아침에 노히메의 거실에 들어오자 노히메는 소름이 끼칠 정도로 창백하고 굳어진 표정으로 꾸짖듯이 말했다.

"주군에게는 오와리의 태수란 지위가 고작이겠요."

"뭣이, 또 고질병이 도진 모양이군."

"저는 고질병, 주군은 멍청이…… 오다 가문의 장래가 뻔하군요."

"오노!"

"왜요?"

"그대의 코는 아키바야마秋葉山의 덴구天狗˚를 닮아가는군."

"살무사의 딸이 덴구가 된다면 대단한 출세죠. 그런데 주군은 점점 올빼미를 닮아가고 있어요."

"올빼미? 올빼미라니 도대체 무슨 소리야?"

"해가 있을 때는 앞을 못 본다는 말이에요. 눈이 보이지 않는 새가 어떻게 천하를……"

"오노!"

"호호호, 그 목소리처럼 눈도 크게 뜨셔야 해요."

노부나가는 싱긋 웃었다.

상대가 화를 돋우려 하고 있다. 그러나 남이 화를 돋운다고 해서 순순히 그 수법에 놀아날 만큼 단순한 천성을 타고난 노부나가는 아니었다.

"그래, 앞을 못 보는 새라는 말이지, 나는…… 아닌 게 아니라 그대의 얼굴이 잘 안 보이는군."

"귀지!"

그러면서 눈을 크게 뜨며, 큰 소리로 말했다.

"무릎을 이리 내놓고 귀지를 후벼. 눈을 못 보는 데다 귀까지 들리지 않으면 그 시카노인가 하는 여자에게 목이 잘릴지도 모르니까."

말하기가 무섭게 노히메를 힘껏 끌어당기고 그 무릎을 베개로 삼아 드러누웠다.

노히메는 약간 몸을 떨고 있다. 떨면서도 노부나가의 오른쪽 귀를 힘껏 잡아당길 수밖에 없었다.

미웠던 것이다. 그러나 사랑스럽기도 했다. 이쪽에서 화가 났다는 것을 알면 '말해봐, 들을 테니'라고 하는 대신 귀지를 후비라고 한다. 그렇게 되면 더 이상 화를 내지 못하고 뺨을 비벼주고 싶어지는 것이 아닌가……

"자, 큰 것이 나왔어요."

"이제 들리는군. 무슨 소리인지 말해봐."

"시카노가 죽었어요."

"뭐? 누가 죽었다고?"

"시카노는 주군이 의심하신다는 것을 알고 오늘 아침에 자결했어요. 그런 천진한 여자의 마음 하나 꿰뚫어보지 못하고 천하를 손에 넣으려 하다니."

노부나가는 홱 고개를 들고 밑에서 노히메의 입을 손바닥으로 막았다.

"쓸데없는 소리는 그만두고 왜 죽었는지 그것만 말해."

"주군이 묻지 않아도 될 말을 물었기 때문이에요."

"묻지 않아도 될 말을?"

"주군!"

"왜 그래? 그런 험상스러운 표정을 하고."

"시카노가 오랫동안 요시타쓰 곁에 있는 사이에 그를 사랑하게 되었다는 것을 깨닫지 못했나요?"

"그것이 나와 무슨 상관이 있다는 거야? 나는 살무사의 눈에 들었을 정도인 고즈에란 여자가 어째서 그의 밀령을 시카노에게 털어놓았는가를 묻고 있어."

"그 질문을 받았을 때 시카노는 얼굴이 빨개지면서 당황했어요. 그것이 주군의 눈에는 보이지 않았나요?"

"빨개지면서 당황했다고?"

"그래요. 시카노는 고즈에에게 질투를 느끼고 어쩌면 그녀를 죽이려 했을지도 몰라요. 그래서 고즈에는 자기 몸을 지키기 위해, 나는 도산의 분부로 할 수 없이 요시타쓰를 섬기고 있을 뿐이므로 미워하지 말라면서 그 말을 했음이 틀림없어요."

"으음, 그렇다면 왜 솔직하게 대답하지 않았을까?"

"그런 일을 어떻게 말할 수 있겠어요. 시카노는 제가 보낸 첩자, 더구나 처녀의 몸이었어요. 이것 보세요, 여기 그녀가 남긴 유서가 있어요."

노히메가 내미는 유서를 노부나가는 누운 채로 펼쳤다.

과연 거기에는 애처롭고 순진한 여자의 고뇌가 생생하게 씌어 있었다.

첩자의 몸으로 상대를 사랑한 자기는 수치스런 매음부가 되지 않았는가…… 이 때문에 요시타쓰의 죽음을 주군이 의심했다…… 죄송스러울 뿐이라고 적혀 있다.

'으음, 그렇다면 과연 질투 때문에 고즈에를 죽이려 했고, 그래서 고즈에의 정체를 알게 되었다고 남에게는 말할 수 없었을 것이다.'

마지막으로 '이것으로 내가 할 일이 끝났으니 자결하여 요시타쓰 곁으로 가겠다, 부디 죄를 용서해 달라……'는 말로 유서를 끝맺고 있었다.

"주군……"

"응."

"저는 여자이므로 여자가 가련하다는 것을 너무나 잘 알아요. 그러한 제가 어떻게 한 여자를 희생시킬 각오로 시카노를 요시타쓰에게 보냈는지 주군은 그 뜻을 아시겠어요?"

"아버지 원수를 갚기 위해서였을 테지."

"아니에요! 살무사의 원수는 갚지 않아도 상관없어요."

"그렇다면 무엇 때문이었어, 이 여자 덴구 같으니라고?"

"주군이, 주군이…… 이 비참한 난세를 하루속히 종식시킬 수 있게 하기 위해서였어요. 요시타쓰의 거동을 잘 탐지하여 조금이라도 빨리 싸움 없는 세상을 이룩하도록 하기 위해서였어요."

이렇게 말하고 노히메는 더 이상 견디지 못하겠다는 듯 남편에게 몸을 내던지고 흐느끼기 시작했다.

노부나가는 잠시 숨을 죽인 채 꼼짝도 하지 않았다. 이미 요시타쓰의 죽음을 의심하고 있지는 않았다. 물론 한 여자의 죽음으로 앞뒤를 잊을 노부나가는 아니었다. 그러나 이와 동시에 슬픈 희생의 누적 앞에 태연할 수 있는 무감동한 노부나가도 아니다.

'으음, 요시타쓰가 죽었구나……'

그렇다면 노부나가는 자연히 계획을 수정할 수밖에 없었다.

당장 미노에 쳐들어가 대번에 결판을 내느냐, 아니면 그 밖의 다른 수단을?

이러한 노부나가의 귀에 노히메가 다시 속삭였다.

"시카노의 죽음이 헛되지 않게 해주세요. 눈을 크게 뜨고 똑바로 천하를 바라보셔서……"

노부나가는 여전히 아내의 무릎을 베고 누워 숨을 죽이고 있다. 노부나가의 손가락이 아직 코털을 뽑지 않고 있는 것은 이때까지도 생각이 정리되지 않았다는 증거였다.

'요시타쓰가 죽었다. 요시타쓰가……'

# 천하를 장악하기 위한 구상

위대한 천재의 특징은 어떤 사건이 일어났을 때 이것을 자신의 작은 행운이나 불운으로 생각하지 않고, 신이 자기에게 무엇을 명하는지 그 뜻을 정확히 알고 받아들이는 데에 있다.

이 과정을 통해 무한한 창조의 싹이 튼다.

노부나가가 평범한 사람이었다면 분명 요시타쓰의 죽음이야말로 미노를 공격하기 위한 절호의 기회로 생각했을 것이다. 그러나 노부나가는 역시 예사로운 인물이 아니었다.

그는 요시타쓰의 죽음을 최대한으로 활용하기 위해 지금 성급하게 미노를 공격하는 대신, 일단 미노를 공격하기 시작하면 대번에 중원中原을 장악할 수 있는 실적을 올리려고 생각을 고쳐먹었다.

'요시타쓰가 죽은 이상 이미 미노는 손에 넣은 것이나 다름없다. 그렇다면 그 전에 해야 할 일을……'

결심을 하자 노부나가는 곧 시바타 곤로쿠 가쓰이에紫田權六勝家와 사쿠마 우에몬노조 노부모리佐久間右位門尉信盛를 비롯하여 니와 만치요 나가히데丹羽万千代長秀, 다키가와 사콘쇼겐 가즈마스瀧川左近將監一益 그리고 기노시타 도키치로木下藤吉郎을 불러 그 특유의 기문기문奇問을 던지기 시작했다.

아마도 노부나가는 이 다섯 사람을 앞으로 함께 일을 도모할 만한 장수로 점찍은 모양이다.

"모두 집합하라. 오늘 밤에는 그대들에게 물어볼 말이 있다."

노부나가는 본성의 넓은 응접실 중앙에 빙 둘러앉게 하고 입을 열었다.

"이번에 나는 천자의 명에 따라 천하를 손에 넣었다."

"아니, 무어라 하셨습니까?"

다섯 사람 중에서 가장 단순한 시바타 곤로쿠가 깜짝 놀라며 물었다.

"못 알아들었느냐, 나는 이번에 천하를 손에 넣었다고 말했어. 천하를 손에 넣었으니 그대들 역시 이대로 여기 머물러 있을 수는 없는 일. 수도 가까이 성을 쌓고 옮겨야 할 것이다. 따라서 그대들이 원하는 곳에 영지를 주려고 하는데 어느 곳을 원하는지 말해보거라."

노부나가는 진지한 표정으로 말했다.

"정말 대단하군! 과연 대단한 뱃심이셔."

맨 먼저 자못 감탄한다는 어조로 말한 사람은 도키치로였다.

"뭐가 대단하다는 말이냐, 원숭이는 내 뜻을 알겠느냐?"

"알지 못할 것이라 생각하셨다면 주군이 이 원숭이를 일부러 부르셨을 리가 없지요."

"흥, 늘 건방진 소리만 하는군. 그럼 너부터 말하거라, 어느 땅을 희망하는지."

그러자 도키치로는 정중하게 머리를 숙였다.

"그것은 순서에 맞지 않습니다. 대장님은 머지않아 천하를 장악하실 분. 따라서 저희들도 지금부터 그 점을 명심하고 절대로 작은 성공에 안주하지 말라는 고귀하신 가르침이 아닙니까. 여기에 대해서는 뼈에 사무치도록 감사하고 있습니다. 그러나 아무리 그렇다고 해도 이 도키치로가 먼저 어느 땅을 원한다고 말씀드리는 것은 당치도 않은 일입니다. 그 점은 우선 시바타 님에게 하문하심이 순서라고 생각합니다."

노부나가는 자기 마음을 정확히 꼬집자 더욱 만전을 부렸다.

도키치로의 말처럼 그는 이 자리에서 모두의 눈을 천하에 돌리게 하고, 그랬을 경우 어디까지 쓸 수 있는 사람이며 어디까지 성장할 수 있는 사람인지를 은근히 시험해보려고 했던 것이다.

"으음, 순서가 있다는 말이지. 그럼 원숭이는 내가 어째서 이 자리에 하야시 사도노카미林佐渡守를 부르지 않았는지 알고 있느냐?"

"헤헤헤헤."

"무엇이 우스우냐, 그런 묘한 웃음은 삼가거라."

"예. 하야시 님은 시바타 님, 사쿠마 님과 함께 오다 가문의 중신. 그러므로 대장님은 하야시 님을 끝까지 오와리에 두시려고 굳이 이 자리에는 부르시지 않은 줄 알고 있습니다."

도키치로가 거침없이 대답하자 시바타 곤로쿠와 사쿠마 우에몬은 서로 얼굴을 마주 보았다. 노부나가가 어째서 그런 엉뚱한 말을 꺼냈는지 이제야 겨우 알 것 같았다.

노부나가는 여전히 무표정한 채 고개를 끄덕였다.

"그럼, 곤로쿠부터 먼저 말하라. 그대는 앞서 승려가 된 적도 있으므로 큰 욕심은 없을 테지만, 내가 천하를 손에 넣었으니 원하는 곳을 말해보라."

"하야시 님이 오와리를 원한다면 저에게는 미노를 맡겨주셨으면 합니다."

"뭐, 미노를 원한다고? 좋아, 알겠다. 그렇다면 우에몬은?"

"저는 가와치河內나 이즈미和泉를 원합니다."

"허어, 그것은 또 무슨 까닭이냐?"

"주군이 천하를 장악하시면 교토에 머무실 것이므로 그 전면의 방비가 튼튼해야 합니다."

"좋아, 그렇게 하겠다. 그대는 거기 있으면서 셋쓰攝津를 비롯하여 시코쿠四國와 주코쿠中國를 공고히 지키겠다는 말이지?"

"그러합니다."

"다음은 만치요."

"저는 오미近江를 원합니다."

"이유를 말해보라."

"오와리와 미노가 철벽이라 해도 수도에 이르는 길에는 아직 오우미가 남아 있습니다. 이곳을 굳게 지키지 않으면 안 됩니다."

"으음, 그대다운 희망이군. 원하는 대로 해주겠다. 다음은 가즈마스, 그대가 원하는 곳을 말해보라."

질문을 받은 다키가와 사콘쇼겐 가즈마스는 약간 비꼬는 듯한 미소를 띠었다.

"저는 이세 지방을 희망합니다."

"어째서 이세를 원하느냐?"

"이세를 완전히 확보하지 않으면 미노를 손에 넣을 수 없기 때문입니다."

"가즈마스!"

"예."

"나는 천하를 손에 넣었다고 말했어. 그런데도 나를 위해 그런 소리를 하느냐…… 분명히 이세를 원한다는 말이지?"

가즈마스는 다시 한 번 싱긋 웃으며 대답했다.

"예, 이세를 원합니다."

"알겠다! 마지막으로 원숭이는?"

"예?"

"너는 어디를 원하느냐? 원하는 곳을 주겠다."

"당치도 않은 말씀입니다."

"뭐가 당치 않다는 말이냐?"

"이 원숭이는 평생토록 대장님의 말고삐를 잡는 것이 소원입니다. 부디 불쌍히 여기시고 대장님이 계신 곳에 늘 같이 있게 해주십시오. 간절히 부탁드립니다."

노부나가는 드디어 큰 소리로 웃기 시작했다. 가장 허황한 말을 할 줄 알았던 도키치로가 기특하게도 평생 자기를 위해 말고삐를 잡겠다고 하다니……

'제일 조심해야 할 자는 바로 이 녀석이다.'

여기서 섣불리 원하는 곳을 말하면 반드시 어느 누구의 욕심과 부딪쳐 원한을 산다. 이것을 가증스러울 정도로 잘 아는 도키치로였다.

"그래, 이제 그대들의 희망은 알았다. 그런데 곤로쿠 그리고 우에몬."

"예."

"나는 아직 천하를 손에 넣지 못했어."

"하기는 그렇습니다."

"따라서 곧 그 수단을 실행에 옮기겠다. 곤로쿠는 미노를 원한다고 했지?"

"예, 미노를 원합니다."

"우에몬은 이즈미나 가와치를 원한다고 했어. 그곳에 가려면 우선 미노부터 시작해야 할 거야. 그러므로 두 사람은 먼저 미노에 발판을 만들도록."

"미노에 발판을?"

우에몬이 깜짝 놀라며 물었다.

"미노의 발판은 바로 스노마타墨俣야. 그대들 두 사람이 스노마타에 성을 쌓아 미노에서 오미로 진출할 수 있는 거점을 삼으라는 말이다."

"스노마타라면 나가라 강 서쪽 기슭에 있는 미노의 영지입니다마는……"

"뻔한 소리를 하는구나, 곤로쿠. 과연 스노마타는 기소 강을 건너고 다시 나가라 강을 건너는 곳에 있는 미노의 영지임에 틀림없다. 그곳에 성 하나도 쌓지 못한다면 미노를 원한다거나 이즈미, 가와치를 원한다거나 할 자격이 없어. 두말 말고 스노마타에 성을 쌓도록 하라. 미노에서는 요시타쓰가 죽었으므로 문제될 것이 없어. 이것은 명령이다."

두 사람은 아뿔싸, 하는 표정으로 서로 마주 보았다. 원하는 땅을 주겠다는 말이 이상하다고는 생각했으나 아니나 다를까 엉뚱한 명령을 내렸던 것이다.

성을 쌓으라고 하지만 그곳은 남의 영지다. 남의 영지에 성을 쌓으려면 그곳을 점령하지 않으면 안 된다.

요시타쓰는 죽었으나 그 아들 다쓰오키도 아버지 못지않은 맹장이

어서 더욱 엄중하게 미노를 지키고 있다. 게다가 오우미의 아사이 가문에서 아내를 맞이하여 방패로 삼고 있지 않은가.

"묘한 표정을 짓고 있는데, 내 말을 알아들었겠지?"

"황송합니다마는, 저희 두 사람이 미노의 군사와 싸우라는 말씀입니까?"

"못난 것, 누가 싸우라고 했느냐! 유사시에 대비하기 위한 발판으로 성을 쌓으라고 했어."

"알겠습니다."

대답은 했으나 참으로 어려운 문제였다. 독수리와 같은 눈으로 경계를 펴고 있는 미노의 영지 안에 어떻게 싸우지도 않고 성을 쌓을 수 있다는 말인가.

그러나 노부나가는 이미 그들 쪽은 보고 있지 않았다.

"가즈마스!"

"예."

"그대는 이세를 원한다고 했지?"

"그렇습니다."

"그렇다면 그대는 반 년 안으로 구와나 성桑名城을 점령하여 우선 이세의 숨통을 조이도록 하라."

이번에는 일제히 앗, 하며 저도 모르게 숨을 죽였다.

이것은 스노마타보다 더 어려운 일이었다. 말할 나위도 없이 구와나는 기소 강와 나가라 강 건너에 있고, 그 두 강 사이에 있는 나가시마에는 문제의 혼간 사가 있다. 그리고 구와나 성에는 구와나 사부로 유키요시라는 훌륭한 영주가 버티고 있다.

"알겠지, 구와나 성이다. 그 정도의 일도 하지 못하고 한 지방의 영주가 되겠다면 용서하지 않겠다. 그런 자는 이 노부나가가 천하를 장악하는 데 방해가 될 뿐 도움은 되지 않는다. 알겠거든 즉시 착수하라."

"예."

가즈마스는 그만 얼굴이 창백해져 되어 머리를 조아렸다.

"드릴 말씀이 있습니다."

"무엇이냐, 원숭이?"

"참고로 한 가지 여쭐 말씀이 있습니다."

"묘한 녀석 같으니, 무엇이 알고 싶으냐?"

"그러니까 천하를 장악하기 위한 첫걸음으로 미노의 스노마타는 시바타와 사쿠마의 두 분에게, 이세의 구와나는 다키가와 님에게 취하도록 하시겠다는 말씀입니까?"

"그렇다."

"대장님은 그동안에 무엇을 하시렵니까? 설마 낮잠을 주무시지는 않을 테지요."

"이 녀석아, 나는 그동안 가이의 다케다와 미카와의 마쓰다이라松平를 우리 편으로 끌어들이겠어. 그렇지 않고는 천하를 손에 넣을 수 없다."

"그렇군요, 잘 알겠습니다."

도키치로는 천연덕스러운 표정으로 고개를 끄덕이고 나서 일동을 둘러보았다.

"이제 납득이 되셨지요. 여러분, 대장님의 말씀이 모두 옳습니다! 그 정도의 일도 못한다면 도저히 한 지역의 영주가 될 수 없습니다. 이것으로 여러분도 용기가 치솟을 것입니다. 작은 일이 아닙니다. 천하, 천하를 장악하는 일에 동참하게 되니까요. 왓핫핫하, 참으로 유쾌한 일입니다. 왓핫핫하……"

도키치로는 가증스러울 만큼 노부나가의 속셈을 꿰뚫어보고 있다.

"그럼, 양쪽 모두 반 년 안으로 끝내야 한다. 알겠느냐?"

노부나가는 애써 웃음을 참으며 단호하게 말하고 자리에서 일어났다.

— 4권에서 계속 —

## ≪ 오케하자마 전투의 대진도 ≫

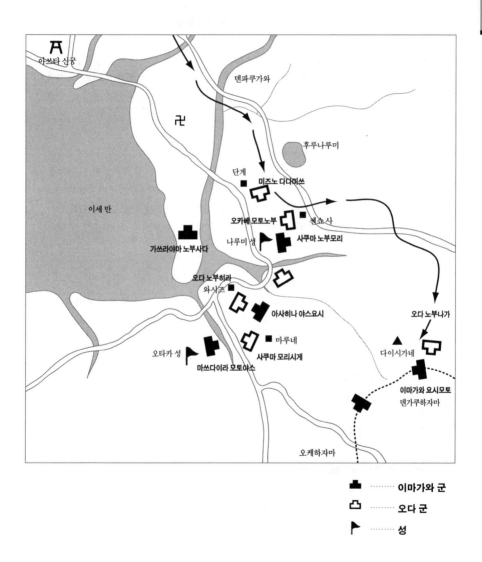

야쓰타 신궁

덴파쿠가와

卍

후루나루미

단게

미즈노 다다미쓰

이세 만

오카베 모토노부

젠쇼사

가쓰라야마 노부사다

나루미 성

사쿠마 노부모리

오다 노부히라

와사즈

아사히나 야스요시

오다 노부나가

마루네

다이시가네

오타카 성

사쿠마 모리시게

마쓰다이라 모토야스

이마가와 요시모토

덴가쿠하자마

오케하자마

｜ …… 이마가와 군

凸 …… 오다 군

⚑ …… 성

# ≪ 주요 등장 인물 ≫

### 오다 노부나가織田信長 | 1534~1582 |

오다 노부히데의 장남으로 아명은 킷포시. 노부히데가 사망하자 가문의 승계를 놓고 우여 곡절을 겪지만 결국 18세에 주군으로 등극한다. 이마가와 요시모토가 이끈 4만의 대군에 맞서 기발한 책략을 세워 싸운 결과 승리하여 전국에 이름을 알리게 된다.

### 이마가와 요시모토今川義元 | 1519~1560 |

이마가와 우지치카의 삼남. 신겐, 우지야스와 동맹을 맺고 미카와, 스루가, 도토미 세 지방을 지배하여 도카이東海 지방에 큰 세력을 형성한다. 관직명은 지부다유治部大輔이고, 덴가쿠 전투에서 패한 뒤 전사한다.

### 마에다 도시이에前田利家 | 1538~1599 |

아명은 이누치요로 노부나가의 전시 연락 장교. 이마가와 요시모토를 무찌르기 위한 노부나가의 전략으로 아이치 주아미와 살인극을 벌였으나 뜻하지 않은 실수로 주아미를 죽이고 도주한다. 후에 덴가쿠 골짜기에서 공을 세워 기요스로 되돌아온 후 노부나가를 따라 각지를 돌아다니며 전투에 참가하였고, 아네가와 전투 등에서 무공을 세워 창槍의 명수로 알려지게 된다.

### 하치스카 마사카쓰蜂須賀正勝 | 1526~1586 |

통칭 고로쿠, 히코에몬이라고도 한다. 오다 노부나가의 오케하자마 전투 승리의 배후에는 하치스카 고로쿠와 그 일당의 활약이 있었다고 한다. 또 도요토미 히데요시의 수하에 들어간 이후에는 책략에 재능을 발휘하여 히데요시의 사업을 도와준다.

### 사이토 요시타쓰齋藤義龍 | 1527~1561 |

사이토 도산의 아들. 요시타쓰는 도산을 친아버지라고 생각하지 않아 모반을 꿈꾼다.나가라가와 전투에서 아버지와 일전을 벌인 뒤 승리하여 이나바야마 성의 성주가 되었으나 나병을 앓다가 사망한다.

### 사쿠마 모리마사佐久間盛政 | 1554~1583 |

노부유키의 부하였으나 노부나가에게 용서를 빌고 스에모리 전투에서 큰 공을 세운 뒤 노부나가의 가신이 된다. 오케하자마 전투에서 마쓰다이라 모토야스(도쿠가와 이에야스)에 맞서 싸우다 전사한다.

## 미요시 나가요시三好長慶 | 1522~1564 |

간토關東 지방을 영유하고 있던 호소카와細川 가문의 가신이었다가 무력으로 주군을 몰아
내고 야마시로山城, 셋쓰攝津, 가와치河內, 이즈미和泉 등 7개 지역을 빼앗아 쇼군 휘하에 들
어간다. 겉으로는 쇼군을 비호하는 듯하나 실제로는 실권을 장악하고 있는 인물이다.

## 아시카가 요시테루足利義輝 | 1536~1565 |

12대 쇼군 요시하루義晴의 아들. 아명은 기쿠토마루菊童丸이나 11세 때 요시테루로 이름을
바꾸고 13대 쇼군으로 등극하지만, 자력으로 그 지위를 유지할 능력이 없어 실권을 장악하
고 있는 미요시 나가요시의 허수아비로 지낸다.

# 《 용어 사전 》

**가라비쓰唐櫃** | 발이 여섯 달린 중국식 궤.

**가부라야鏑矢** | 적을 위협하거나 주의를 환기시키기 위해 쏘는 화살.

**가시와데柏手** | 신에게 경배를 드릴 때 양손을 마주 쳐서 소리내는 일.

**가치구리勝栗** | 말린 밤을 절구에 찧어 겉껍질과 속껍질을 없앤 것. 출진이나 승리를 축하
할 때 또는 설 등 경사로운 날에 나오는 요리에 씀.

**가타기누肩衣** | 어깨와 몸통만 있고 소매가 없는 무사의 예복.

**고난도小納戶** | 가까이에서 쇼군을 모시며 신변의 일(이발, 식사 등)을 맡아보는 관직.

**고쇼小姓** | 주군을 측근에서 모시며 잡무를 맡아보는 무사.

**고쇼御所** | 대신이나 쇼군 등의 처소, 또는 그것의 높임말.

**고와카마이幸若舞** | 무사에 관한 노래를 부르며 부채로 장단을 맞추어 추는 춤.

**관貫** | 화폐의 단위로 1관은 1천 몬文

**교겐狂言** | 익살과 풍자를 위주로 한 일본의 전통 연극. 노能와 노 사이에 공연된다.

**구사즈리草摺** | 갑옷 허리에 늘어뜨려 대퇴부를 보호하는 것.

**남만南蠻** | 포르투갈과 스페인을 가리키는 말.

**노能** | 연극 형식으로 일본 고전 예능의 한 가지. 노가쿠라고도 한다.

**닌자忍者** | 변장술을 쓰며, 암살과 정탐을 하는 사람.

**덴구天狗** | 깊은 산에 살며 하늘을 자유로이 날고 신통력이 있다는, 얼굴이 붉고 코가 큰
상상의 동물.

**도기胴着** | 겉옷과 속옷 사이에 입는 방한복.

**도리이鳥居** | 신사의 입구에 세우는 기둥문.

**도코노마床の間** | 객실인 다다미방의 정면 상좌에 바닥을 한 층 높여 만들어놓은 곳. 벽에
는 족자를 걸고, 한 층 높여 만든 바닥에는 도자기와 꽃병 등을 장식해둠.

**로닌牢人** | 주군이 몰락하여 주종관계가 끊어지고, 집안 대대로 세습되어 물려받던 녹과
은전을 잃고 떠도는 무사.

**마에가미前髮** | 관례를 올리기 전의 남자가 이마 위에 따로 얹는 머리.

**무로마치室町** | 무로마치 시대(1338~1573). 아시카가 다카우지가 무로마치 바쿠후를 개설
한 이후 오다 노부나가에 의해 바쿠후가 쓰러질 때까지의 시대.

**사루가쿠猿樂** | 일본 중세 시대의 민중 예능. 익살스러운 동작이나 곡예가 주로 행해지다

가 차츰 연극화되어 노와 교겐으로 갈라짐.

**사카야키月代** | 이마부터 머리 한가운데까지의 머리카락을 깎는 남자의 머리 모양.

**산보ㄹ方** | 신불이나 귀인 앞에 음식 등을 받쳐 내놓을 때 사용하는 굽 달린 소반.

**영락전** | 중국 명나라 때 주조한 청동으로 만든 돈.

**오닌應仁의 난** | 1467년부터 1477년까지 교토를 중심으로 일어난 대란. 지방으로 파급되어 센고쿠 시대로 접어드는 계기가 되었다.

**오하라이お祓い** | 신사에서 발행하는 액막이 부적.

**와카和歌** | 일본 고유의 정형시. 5 · 7 · 5 · 7 · 7의 5구 31음으로 된 시.

**와키자시脇差** | 일본도의 일종으로 큰 칼과 함께 허리에 차는 작은 칼.

**요로이히타타레鎧直垂** | 비단으로 화려하게 만들어 갑옷 안에 입는 옷.

**우타이謠** | 가면극에 맞추어 부르는 노래.

**이마요今樣** | 4구절로 이루어지는 7 · 5조의 노래.

**조리토리草履取り** | 무장의 짚신을 들고 따라다니는 하인.

**주닌十人** | 이웃해 있는 10가구를 단위로 한 자치기관.

**하이덴拜殿** | 신사에서 배례하기 위해 본전本殿 앞에 지은 건물.

**하이쿠俳句** | 5 · 7 · 5의 3구句, 17음으로 된 일본 고유의 짧은 시.

**하카마袴** | 겉에 입는 아랫도리. 허리에서 발목까지 덮으며 넉넉하게 주름이 잡혀 있고, 바지처럼 가랑이진 것이 보통이나 치마 모양도 있다.

**하타사시모노旗指物** | 갑옷의 등에 꽂아 표지로 삼는 작은 깃발.

**혼지스이자쿠 설本地垂迹說** | 일본의 신은 부처와 보살이 중생을 제도하기 위해 모습을 바꾸고 나타난 것이라는 설.

**후조몬不淨門** | 성이나 저택 등에서 오물, 시체, 죄인 등 불결한 것을 내보내는 문.

**히닌非人** | 사형장에서 잡역에 종사하는 사람.

# 《 오다 노부나가 연보(1534~1570) 》

◆—서력의 나이는 오다 노부나가의 나이

| 일본 연호 | | 서력 | 주요 사건 |
|---|---|---|---|
| 덴분<br>天文 | 3 | 1534<br>1세 | 5월, 오와리의 나고야 성에서 오다 노부히데와 정실인 도다 마사히데의 차남으로 출생. 아명은 킷포시. |
| | 5 | 1536<br>3세 | 1월, 기노시타 도키치로(도요토미 히데요시), 오와리의 나카무라에서 출생.<br>4월, 이마가와 요시모토가 가문을 이어받는다.<br>7월, 덴몬홋케天文法華의 난. |
| | 6 | 1537<br>4세 | 이해에 미노의 사이토 도산이 사이토 사콘노타유 히데타쓰라 칭한다. |
| | 7 | 1538<br>5세 | 7월, 야마나 우지마사가 오우치 요시타카大內義隆에게 패한다. |
| | 9 | 1540<br>7세 | 6월, 오다 노부히데가 조정에 외궁 건축비를 기증. |
| | 10 | 1541<br>8세 | 1월, 모리 모토나리毛利元就가 아마코 하루히사尼子晴久를 격파.<br>6월, 다케다 노부토라가 아들 하루노부에게 추방되어 이마무라 요시모토 밑에서 은거한다.<br>7월, 호조 우지쓰나北條氏綱(소운早雲의 아들) 사망. 포르투갈 선박이 분고에 표류. |
| | 11 | 1542<br>9세 | 1월, 아사이 스케마사(나가마사의 조부) 사망.<br>8월, 오다 노부히데가 미카와의 아즈키사카小豆坂에서 이마가와 요시모토를 격파. 사이토 도산, 주군인 도키 요리나리를 미노의 오쿠와 성에서 쫓아내 오와리로 추 |

| 일본 연호 | 서력 | 주요 사건 |
|---|---|---|
| **덴분**<br>**天文** | | 방한다.<br>12월, 마쓰다이라 다케치요(도쿠가와 이에야스), 오카자키 성에서 출생. |
| 12 | **1543**<br>10세 | 2월, 오다 노부히데가 조정에 히라테 마사히데를 보내 궁전의 보수를 위한 영조비를 기증.<br>8월, 포르투갈 선박이 다네가시마에 표류하여 총포를 전함.<br>11월, 모리 모토나리의 삼남 다카카게隆景가 고야카와小早川 가문을 계승. 노부나가는 이 무렵부터 파격적인 행동을 하여 멍청이라는 별명이 붙여진다. |
| 15 | **1546**<br>13세 | 4월, 우에스기 도모사타上杉朝政가 호조 우지야스에게 패배. 이해 노부나가는 후루와타리 성에서 관례를 올리고 오다 사부로 노부나가라고 개명한다. |
| 16 | **1547**<br>14세 | 7월, 모리 모토나리의 차남 모토하루元春가 깃카와 가문을 이어받음.<br>8월, 모리 모토나리가 은퇴하고 장남 다카모토隆元가 모리 가의 주군이 된다.<br>9월, 오다 노부히데가 미노에 난입하여 사이토 도산을 공격하다 패배한다.<br>10월, 다케치요가 인질로 슨푸에 호송되던 중 납치되어 오다의 인질이 됨.<br>11월, 사이토 도산이 기후 성을 공격하다 패퇴. 이해 노부나가는 히라테 마사히데의 도움으로 처음 출전한다. |
| 17 | **1548** | 2월, 노부나가가 히라테 마사히데의 주선으로 사이토 |

| 일본 연호 | 서력 | 주요 사건 |
|---|---|---|
| 덴분<br>天文 | 15세 | 도산의 딸 노히메와 결혼.<br>12월, 나가오 가케토라長尾景虎(우에스기 겐신)가 가문을 계승한다. |
| 18 | 1549<br>16세 | 7월, 프란시스코 사비에르가 가고시마에 상륙하여 그리스도교 포교 시작. |
| 19 | 1550<br>17세 | 5월, 제12대 쇼군 아시카가 요시하루足利義晴 사망.<br>9월, 선교사 사비에르 상경. 이 무렵부터 노부나가는 이치가와 다이스케에게 활을, 하시모토 잇파에게 철포를, 히라타 산미에게 병법을 배운다. |
| 20 | 1551<br>18세 | 3월, 오다 노부히데 사망. 노부나가가 가문을 계승한다.<br>9월, 오우치 요시타카가 스에 다카후사陶隆房의 공격을 받고 패하여 자결한다.<br>10월, 선교사 사비에르가 일본을 떠남. |
| 21 | 1552<br>19세 | 1월, 우에스기 노리마사上杉憲政가 호조 우지야스에게 추방되어 에치고의 나가오 가케토라에게 의지함. |
| 22 | 1553<br>20세 | 윤1월, 히라테 마사히데가 노부나가에게 간언하고 자결한다.<br>4월, 노부나가가 사이토 도산과 쇼토쿠 사에서 회견.<br>9월, 나가오 가케토라와 다케다 하루노부(다케다 신겐)가 시나노의 가와나카지마에서 싸움. 다케다 신겐이 무라카미 요시키요를 에치고로 몰아낸다. |
| 23 | 1554 | 2월, 쇼군 아시카가 요시후지가 요시테루로 개명. |

| 일본 연호 | | 서력 | 주요 사건 |
|---|---|---|---|
| | | 21세 | 이해 노부나가는 내란으로 고민하나 진압할 방법이 없음. |
| 고지 弘治 | 1 | 1555 22세 | 4월, 노부나가가 숙부 노부미쓰와 제휴하여 오다 노부토모를 치고 기요스 성의 성주가 된다. 7월, 나가오와 다케다의 제2차 가와나카지마 전투. 10월, 모리 모토나리가 이쓰쿠시마에서 스에 하루카타를 죽임. 11월, 나고야 성주 오다 노부미쓰가 가신인 사카이 마고하치로에게 살해되고, 노부나가는 나고야 성을 하야시 미치카쓰에게 지키게 한다. |
| | 2 | 1556 23세 | 4월, 사이토 도산이 노부나가에게 미노를 물려준다는 유언장을 쓰고 이튿날 요시타쓰와 나가라가와에서 싸우다 전사. 노부나가가 원군을 보냈으나 이미 때 늦음. 8월, 동생인 노부유키와 하야시 미치카쓰 등이 노부나가와 이나후에서 싸워 패하고 항복한다. 이해 이복형인 쓰다 노부히로가 사이토 요시타쓰와 제휴하여 기요스 성 탈취 시도. |
| | 3 | 1557 24세 | 4월, 모리 모토나리가 스오와 나가토 두 지방을 평정. 11월, 동생 노부유키가 슈고 다이 오다 이세노카미 노부야스와 짜고 다시 노부나가에게 반역. 이에 노부나가는 병을 핑계로 노부유키를 기요스 성으로 유인하여 암살한다. |
| 에이 로쿠 永祿 | 1 | 1558 25세 | 9월, 기노시타 도키치로가 노부나가를 섬김. *엘리자베스 여왕 즉위(영국). |

| 일본 연호 | 서력 | 주요 사건 |
|---|---|---|
| 에이<br>로쿠<br>永祿 | **2**<br>1559<br>26세 | 2월, 노부나가가 상경하여 쇼군 아시카가 요시테루를 알현.<br>3월, 노부나가가 이와쿠라 성을 공격하여 오다 노부야스를 추방하고 오와리를 평정.<br>4월, 나가오 가케토라가 상경하여 쇼군 아시카가 요시테루를 알현.<br>5월, 가케토라 입궐. |
| | **3**<br>1560<br>27세 | 1월, 바쿠후가 가스팔 빌레라에게 포교를 허락.<br>5월, 노부나가가 이마가와 요시모토를 오와리의 덴가쿠하자마에서 기습하여 죽인다(오케하자마 전투). 가을, 노부나가는 '구마노 참배'를 구실로 상경하여 도키치로에게 철포의 매점을 명한다. |
| | **4**<br>1561<br>28세 | 5월과 6월, 노부나가는 미노에 침입하여 사이토 다쓰오키의 군사와 싸운다.<br>9월, 나가오와 다케다의 양군이 가와나카지마에서 싸운다. 이해에 기노시타 도키치로가 네네와 결혼. |
| | **5**<br>1562<br>29세 | 1월, 노부나가가 마쓰다이라 모토야스와 동맹한다.<br>4월, 농민 반란이 일어나 롯카쿠 요시카타가 교토 지역에 덕정령德政令 포고.<br>*종교 전쟁(프랑스). |
| | **6**<br>1563<br>30세 | 1월, 모리 모토나리가 이와미 은광을 조정에 헌납.<br>3월, 노부나가의 딸 도쿠히메와 마쓰다이라 모토야스의 적자 다케치요(노부야스信康)가 약혼. 호소카와 하루모토 사망. |

| 일본 연호 | 서력 | 주요 사건 |
|---|---|---|
| 에이로쿠 永祿 | | 7월, 노부나가가 고마키야마에 요새를 쌓고 미노 공격의 근거지로 삼음. 마쓰다이라 모토야스가 이에야스로 개명.<br>8월, 모리 다카모토 사망. 미카와에서 잇코—向 신도의 반란이 일어남<br>*명나라의 척계광戚継光, 복건성에서 왜구를 격파(중국). |
| 7 | 1564<br>31세 | 3월, 노부나가가 아사이 나가마사와 손을 잡음.<br>7월, 미요시 나가요시三好長慶 사망.<br>8월, 가와나카지마의 싸움. 노부나가가 이누야마 성의 오다 노부키요를 죽이고 오와리를 통일한다. |
| 8 | 1565<br>32세 | 5월, 쇼군 아시카가 요시테루가 미요시 요시쓰구, 마쓰나가 히사히데 등에게 살해됨.<br>11월, 노부나가가 양녀를 다케다 하루노부의 아들 가쓰요리에게 출가시킴. |
| 9 | 1566<br>33세 | 5월, 노부나가가 조정에 물품을 헌납.<br>7월, 노부나가가 오와리노카미가 된다.<br>윤8월, 노부나가가 사이토 다쓰오키와 싸워 패한다.<br>9월, 기노시타 도키치로에게 명해 미노의 스노마타 성을 쌓는다.<br>12월, 이에야스가 마쓰다이라에서 도쿠가와로 성을 바꾼다. |
| 10 | 1567<br>34세 | 3월, 노부나가가 다키가와 가즈마스에게 북부 이세의 공략을 명한다.<br>5월, 노부나가의 장녀 도쿠히메가 이에야스의 적자 |

| 일본 연호 | 서력 | 주요 사건 |
|---|---|---|
| 에이<br>로쿠<br>永祿 |  | 노부야스와 결혼.<br>8월, 노부나가가 이나바야마 성을 공략, 사이토 다쓰오키는 이세의 나가시마로 퇴각한다. 노부나가는 이나바야마를 기후로 개칭하고 고마키야마에서 옮긴다.<br>9월, 오다와 아사이의 동맹이 성립되어 노부나가의 여동생 오이치가 아사이 나가마사와 결혼.<br>10월, 마쓰나가와 미요시의 동맹군에 의해 도다이 사의 불전이 소실된다.<br>11월, 오기마치 천황이 노부나가에게 오와리와 미노의 황실 소유 토지의 회복을 명한다. 노부나가가 가신인 가네마쓰 마타시로에게 주는 임명장에 '천하포무'의 도장을 사용한다. |
| 11 | 1568<br>35세 | 2월, 노부나가가 북부 이세를 평정. 삼남 노부타카를 간베 도모모리의 후계자로, 동생인 노부카네를 나가노 씨의 후계자로 삼는다.<br>4월, 고노에 롯카쿠 씨의 가신 나가하라 시게야스와 동맹함. 이 무렵부터 아케치 주베에(미쓰히데)가 노부나가를 섬긴다.<br>9월, 노부나가가 오미를 평정하고, 상경함.<br>10월, 노부나가가 셋쓰, 이즈미, 사카이, 야마토의 호류 사에 과세함. 아시카가 요시아키, 15대 쇼군이 됨.<br>12월, 다케다 신겐이 슨푸를 침공, 이마가와 우지자네는 엔슈의 가케가와로 도주한다. |
| 12 | 1569<br>36세 | 1월, 노부나가는 미요시의 3인방이 쇼군 요시아키를 혼코쿠 사에서 포위했다는 보고를 받고 눈을 헤치며 상경하여 셋쓰의 아마자키에 불을 지른다. |

| 일본 연호 | | 서력 | 주요 사건 |
|---|---|---|---|
| 에이<br>로쿠<br>永祿 | | | 2월, 노부나가가 쇼군 요시아키를 위해 새로운 거처를<br>신축.<br>4월, 궁전을 수리하기 위한 비용을 헌납한다.<br>8월, 노부나가가 군사를 이끌고 북부 이세에 침공.<br>9월, 기타바타케 씨가 노부나가와 화친하고 가문을 노<br>부나가의 차남 자센마루(노부오)에게 물려주기로 약속<br>한다. |
| 겐키<br>元龜 | 11 | 1570<br><br>37세 | 1월, 노부나가가 쇼군 요시아키에게 5개 항의 글을 보<br>내 간언함.<br>2월, 오미의 조라쿠 사에서 씨름 대회를 개최.<br>3월, 노부나가가 쇼코쿠 사로 이에야스를 방문.<br>4월, 노부나가가 에치젠의 아사쿠라 요시카게를 공격.<br>아사이 나가마사, 롯카쿠 쇼테이 등의 반격으로 노부나<br>가 군이 교토로 철수한다.<br>5월, 노부나가가 기후로 돌아가던 도중에 지타네 고개<br>에서 저격을 받는다.<br>6월, 노부나가가 이에야스와 함께 아사이, 아사쿠라 양<br>군과 아네가와에서 싸움(아네가와 전투).<br>9월, 혼간 사의 미쓰스케가 궐기하여 셋쓰에 출진중인<br>노부나가와 싸움. 아사이 나가마사, 아사쿠라 요시카게<br>등은 혼간 사와 호응하여 오미에 진출. 노부나가는 히<br>에이잔을 포위하고 불을 지른다.<br>11월, 이세의 나가시마에서 잇코 신도의 반란. 노부나<br>가는 오와리의 고키에를 공격하고 동생 노부오키를 자<br>살하게 한다.<br>12월, 오기마치 천황의 칙명으로 노부나가가 아사쿠라,<br>아사이와 화의한다. |

옮긴이 이길진李吉鎭

1934년 황해도 출생. 1958년 서울대학교 사회학과를 졸업하였다.
일본 문학 작품 및 일본 문화에 관련된 많은 책들을 유려한 우리말로 옮겼다.
주요 역서로는 가와바타 야스나리의 『설국』, 이마이 마사아키의 『카이젠』,
오에 겐자부로의 『사육』, 기쿠치 히데유키의 『요마록』,
야마오카 소하치의 『도쿠가와 이에야스』, 『사카모토 료마』 등이 있다.

## 오다 노부나가 제3권

1판 1쇄 발행 2002년 8월 7일
2판 2쇄 발행 2023년 8월 1일

지은이 야마오카 소하치
옮긴이 이길진
펴낸이 임양묵
펴낸곳 솔출판사

주소 서울시 마포구 와우산로29가길 80(서교동)
전화 02-332-1526
팩스 02-332-1529
이메일 solbook@solbook.co.kr
홈페이지 www.solbook.co.kr
출판 등록 1990년 9월 15일 제10-420호

ISBN 979-11-86634-61-5 (04830)
ISBN 979-11-86634-58-5 (세트)

• 잘못된 책은 구입한 곳에서 바꿔드립니다.
• 책값은 뒤표지에 표시되어 있습니다.

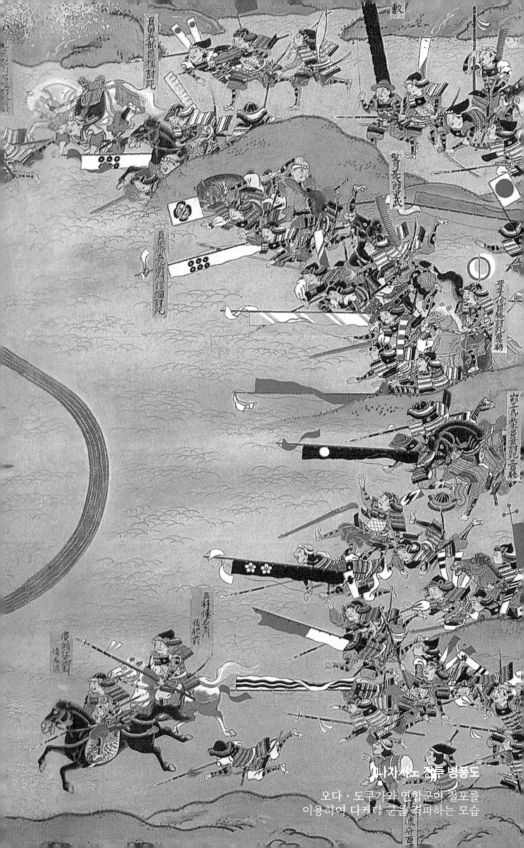

나가시노 전투 병풍도
오다·도쿠가와 연합군이 철포를
이용하여 다케다 군을 격파하는 모습